Jochen Frech

# Hochsommermord

Kriminalroman

btb

MIX
Papier aus verantwortungsvollen Quellen
FSC® C083411

Verlagsgruppe Random House FSC® N001967
Das für dieses Buch verwendete FSC®-zertifizierte Papier *Lux Cream* liefert Stora Enso, Finnland.

1. Auflage
Originalausgabe Januar 2014

Umschlaggestaltung: semper smile, München
Umschlagmotiv: © plainpicture/Mark Owen
Satz: Uhl + Massopust, Aalen
Druck und Einband: CPI – Clausen & Bosse, Leck
LW · Herstellung: sc
Printed in Germany
ISBN 978-3-442-74464-0

www.btb-verlag.de
www.facebook.com/btbverlag
Besuchen Sie unseren LiteraturBlog www.transatlantik.de

*Für Bernhard Matt*

# PROLOG

Das Unglück ereignete sich an einem der schönsten Sommertage des Jahres 1997, noch dazu an einem Sonntag.

Es kam ohne Vorwarnung und so unerwartet wie die erste Erschütterung eines Erdbebens in der Nacht.

Die Burg thronte wie ein Adlerhorst auf einem schroffen Felsabsatz am Ende eines weitläufigen Tals. Hunderte Meter hoch über einigen Buchenwäldern, die von oben wie die Dekoration einer Spielzeugeisenbahn wirkten.

In den Bäumen zwitscherte eine Schwalbenkolonie, und ein Sportflugzeug durchkreuzte wie ein riesiges Insekt den wolkenlosen Himmel.

Der Junge mit dem Bürstenhaarschnitt sah dem Flieger hinterher und zählte dabei laut rückwärts. Bei eins angekommen, trat er hinter einem großen Felsblock hervor. Er ging in die Mitte des oberen Burghofes und überlegte, wo er mit der Suche nach den Spielkameraden beginnen sollte. Dann rannte er zu einem Mauervorsprung, den er im Laufe des Nachmittags entdeckt hatte. Von hier aus konnte er einen Großteil der mittelalterlichen Anlage überblicken.

Er kniff die Augen zusammen und suchte die Umgebung ab.

Nichts. Noch nicht einmal ein Huschen über einen der Burghöfe oder entlang der inneren Ringmauer. Die anderen mussten sich in einem Gebäude oder hinter einem der Mauerdurchbrüche versteckt haben. Aus der Ferne hörte er leise die Stimmen der Erwachsenen, die auf einer Wiese außerhalb des Burggeländes Kaffee tranken und Kuchen aßen. Das Versteckspiel in der verwinkelten Burgruine war der spannendste Teil des Familienausflugs. Auf leisen Sohlen betrat er die Kapelle, in der er selbst in der Runde davor unauffindbar geblieben war.

Da! Hinter einem Mauerabsatz lugte der Schuh von Dennis hervor. Leise näherte er sich dem Kameraden von hinten.

*Buh! Hab dich!*

Dennis schrie vor Schreck auf.

*Mann, hast du mich erschreckt!*

*Komm, hilf mir, die anderen zu finden.*

Sie vereinbarten, Ebene für Ebene abzusuchen und dabei den anderen jede Fluchtmöglichkeit zu verbauen, indem sie abwechselnd die Steintreppen bewachten. Die einzigen Verbindungen zwischen den Innenhöfen. Kevin kam freiwillig hinter einem Dornenbusch hervor, als er die Schritte seiner Verfolger hörte.

*Spielverderber.*

Als Nächstes entdeckten sie Vanessa, die sich auf das Abdeckgitter einer Zisterne gelegt hatte. In der Tiefe hörte man das Glucksen einer Quelle.

*Kommt! Jetzt fehlt nur noch Lisa, die Angeberin!*

Lisa, das Mädchen mit den blonden Haaren und dem hellblauen Kleid, die von ihrer Mutter herausgeputzt worden war, als ginge es auf eine Hochzeit. Außer Hörweite der Erwachsenen hatten die Spielkameraden sie aufgezogen. Lisa reagierte schnippisch. Eines Tages würde sie einen der beiden englischen Prinzen heiraten, William oder Harry, in einem wunderschönen Brautkleid. Dann würde ihnen das Lachen vergehen. Du bist eine blöde Angeberin, hatte der Junge mit dem Bürstenhaarschnitt gesagt, und Kevin hatte richtig dreckig gelacht.

*Wo war sie, die blöde Angeberin?*

Lisa hatte sich durch eine Schießscharte an der Südseite der äußeren Ringmauer gezwängt. Ein Bekannter der Familie hatte ihr die Stelle mit einem Augenzwinkern gezeigt. Da findet dich niemand, hatte er gesagt und gelacht. Nur mutig müsste man sein.

Lisa hatte allen Mut zusammengenommen und stand jetzt auf einem schmalen Felsvorsprung der Außenmauer. Unter ihr fiel das Gelände senkrecht in die Tiefe.

*Nur nicht hinunterschauen!*

Die anderen suchten vergeblich nach ihr. Keiner kam auf die Idee, sich aus einer der Fensteröffnungen zu lehnen und die Außenmauern der Burg abzusuchen. Nach einer Viertelstunde gaben sie auf.

*Du hast gewonnen, Lisa.*

*Komm raus!*, riefen sie immer wieder.

Lisa spürte, dass sie beinahe keine Kraft mehr in ihren Fingern hatte. Ihre viel zu dünnen Arme zitterten vor Anspannung. Um zurück in den sicheren Innenhof zu klettern, müsste sie sich an den Felsvorsprüngen oberhalb der Scharte festhalten können. Aber ob sie das schaffen würde? Vergeblich rief sie um Hilfe. Aber der Wind, der vom Tal den Steilhang hinaufglitt, trug ihr Rufen ungehört fort. Schließlich wagte sie einen Versuch. Ein Bein glitt auf einem winzigen Steinchen aus und pendelte gefährlich über dem Abgrund. Dann verlor sie das Gleichgewicht. Verzweifelt suchten die Hände nach Halt. Rutschten über den schroffen Fels. Bluteten und schmerzten. Sie konnte nicht mehr.

Ein letzter markerschütternder Schrei durchbrach die Stille des Waldes, während sie langsam nach hinten fiel. Mit weit aufgerissenen Augen starrte sie auf die Fensteröffnung, die sich längst außerhalb ihrer Reichweite befand.

Als ihr Körper kurz vor dem Aufprall die Wipfel der Bäume berührte, spürte sie bereits nichts mehr.

Das Gesicht blieb wie durch ein Wunder unverletzt.

Als sie später gefunden wurde, sah es so aus, als ob sie lächeln würde.

Als ob es ein schöner Tag gewesen wäre.

Ein schönes Spiel.

# FREITAG
19. Juli 2013

Der ehemalige SEK-Beamte und frischgebackene Kriminalkommissar Moritz Kepplinger trug die verbliebenen Gepäckstücke aus der kleinen Studentenbude, in der er die vergangenen zweieinhalb Jahre seines Studiums an der Hochschule der Polizei verbracht hatte. Er schleppte die schweren Taschen voller Bücher bis vor die Tür des Treppenhauses. Dann wischte er sich mit dem Handrücken einen Schweißtropfen von der Stirn und kehrte ein letztes Mal um.

Der Sommer schien nun richtig in die Gänge zu kommen. Moritz trug ein braunes T-Shirt, passende Karo-Shorts und weiße Sneakers. Im Zimmer warf er einen letzten prüfenden Blick ins Bad, zupfte einen Fussel vom Teppichboden und öffnete anschließend das Fenster über dem Schreibtisch. Der Blick hinab auf das Hochschulgelände löste ein Gefühl der Vertrautheit aus. Wie eine schöne Kindheitserinnerung. Liebevoll musterte er das Lehrsaalgebäude, das wie ein riesiger Campanile zwischen den sechs ringförmig angeordneten Unterkunftsgebäuden herausragte. Der Elfenbeinturm, dachte er und musste lächeln. Dahinter konnte man einen Teil der Kantine und das Dach der Sporthalle erkennen. Links davon das rote Oval der Vierhundert-Meter-Bahn, auf der er oft gelaufen war. Er erinnerte sich daran, wie er während des Examens bis spät in die Nacht gelernt hatte. Bevor er anschließend zu Bett ging, hatte er regelmäßig zehn Stadionrunden in völliger Dunkelheit absolviert. Danach konnte er schlafen. Einmal war er beinahe mit einem anderen Studenten zusammengestoßen, der dieselbe Idee gehabt hatte und in entgegengesetzter Richtung lief.

Er schloss das Fenster und setzte sich auf das Bett. In der Hand hielt er einen Schnellhefter, in dem sich alle Bachelorunterlagen befanden, die er bei der gestrigen Abschlussfeier erhalten hatte. Stolz las er zum wiederholten Mal den Text der Ernennungsurkunde, die auf dicken Karton gedruckt war:

*Ich ernenne*
**Herrn Kriminalhauptmeister**
***Moritz Kepplinger***
*geb. 17.02.1980*
**mit Wirkung vom 18.07.2013**
*zum*
***Kriminalkommissar***

Darunter befanden sich ein Siegel des Landes Baden-Württemberg und die Unterschrift des Rektors der Hochschule in Villingen-Schwenningen.

Moritz Kepplinger legte die Mappe zur Seite und betrachtete eine helle Stelle an der gegenüberliegenden Wand, wo bis gestern ein gerahmter Kunstdruck der Proportionsstudie *Vitruvian* von Leonardo da Vinci gehangen hatte. Jetzt erkannte er deutlich, wie sich die Raufaser entlang der Ränder des Bilderrahmens dunkel verfärbt hatte. Er musterte die übrigen Wände im Raum und bemerkte noch weitere solcher Abdrücke.

Alles hat sich verfärbt, dachte er. Vermutlich werde ich dieses Zimmer nie mehr betreten. Ist das alles, was nach meiner dreißigmonatigen Anwesenheit von mir zurückbleibt? Eine graue Patina an den Wänden und eine Erinnerung, die zunehmend verblassen wird? Warum fällt es mir immer so schwer loszulassen?

Er verdrängte die düsteren Gedanken und dachte daran, dass er endlich geschafft hatte, was er sich vom ersten Tag seiner Einstellung in den Polizeidienst an vorgenommen hatte. Er dachte an die schwierige Zulassungsprüfung, die dem Studium vorausgegangen war, die Anspannung zu Beginn des ersten Semesters. Daran, dass nach diesem Wochenende ein neuer Abschnitt seiner Polizeiarbeit beginnen würde. Seine Gedanken schweiften zu seiner neuen Wohnung in Göppingen, die er in den kommenden Tagen einrichten musste.

Noch einmal ging er durch den Raum und sah in allen Schubladen und Schränken nach, ob er etwas vergessen hatte. Er öffnete sogar den Bettkasten, obwohl er ihn nie benutzt hatte. Alles war sorgfältig leergeräumt. Zuletzt hob er die gummierte Schreibtischunterlage an, die zum Inventar des Zimmers gehörte. Darunter lag das Foto einer jungen, hübschen Frau mit blonden, schulterlangen Haaren. Das Bild zeigte sie im Halbprofil. Den Kopf leicht zur Seite geneigt blickte sie lächelnd in Richtung des Betrachters. Er seufzte.

»Dich habe ich beinahe vergessen«, murmelte er.

Die Vorstellung, dass er und Valerie getrennt waren, tat immer noch weh. Sie hatte ihn am Wochenende vor den schriftlichen Prüfungen gebeten, aus der gemeinsamen Wohnung auszuziehen. Ihm blieb nichts anderes übrig, als sich mit einer Mischung aus Wut und Schmerz durch das Examen zu quälen. Es war ihm sehr schwergefallen. Dennoch hatte er das Studium mit einer guten Note abgeschlossen.

Ungläubig schüttelte er den Kopf, steckte das Bild in seine Hosentasche und verließ den Raum. Seine Kommilitonen hatten ihre Zimmer im Laufe des Vormittags verlassen oder waren bereits am Vorabend nach Hause gefahren. Gut gelaunt gab er an der Pforte seine Zimmerschlüssel ab und leistete die notwendigen Unterschriften. Anschließend ging er zu seinem Wagen, verstaute das Gepäck und blickte ein letztes Mal zurück.

Vom Parkplatz aus wirkten die Gebäude der Hochschule wie eine moderne Festung oder der Hauptsitz eines Geheimdienstes.

Moritz startete den Motor und fuhr in Richtung Autobahn. Im Radio kündigte der Moderator irgendeinen neuen Song von *will.i.am* an. Das Lied gefiel ihm nicht, und er schaltete das Radio aus. Später erinnerte er sich daran, wie er vor Jahren auf derselben Strecke häufig an den Bodensee gefahren war.

*Der Brief kam an einem Freitag.*
*Vierundfünfzig Wochen nach der Katastrophe.*
*Nachdem er ihn gelesen hatte, warf er ihn in den Mülleimer.*
*In der Nacht stand er auf und kramte das Schreiben wieder heraus.*
*Bis auf einen Kaffeefleck war es unversehrt.*
*Drei Wochen später nahm er die Einladung an.*

Die Erinnerung verblasste. Er legte eine CD ein, die er sich selbst vor einer Woche nach der mündlichen Prüfung als Belohnung gegönnt hatte. *Radiance,* ein Solo-Klavierkonzert von Keith Jarrett. Nach ein paar Takten hörte er nur noch die Musik, den Klang des Flügels und das gelegentliche Seufzen des Interpreten während seines Spiels.

Die Autobahn einundachtzig in Richtung Stuttgart war an diesem Freitagmittag beinahe leer.

Manuela Jessen wartete auf den Pausengong. Sie freute sich auf das Wochenende. Nur noch acht Schultage bis zu den Sommerferien. Während die anderen Kinder bereits anfingen, heimlich ihre Schulranzen zu packen, schrieb sie sorgfältig die Hausaufgaben in ihr Heft. Ihre Tischnachbarin steckte ihr einen Papierschnipsel zu.

*Kommst du noch mit auf den Spielplatz?*

Schnell ließ sie den Zettel unter der Bank verschwinden und wandte sich flüsternd ihrer Freundin zu: »Nur kurz. Ich habe versprochen, pünktlich nach Hause zu kommen.« Dann klingelte es.

»Nehmt alles mit nach Hause, vergesst nichts«, rief die Lehrerin, aber ihre Mahnung ging im Gekreische der Viertklässler unter.

Das Klassenzimmer leerte sich schneller als bei einer Brandschutzübung.

Draußen spielten sie Fangen. Manuela ließ sich ein paarmal abklatschen, dann machte sie sich alleine auf den Nachhauseweg.

»Aber heute Mittag kommst du?«, rief ihre beste Freundin Annika ihr hinterher.

»Na klar. Um drei.«

»Bis dann.«

»Tschüss.«

Sie rannte bis zum Zebrastreifen und hielt den Arm nach vorne. Ein Lieferwagen donnerte vorbei.

»Blödmann«, rief sie dem Fahrer hinterher und hüpfte anschließend von einem weißen Feld zum nächsten über die Fahrbahn. Dann rannte sie weiter. Kurz bevor sie zu Hause ankam, fiel ihr ein, dass sie ihre Trinkflasche auf dem Spielplatz vergessen hatte. Verärgert stampfte sie mit dem Fuß auf den Boden, drehte sich um und ging zurück. Auf einem kleinen Stellplatz in Sichtweite der Schule parkten einige Fahrzeuge. Als sie daran vorbeiging, hörte sie jemanden ihren Namen rufen.

Plötzlich roch es verbrannt. Susanne Jessen warf die Fernsehzeitschrift auf den Boden, sprang von der Couch auf und humpelte so schnell sie konnte in die Küche. Die Behinderung war das Ergebnis der letzten Auseinandersetzung mit ihrem Exmann. Er hatte ihr mit einem Bügeleisen den Mittelfuß zertrümmert. Die Ärzte hatten ihr prophezeit, dass das Gelenk nie wieder voll funktionsfähig sein würde. Hastig nahm sie den Topf mit dem Milchreis von der Herdplatte und drehte das Gas ab.

»Mist«, fluchte sie, als sie den Deckel hob und ihr der Geruch von verbrannter Milch in die Nase stieg. Sie öffnete das Fenster. Es war bereits nach eins. Manuela müsste längst zu Hause sein, dachte sie, während sie in ihr Schlafzimmer ging und aus dem Fenster sah. Von dort aus konnte sie beinahe den gesamten Schulweg ihrer zehnjährigen Tochter überblicken. Nur dreihundert Meter lagen zwischen dem Mehrfamilienhaus und der vor wenigen Jahren neu gebauten Grundschule am Ortsrand von Süßen. Die Gegend um den fünfstöckigen Wohnblock wirkte wie ausgestorben. Die Mittagshitze hatte die Menschen von den Straßen vertrieben. Susanne Jessen brachte das Fenster in Kippstellung und ließ den Rollladen herunter. Dann fiel ihr etwas ein. Im Flur blätterte sie den Wandkalender um, an dem noch die beiden Seiten der Vormonate hingen, und betrachtete die mit Leuchtstift markierten Tage. Sie fühlte sich bestätigt, als sie den Namen ihres geschiedenen Mannes las, der quer über das bevorstehende Wochenende geschrieben war. Bestimmt hat er sie wieder direkt von der Schule abgeholt, dachte sie verärgert und musterte die gepackte Sporttasche, die an der Wohnungstür lehnte. Einen Moment lang überlegte sie, ihn anzurufen, und griff nach dem Telefon. Eigentlich wollte sie nicht mit ihm reden. Die Gespräche endeten meist in einer Auseinandersetzung. Sie betrachtete eines der Bilder an der Wand. Manuela an ihrem ersten Schultag. Sie sieht so hübsch aus, dachte sie. Und so glücklich. Bestimmt war sie bei ihm und würde das Gespräch mitbekommen. Susanne Jessen legte das Telefon wieder auf die Ablage und beruhigte sich mit der Annahme, dass er in seiner Wohnung noch einige Kleidungsstücke ihrer Tochter vorrätig hatte. Dann ging sie zurück in die Küche und kippte den verbrannten Milchreis in den Mülleimer.

Kurz vor Mitternacht erreichte ein Luchs ein Waldgebiet am Rand der Schwäbischen Alb. Zwei Wochen lang war er seinem Spürsinn gefolgt und den weiten Weg aus dem Bayerischen Wald in den Südwesten des Landes gelaufen. Zumeist nachts und, so oft es ging, durch die scheinbar endlos zusammenhängenden Waldgebiete der oberschwäbischen Hügellandschaft. Durch das dichte Unterholz eines Mischwaldes umging er ein kleines Dorf. Der Geruch von Menschen brachte den Tod. Diese Erfahrung hatte er dort gemacht, wo er herkam und dem Gemetzel einer Treibjagd entkommen war. Er wusste nicht, dass er eine verräterische Spur zurückließ. Dort, wo seine Pfoten den feuchten Lehmboden berührten. Seiner Natur gemäß zog er die Krallen während des Laufens zurück. Später würden Jäger die Fährte deuten und Jagd auf ihn machen, weil er eine Bedrohung für das Niederwild der Gegend darstellte.

An einem Bach stillte er gierig seinen Durst. Obwohl er noch jung und kräftig war, machte ihm die Hitze der vergangenen Tage zu schaffen. Selbst in den Nächten war es so warm, dass er sich unwohl fühlte. Nachdem er getrunken hatte, stellte sich ein Hungergefühl ein. Sein Instinkt führte ihn durch eine Tannenschonung nach Norden. In der Nähe vernahm er Motorengeräusche. Auch davon hielt er sich, so gut es ging, fern.

Als er einen weiteren Kilometer gegangen war, witterte er einen Menschen. Er blieb stehen und streckte den Kopf nach oben. Der Geruch war schwächer, als er ihn für gewöhnlich kannte. Neugierig näherte er sich der Stelle, an der er die Person vermutete. In einigen Metern Entfernung sah er einen leblosen Körper am Boden liegen. Eine Zeitlang verharrte er regungslos auf der Stelle, lauschte mit seinen Pinselohren und witterte. Schließlich entschied er, dass keine Gefahr drohte, und näherte sich erwartungsvoll. Mehrere Male stieß er mit der

Pfote gegen ein Bein. Immer auf Gegenwehr gefasst und bereit, einen Angriff zu parieren oder notfalls zu flüchten. Aber nichts passierte. Dann zerriss er mit seinen Schneidezähnen die Kleidung und begann, sich an dem warmen Fleisch satt zu fressen.

# SAMSTAG
## 20. Juli 2013

Polizeiobermeisterin Lea Thomann warf ihre verschwitzten Joggingklamotten in den Wäschekorb und schlüpfte in die Duschkabine. Sie genoss es, wie das heiße Wasser auf ihre Haut prasselte. Es gab wirklich nichts Entspannenderes als eine wohltuende Dusche nach einem Trainingslauf. Fehlt nur noch jemand, der mir die Kopfhaut massiert, dachte sie.

Lea stellte das Wasser ab und griff nach der rosafarbenen Tube des Duschpeelings von Shiseido. Die cremige Substanz roch nach Limetten und Vanille. Sie liebte diesen Geruch. Ebenso mochte sie das Kribbeln der sandigen Konsistenz und das Gefühl auf der Haut, wenn sich die Peeling-Perlen nach und nach auflösten. Anschließend kümmerte sie sich um ihre Haare. Die Spitzen reichten bis knapp über ihren Po und überdeckten den kleinen Skorpion, den sie sich vor einigen Wochen hatte tätowieren lassen.

Nachdem sie fertig geduscht hatte, griff sie nach einem Handtuch und wickelte es mit wenigen Handgriffen zu einem kleinen Turban. Sie musterte sich kurz kritisch im Spiegel. Eigentlich hätte sie sich an die Narbe längst gewöhnen müssen.

Sie trocknete sich ab, föhnte ausgiebig ihre Haare und schlüpfte in frische Unterwäsche.

Im Schlafzimmer lag die gebügelte Uniform.

In dem Moment, als sie ihr Hemd vom Kleiderbügel nahm, klingelte das Telefon. Barfuß und in Unterwäsche hüpfte sie in den Flur. Lea blickte auf die Nummer im Display des Mobiltelefons und kniff ihre Lippen zusammen.

»Mama!«

»Liebes … wie geht es dir?«

»Ich muss in fünfzehn Minuten auf der Dienststelle sein.«

»Mitten am Tag? Arbeitest du immer noch im Schichtdienst?«

»Jaa.«

»Ich dachte, du möchtest zur Kriminalpolizei?«

Natürlich wollte sie das, aber im Moment hatte sie keine große Lust, ihrer Mutter zu erklären, wie schwierig es war, den heiß ersehnten Wechsel zu erreichen.

»So wie du seit Jahren auf die Malediven willst.«

»Aber, Liebes, das kann ich mir doch nicht leisten.«

Lea sah auf die Uhr und räusperte sich.

»Mama, können wir ein andermal telefonieren?«

»Du hast doch sowieso nie Zeit!«

»Das liegt daran, dass du immer dann anrufst, wenn ich was vorhabe oder nicht da bin.«

»Warum meldest du dich dann nie?«

»Nie ...« Lea schnaufte laut. Es stimmte, sie rief selten bei ihrer Mutter an.

»Du hast recht. Also, ich arbeite heute bis um acht ...«

»Heute ist Samstag!«

»Auch samstags braucht man hin und wieder die Polizei.«

»Du brauchst nicht patzig zu werden. Dann rufe ich dich morgen an.«

»Da arbeite ich vormittags und die ganze Nacht!«

»Das kann doch nicht gesund sein!«

»Mir macht das nichts aus. Mama, ich muss Schluss machen.«

»Interessiert es dich gar nicht, wie es mir geht?«

»Doch, aber ich habe jetzt wirklich keine Zeit!«

»Hast du deinen Vater angerufen? Er hat heute Geburtstag!«

»Das weiß ich. Aber ich werde einen Teufel tun, diesen Mistkerl anzurufen.«

»So darfst du nicht über ihn sprechen.«

Lea kickte wütend ein paar Schuhe zur Seite. »Und ob ich das kann! Hast du vergessen, was er uns angetan hat?«

Ihre Mutter schnäuzte sich in ein Taschentuch.

»Fang jetzt bitte nicht an zu weinen. Es tut mir leid, dass ich laut geworden bin.«

Das Schluchzen wurde stärker. Sie wartete, bis ihre Mutter sich halbwegs beruhigt hatte.

»Ich muss jetzt zur Arbeit. Lass uns am Montag telefonieren.«

»Ja, gut. Bis Montag dann. Pass auf dich auf, Liebes.«

»Das tue ich.«

Lea machte sich eine Notiz und klatschte den Zettel an die Wand. Sie spürte ihr Herz pochen. Es ist jedes Mal dasselbe, dachte sie. Ich kann mit meiner Mutter nicht normal sprechen. Wir leben auf zwei unterschiedlichen Planeten. Es sind nicht nur die 700 Kilometer, die uns trennen, sondern vor allem die Art und Weise, wie wir leben. Und der Umstand, dass wir 25 Jahre mit einem Diktator verbracht haben, schafft auch keine Nähe.

Moritz Kepplinger hatte den gesamten Samstag mit Tapezieren verbracht. Jetzt saß er zufrieden und erschöpft auf dem bislang einzigen Stuhl seines neuen Heims und betrachtete das Ergebnis seiner Arbeit. Der gesamte Wohn- und Esszimmerbereich seines Zweieinhalb-Zimmer-Appartements in der Göppinger Nordstadt war fertig. Er nahm sich vor, jeden Tag einige Stunden mit Renovierungsarbeiten zu verbringen. Morgen würde er die Wände streichen. Eine passende Wandfarbe hatte er schon im Baumarkt besorgt.

Am Vormittag hatte Valerie angerufen und sich erkundigt, wann er seine Sachen abholen würde. Sein gesamtes Hab und Gut lagerte in Umzugskartons verpackt in ihrem Keller.

Seine Exfreundin hatte sich weder nach seinem Studienabschluss noch nach der neuen Wohnung erkundigt. Sie hat kein Interesse an dem, was ich tue, dachte er und erinnerte sich an die Anfänge ihrer Beziehung. Er hatte Valerie vor drei Jahren während einer Kunstnacht in der Stuttgarter Staatsgalerie kennengelernt. Beide hatten lange Zeit vor einem Gemälde von Gaspare Traversi gestanden. Ohne den Blick von dem Kunstwerk zu nehmen, hatte sie ihn gefragt, was ihm an der Darstellung gefalle.

Die Frau, die davor steht, hatte er geantwortet und einen roten Kopf bekommen. Daraufhin hatten sie so herzhaft gelacht, dass sie von einem der Aufseher zur Ruhe ermahnt worden waren. Später tranken sie im Galeriecafé ein Glas Weißwein und verabredeten sich für das darauffolgende Wochenende.

Sie studierte Kunstpädagogik und stand kurz vor ihrem Examen. Er arbeitete in dieser Zeit beim Drogendezernat und musste oft am Abend oder am Wochenende zum Dienst. Sie kam gut mit seinen unregelmäßigen Arbeitszeiten zurecht. Als Valerie ihre Prüfungen bestanden hatte, zog er bei ihr ein. Dann wurde er zum Studium an der Hochschule zugelassen, und sie waren gezwungen, eine Wochenendbeziehung zu führen. Nach zwei Jahren begann die Krise.

Er wusste bis heute nicht, woran es lag.

Valerie zog sich immer mehr zurück. Alle Gespräche und seine Bemühungen, die Beziehung zu retten, verliefen ergebnislos. Etwas in ihr hatte sich verändert, worüber sie nicht sprechen wollte oder konnte. Er war der festen Überzeugung, dass es ihm besser gehen würde, wenn er nur den Grund für ihr Verhalten wüsste.

Am Telefon hatte er versprochen, die Umzugskartons am nächsten Wochenende abzuholen. Bis dahin wollte er die Wohnung in einen halbwegs vernünftigen Zustand bringen.

Kepplinger beschloss, am Abend in ein griechisches Lokal zu gehen. Er blätterte in den Gelben Seiten und wunderte sich über die zahlreichen Gaststätten in der Fünfundfünzigtausend-Einwohner-Stadt. Er zog sein Mobiltelefon aus der Hosentasche und bestellte für zwanzig Uhr einen Tisch in der Taverne Diogenes.

Die untergehende Sonne färbte das Damülser Mittagshorn und die umliegenden Berge in zahlreiche Rottöne. Gerd Jessen saß mit einer Flasche Marillenschnaps in der Hand auf einer Holzbank vor dem Eingang der einsam gelegenen Berghütte. Er genoss das Naturschauspiel und machte einige Aufnahmen mit seiner Digitalkamera. Der diesjährige Ausflug mit seinen Kegelfreunden in das bekannte Skigebiet zwischen Bregenzer Wald und dem Großen Walsertal war bislang ein voller Erfolg gewesen. Bereits auf der Anreise am Vortag hatten sie eine Menge Spaß gehabt. Die preiswerte Selbstversorgerhütte hatte sich wider Erwarten als Insidertipp erwiesen. Alle waren von der Lage, der urigen Einrichtung und dem offenen Kamin in der Vesperstube begeistert. Sie hatten einen zünftigen Hüttenabend verbracht und alte Wanderlieder gesungen. Am frühen Morgen waren sie losgezogen, um eine mehrstündige Bergtour in Angriff zu nehmen. Nach dem Alkoholkonsum des Vorabends hatte er Bedenken gehabt, dass alle die Anstrengung bewältigen würden, aber vor einer guten Stunde waren sie wohlbehalten an der Hütte angekommen. Vorsichtig öffnete er die Schnürsenkel seiner Wanderstiefel. Bereits am Mittag, während sie auf einer bewirtschafteten Alm eine Brotzeit genommen hatten, hatte er gespürt, dass sich an beiden Fersen Blasen bildeten. Am liebsten hätte er bereits dort die Schuhe ausgezogen. Mit schmerzverzerrtem Gesicht schlüpfte er aus den Lederstiefeln. Beide Strümpfe waren im Fersenbereich blutdurchtränkt. Er griff in seine Tasche und holte ein Klappmesser heraus. Vorsichtig schnitt er beide Strümpfe entzwei und löste den Baumwollstoff von der Haut. Im Wundbereich war das Gewebe bereits mit dem angetrockneten Blut verklebt. Er erinnerte sich daran, wie seine Mutter ihm in der Kindheit Wundpflaster entfernt hatte. Sie hatte immer angekündigt, bis drei zu zählen und danach den Klebestreifen von der Haut zu reißen. Aber dann hatte sie das Tape abgerissen, bevor sie bei drei angelangt war.

Jessen trank einen kräftigen Schluck Fusel, schloss die Augen und begann zu zählen. Gleichzeitig riss er an den Strümpfen. Er schrie laut auf und hoffte, dass ihn keiner gehört hatte. Gleichzeitig begannen beide Wunden wieder zu bluten. Er griff nach den Stoffresten auf dem Boden und presste sie auf die Abschürfungen.

In der Zwischenzeit hatte es zu dämmern begonnen. Jessen wunderte sich, wie rasch die Sonne in den Bergen unterging. Aus der Hütte drangen Gesprächsfetzen seiner Kameraden nach draußen. Im Hintergrund spielte ein Radio volkstümliche Musik. In der Ferne verfolgte er, wie in dem kleinen Ort Damüls nach und nach die Lichter angingen. Der Himmel über den Bergen war wolkenlos. Morgen würde ein schöner Tag werden. Gerd Jessen war so zufrieden wie schon lange nicht mehr. Er dachte an die anstrengende Zeit, die hinter ihm lag. Der Rhythmus der Bergwelt um ihn herum schaffte eine unbekannte Ruhe in ihm. Er nahm sich vor, öfter in die Berge zu fahren. Noch einmal nahm er einen kräftigen Schluck und schüttelte angewidert den Kopf. Nach ein paar Minuten hob er die Schuhe vom Boden auf und ging in die Hütte.

In der Nacht kam ein kühler Wind auf, und die Temperatur fiel auf drei Grad ab.

Moritz Kepplinger saß müde und etwas angetrunken, aber auch satt und zufrieden in seinem Wagen vor der griechischen Taverne und wartete auf das bestellte Taxi. Er hatte einen halben Liter Wein und mehrere Ouzo getrunken. Ein gelungener Einstand in meine neue Heimat, dachte er und überlegte, wann er zuletzt einen so unverhofft schönen Abend verbracht hatte. Gleich nachdem er das Lokal betreten hatte, war ihm der Wirt Alexandros freudestrahlend entgegengekommen, hatte kräftig seine Hand geschüttelt und ihn wie einen alten Freund begrüßt. Der Restaurantbesitzer hatte ihn sofort in die Küche geführt, wo ihn dessen Frau Dimitra mit derselben Herzlichkeit willkommen geheißen hatte. Sie hatte wunderschöne, fast schwarze Augen, mit denen sie ihn verschmitzt anlächelte. Auch sie war in die Jahre gekommen, und dennoch zeugten ihre Gesichtszüge von einer Schönheit, wie Kepplinger sie selten zuvor gesehen hatte. Dimitra bestand darauf, dass er sich persönlich von der heutigen Speisekarte überzeugen sollte. Sie öffnete einen um den anderen Topfdeckel und informierte ihn über den Inhalt und die Zubereitung der Köstlichkeiten. Alles roch verführerisch. Am liebsten hätte er von allem probiert, und schließlich bestellte er eine Grillplatte nach Art des Hauses. Das Essen schmeckte fantastisch. Er langte kräftig zu und aß, bis er nicht mehr konnte. Nachdem er das Besteck in die Tellermitte gelegt hatte, kam Alexandros mit einer Flasche Ouzo an seinen Tisch und schenkte ein.

»Und, hat geschmeckt?«, erkundigte er sich.

»Ich habe noch nie so gut gegessen«, sagte Kepplinger zufrieden. Alexandros lächelte und hob das Glas.

»Jamas – das heißt Prost auf Griechisch.«

»Jamas«, sagte Moritz und leerte das Glas in einem Zug.

Alexandros schenkte sofort nach.

»Du warst noch nie hier«, sagte er. »Neu in Stadt?«

Kepplinger nickte.

»Seit gestern.«

»Freut mich – Jamas!«

Nach dem dritten Glas erhob sich der Wirt und kümmerte sich um die anderen Gäste. Kepplinger beobachtete dieselbe und zugleich ungewohnte Freundlichkeit, die er auch ihm gegenüber gezeigt hatte. Bei vielen anderen Menschen würde so ein Verhalten aufgesetzt wirken, dachte er, aber bei dem Griechen waren Verhalten, Gestik und Mimik absolut authentisch. Die Herzlichkeit wirkte regelrecht ansteckend. Später am Abend berichtete Alexandros von seinem Sohn, der vor wenigen Tagen nach Griechenland zurückgeflogen war, um seinen Wehrdienst abzuleisten.

»Ich hoffe, er muss nie in Krieg«, sagte er besorgt.

Sie sprachen über die angespannte Situation in Zypern und über die Gründe, warum Alexandros vor vielen Jahren beschlossen hatte, seine Heimat zu verlassen. Kepplinger erzählte, dass er Polizist sei und deswegen nach Göppingen gekommen wäre.

»Polizist sein ist gefährlicher Beruf. Viel gefährlicher als Militär«, sagte Alexandros besorgt. »Wenn du gerufen wirst, du nicht weißt, ob Mörder oder Rechtsanwalt auf dich wartet!« Der Wirt massierte nachdenklich seine Schläfen.

Dann sah er Kepplinger in die Augen. »Oder Rechtsanwalt, der einen Mord begangen hat.«

Moritz dachte lange über dieses einfache, aber treffende Beispiel nach. Im Grunde genommen hatte der Grieche die Herausforderungen seiner Arbeit in der kürzesten Form zusammengefasst.

Es war weit nach Mitternacht, als Alexandros zum letzten Mal die Gläser füllte und sich mit einem Augenzwinkern in die Küche verzog. Kepplinger fühlte sich, obwohl er jämmerlich nach Alkohol und Knoblauch roch, auf eine angenehme Art wohl.

Endlich tauchte das Taxi am Ende der Straße auf.

Zurück in der leeren Wohnung hatte er das Bedürfnis, Valerie anzurufen. In letzter Sekunde hielt ihn die Erinnerung an seinen letzten Rausch ab. Auch damals hatte er sie angerufen, doch seine Freundin hatte einfach aufgelegt und zwei Wochen lang kein Wort mit ihm geredet. Seufzend warf er das Handy auf seine Matratze und fiel kurze Zeit später in einen tiefen, traumlosen Schlaf.

In der Nacht wachte er verschwitzt auf und zog sich bis auf die Unterwäsche aus. Anschließend trank er die Hälfte einer Wasserflasche. Bevor er einschlief, musste er an die Gespräche mit dem Wirt denken. Daran, dass er sich auf eine abenteuerliche Wette eingelassen hatte. Er beschloss, alles daranzusetzen, die Herausforderung anzunehmen. Und zu gewinnen.

# SONNTAG
## 21. Juli 2013

Susanne Jessen hatte beim Italiener die Lieblingspizza ihrer Tochter bestellt und freute sich auf den bevorstehenden Abend. Regelmäßig sahen sie sich am Sonntagabend die *Lindenstraße* an und aßen dazu Pizza. Es kam selten vor, dass Manuela die Serie bei ihrem Vater sehen wollte. Er fand die Sendung lächerlich.

Sie schenkte sich ein Glas Weißherbst ein und machte es sich auf der Couch im Wohnzimmer gemütlich. Am Abend war die Hitze durch einen leichten Ostwind erträglicher geworden. Den Tag hatte sie damit verbracht, Fliegengitter an den Fenstern zu befestigen. Sie zappte durch die Programme und blieb schließlich bei einer Quizshow hängen. *Womit kennt sich ein Sommelier besonders gut aus?*

Susanne Jessen lächelte, da sie die Antwort bereits wusste, und nippte wie zur Belohnung an ihrem Weinglas. In der Ferne vernahm sie das monotone Brummen der Fahrzeuge auf der Bundesstraße. Gegen halb sieben klingelte ein Mitarbeiter des Lieferservice und brachte das bestellte Essen. Zurück im Wohnzimmer kramte sie nochmals in den Reiseunterlagen für den geplanten Sommerurlaub. Zusammen mit ihrer Freundin und deren Tochter hatten sie eine Ferienwohnung in Kroatien gemietet. Sie blätterte in der Broschüre des Reiseanbieters. Das Haus lag direkt am Strand, auf einem der Bilder war die Terrasse mit Swimmingpool zu sehen. Über einem Gartentisch mit vier Stühlen rankten rote Blätter wilden Weins. Im Hintergrund erstreckte sich ein tiefblaues Meer, aus dem in der Ferne zwei Felsen herausragten. Sie stellte es sich traumhaft vor, dort zu frühstücken und dabei auf das Meer hinauszublicken.

Als die Titelmelodie der *Lindenstraße* erklang, ging sie rasch in die Küche und holte den Pizzakarton.

Gegen zwanzig Uhr griff sie verärgert zum Telefon.

Ungefähr zur selben Zeit lenkte Lea Thomann den Streifenwagen zu Beginn ihrer Nachtschicht auf den Parkplatz einer Schnellimbisskette.

»Ich muss unbedingt etwas essen«, sagte sie, während sie die Fahrertür öffnete. »Soll ich dir etwas mitbringen?« Ihr Streifenpartner schüttelte den Kopf. Im Restaurant entschied sie sich für ein Thunfisch-Sandwich und eine Cola und ging zum Fahrzeug zurück.

»Was dagegen, wenn du fährst und ich im Wagen esse?« Kommentarlos öffnete ihr Kollege die Beifahrertür und lief um das Fahrzeug.

»Danke«, sie zwängte sich über die Mittelkonsole auf den Beifahrersitz. Ihr Kollege griff nach dem Sicherheitsgurt. Während sie ein Stück von ihrem Sandwich abbiss, ertönte das Funkgerät.

»Schwerer Verkehrsunfall … mehrere beteiligte Fahrzeuge … Verletzte …«, dröhnte es aus dem Bordlautsprecher. Ihr Kollege ließ den Motor aufheulen, schaltete Blaulicht und Martinshorn ein und wendete rasant den Wagen. Dabei schwappte die Cola über den Becherrand und überzog Hemd und Hose von Lea Thomann mit dunklen Flecken.

»Verdammt!« Verärgert griff sie mit der freien Hand nach dem Funkhörer und bestätigte den Auftrag.

Ihr Streifenpartner fuhr in halsbrecherischem Tempo durch die Innenstadt. Wie so oft, wenn sie zu einem Verkehrsunfall gerufen wurde, kamen ihr die Bilder ihres ersten Unfalltoten in den Sinn: der widernatürlich verdrehte Kopf des jungen Fahrers, der auf den ersten Blick ausgesehen hatte, als ob er bei geöffneter Fahrertür eine Pause einlegen würde. Die teure Limousine, die nicht zum Alter des Mannes passte. Die einsame Landstraße, auf der keinerlei Hinweise auf ein weiteres beteiligtes Fahrzeug zu erkennen waren.

Damals hatte sie keine Ahnung davon gehabt, was bei einer Unfallaufnahme beachtet werden musste. Wie man die Ursache ermittelt. Der Student war ohne erkennbaren Grund von einer schnurgeraden Landstraße abgekommen und gegen einen Baum geknallt.

Sie hatte monatelang darüber gegrübelt, was in den letzten Momenten vor dem Unglück passiert sein mochte. Der Tod des jungen Mannes kam ihr so sinnlos vor. Und sie erinnerte sich häufig an das Lied der Gruppe *Londonbeat*, das im Radio gespielt wurde, als sie sich in das Fahrzeuginnere gebeugt hatte, nur um festzustellen, dass jede Hilfe zu spät kam: *I've been thinking about you.*

Jedes Mal, wenn sie die Melodie hörte, musste sie an die vergeblichen Wiederbelebungsversuche der Notärzte und den beißenden Geruch der Desinfektionsmittel denken. Das Ganze kam ihr jetzt wie ein schlechter Traum vor. Mittlerweile hatte sie sich an den Anblick von Toten gewöhnt. Sie beschäftigten sie nicht mehr länger als ein oder zwei Tage.

Die Sirenengeräusche einer zweiten Streife holten sie in die Realität zurück.

»Da!«, rief sie aufgeschreckt und zeigte auf den dunklen Rauchpilz, der hinter einer Reihe von Einfamilienhäusern in den Abendhimmel aufstieg.

»Mein Gott!«, hörte sie ihren Kollegen sagen.

Später würde sie daran denken, dass sie in ihrem Leben nie etwas Schlimmeres gesehen hatte als an jenem Abend.

Es war zwanzig Uhr achtunddreißig am Sonntag, dem 21. Juli 2013.

Susanne Jessen zitterte vor Wut und Aufregung. Sie saß am Küchentisch und versuchte, sich zu beruhigen. Mühsam gelang es ihr, die Gedanken zu ordnen und zu überlegen, was sie als Nächstes tun konnte. Vor wenigen Minuten hatte sie ihren Exmann erreicht. In dem Moment, als sie die Hintergrundgeräusche des fahrenden Wagens und die Stimmen seiner Kegelfreunde gehört hatte, hatte sie sich wieder an die Absprache erinnert. Gerd hatte ihr vor Wochen von dem Ausflug erzählt und sie darum gebeten, dass er im Tausch gerne die beiden darauffolgenden Wochenenden mit Manuela verbringen wollte.

Er war am Telefon kurz angebunden gewesen und hatte sich barsch nach dem Grund ihres Anrufs erkundigt. Sie hatte gesagt, sie habe sich verwählt. Über Manuela hatten sie nicht gesprochen. Er hatte auch nicht nach ihr gefragt. Susanne Jessen verdrängte den Gedanken daran, dass etwas passiert sein könnte. Sie verdächtigte vielmehr ihren Exmann, ihre Tochter, ohne es vorher mit ihr abzusprechen, mit in die Berge genommen zu haben. Sicher hatte er das längst mit Manuela geplant gehabt, und die hatte sich auf die Täuschung eingelassen. Ihr Kind hätte gewusst, dass sie mit dieser Reise niemals einverstanden gewesen wäre. Gerd erwähnte, sie wären kurz vor Ulm. Das bedeutete, er würde spätestens in einer Dreiviertelstunde hier sein. Dann würde das Versteckspiel auffliegen.

Die beteiligten Fahrzeuge brannten lichterloh. Auf den ersten Blick war nicht zu erkennen, ob sich Personen darin befanden. Ihr Kollege stellte den Wagen in einiger Entfernung ab. Lea Thomann griff zum Funkgerät.

»Wir brauchen die Feuerwehr, hier brennt alles!«, rief sie in den Hörer.

»Sind unterwegs«, bekam sie als knappe Antwort von der Leitstelle mitgeteilt.

Es war unmöglich, sich den brennenden Fahrzeugen zu nähern. Bereits in dreißig Metern Entfernung waren die Hitze und der beißende Geruch von brennenden Reifen unerträglich.

Sie griff in ihre Jackentasche und hielt sich eine Serviette des Schnellrestaurants vor Mund und Nase. Die beiden Kollegen der hinzugekommenen Streife liefen in weitem Abstand um die Unfallstelle herum. Einer hielt einen Autofeuerlöscher in der Hand.

Was für ein nutzloses Unternehmen, dachte sie.

Lea entdeckte eine Gruppe Schaulustiger in einem Gartengrundstück. Einer der Männer filmte offenbar das Geschehen mit seinem Mobiltelefon. Sie ärgerte sich über die Sensationsgier solcher Gaffer, denen sie in ihrer polizeilichen Arbeit beinahe täglich begegnete und gegen die sie rechtlich nichts in der Hand hatte.

Sie beschloss dennoch, den Filmer nach der Unfallaufnahme zur Rede zu stellen.

Zum wiederholten Male blickte sie auf die Uhr. Jeden Moment musste die Feuerwehr am Unfallort eintreffen. Ihr Kollege hatte damit begonnen, einige Übersichtsaufnahmen anzufertigen. Ansonsten waren die mittlerweile drei Streifenwagenbesatzungen zum Nichtstun verurteilt. Lea steckte sich das Funkgerät in die Jackentasche, kletterte eine Böschung hinab und lief in Richtung der Schaulustigen. Von dort konnte sie sich geschützt bis auf Höhe der brennenden Wagen vorarbeiten. Mit vorgehaltener Hand hob sie den Kopf über die natürliche Deckung. Sie kniff die Augen zusammen, um im grellen Schein der brennenden Autos etwas erkennen zu können. Die Umrisse dreier Fahrzeuge zeichneten sich vor ihr ab. Es schien, als ob jemand auf dem Beifahrersitz des vordersten Wagen sitzen würde. Aber es konnte eine Täuschung sein. Wenn, dann wäre er längst verbrannt.

Etwas stimmte nicht an den Umrissen der Blechkarossen. Im Frontbereich des mittleren Wagens steckte ein etwa zwei Meter langer, rechteckiger Gegenstand. Sie hatte keine Vorstellung davon, was das sein konnte. Für ein abgerissenes Fahrzeugteil war es zu groß. Eine Zeitlang wendete sie ihr Gesicht von der beißenden Hitze ab und verkroch sich hinter der Böschung. Als sie ihren Blick wieder in Richtung der Unfallstelle wandte, geschah das Unfassbare.

Mitten aus dem Inferno erhob sich plötzlich eine Gestalt, die einen Lederkombi samt Sturzhelm trug.

Mit Entsetzen verfolgte Lea Thomann die roboterhaften Bewegungen der geisterhaft wirkenden Figur. Helm und Kleidung des Unfallopfers waren rußschwarz. Anstatt aus den Flammen zu fliehen, versuchte die Kreatur jetzt den Kinnriemen des Helms zu lösen. Verzweifelt versuchte Lea sich hinter ihrer Deckung bemerkbar zu machen. Heftig winkte sie mit ihren Armen und schrie so laut sie konnte.

»Hier, hier, hier!«

Der Motorradfahrer hörte sie nicht und setzte sein absurdes Handeln fort. Sie warf das Funkgerät zu Boden und versuchte, die Böschung hinaufzuklettern. Die Hitze, die ihr entgegenschlug, war so stark, dass sie ihren Rettungsversuch sofort abbrechen musste. Der Geruch von verbranntem Haar stieg ihr in die Nase. Die Bewegungen der Person in den Flammen wurden immer hastiger. Später erinnerte sie sich daran, dass der Mann nicht einen Laut von sich gegeben hatte. Einzig das bedrohliche Prasseln und Fauchen der Feuersbrunst beherrschte die Szene. Mit einem Mal hielt er bewegungslos inne, als ob er stehend dem Flammenmeer und der sengenden Hitze bis zum Ende trotzen wollte. Schließlich fiel er jäh nach vorne. Lea Thomann wandte sich von dem Schreckensbild ab und übergab sich. In der Ferne hörte sie das Heulen von Signalhörnern der herannahenden Rettungskräfte und ein aufgebrachtes Stimmengewirr vom Gartengrundstück. Das Zischen einer verdampfenden Flüssigkeit. Einmal hörte sie jemanden ihren Namen rufen. Dann verlor sie das Bewusstsein.

Als sie wieder zu sich kam, blickte sie in das freundliche Gesicht eines Rettungsassistenten.

»Wie geht es Ihnen?« Die tiefe Stimme passte nicht zu dem jugendlichen Aussehen des Mannes.

»Gut. Geht schon wieder.«

Ihr Kopf brummte, und sie schmeckte Reste von Erbrochenem.

Sie setzte sich auf und blickte aus dem Seitenfenster des Rettungswagens, der unweit der Unfallstelle parkte. Die Flammen waren gelöscht. Die verbrannten Fahrzeugwracks wirkten aus der Ferne wie ein geschmackloser Scherenschnitt. Die untergehende Sonne färbte die Szenerie in ein hässliches Rot-Schwarz, das stroboskopartig vom Blaulicht der Einsatzwagen durchstreift wurde. An den verbrannten Fahrzeugen hantierten Dutzende Feuerwehrleute und Polizeibeamte.

»Ich möchte gehen.«

Der Sanitäter hob abwehrend die Hände.

»Nein«, stotterte er. »Das können Sie jetzt noch nicht.«

»Doch. Ich gehe. Es geht mir gut.«

Lea schob ihn sanft zur Seite und öffnete die Schiebetür. Sofort stieg ihr Brandgeruch in die Nase.

»Pfui Teufel!« Sie drehte den Kopf zur Seite und sah nochmals zu dem verunsicherten Mann. »Ich bin in Ordnung. Machen Sie sich keine Sorgen.«

Bevor er antworten konnte, schob sie die Tür zu.

Sie blickte kurz in den Außenspiegel des Rettungswagens, rieb sich die Augen und wischte anschließend eine verbrannte Haarsträhne aus dem Gesicht.

»Hast schon besser ausgesehen, Frau Thomann«, flüsterte sie beim Betrachten ihres Spiegelbildes. Dann ging sie entschlossen in Richtung Unfallstelle.

Mit jeder Stunde, die verging, wuchs ihre Unruhe. Susanne Jessen hatte unzählige Male versucht, ihren Exmann zu erreichen, nachdem sie gegen zehn noch immer nichts von ihm und ihrer Tochter gehört hatte. Die unpersönliche Ansage, der Teilnehmer sei derzeit nicht erreichbar, machte sie beinahe wahnsinnig. Entweder hatte er das Mobiltelefon abgeschaltet oder sein Akku war leer. Er müsste längst wieder in der Gegend sein. Dreimal war sie bereits an seiner Wohnung im nahegelegenen Salach vorbeigefahren. Hatte sämtliche Kneipen überprüft, in denen er und seine Kegelfreunde regelmäßig verkehrten. Dazwischen rief sie bei den Eltern von Manuelas bester Freundin an, bei der sie häufig die Nacht verbrachte. Auch dort wusste niemand etwas vom Verbleib ihrer Tochter. Am offensichtlichsten erschien ihr immer noch ihr erster Verdacht, Gerd habe Manuela mit zu dem Ausflug genommen. Trotzdem überkam sie eine schreckliche Vermutung. Eine Angst, die sie immer weniger kontrollieren konnte.

Gegen dreiundzwanzig Uhr wusste sie sich nicht mehr anders zu helfen, als die Polizei um Rat zu fragen. Der Beamte am Telefon war nervös und unterbrach sie ständig. An den Funkgesprächen im Hintergrund bekam sie mit, dass ein schwerer Verkehrsunfall passiert sein musste. Sie hinterließ Adresse und Telefonnummer und sagte dem Polizisten, sie würde sich nochmals melden, wenn sie ihren Exmann erreicht hätte.

War Gerd in den Unfall verwickelt? Vielleicht hatte er Manuela zu seiner neuen Freundin gebracht? Oder sie hatte das ganze Wochenende bei ihr verbracht? Auch das war plausibel. Leider wusste sie so gut wie nichts über diese Frau. Nicht einmal den Nachnamen, geschweige denn ihre Adresse.

Claudia sei nett, erzählte ihre Tochter gelegentlich. Angeblich war sie zehn Jahre jünger als er und lebte in Donzdorf, einer Nachbargemeinde. Manchmal dachte sie, es wäre besser gewesen, ihn niemals kennengelernt zu haben.

# MONTAG
22. Juli 2013

Er war aufgewacht. Schweißgebadet. Er hatte von dem Mädchen geträumt und sich an die Stille erinnert, nachdem er die Hand von ihrem Gesicht genommen hatte. An den Moment, als er begriffen hatte. Er setzte sich auf und versuchte, die Bilder zu verdrängen. Im Raum roch es nach leeren Weinflaschen und Schmutzwäsche. Er öffnete ein Fenster und stierte in den Nachthimmel. Dann begann er zu frösteln, hob ein gebrauchtes T-Shirt vom Boden auf und zog sich um. Er dachte über den Traum nach. Was, wenn alles ein Irrtum war und sie noch lebte? Er überlegte, ob er in den Wald fahren sollte, um nach ihr zu sehen. Aber dann fiel ihm ein, dass man sie vielleicht bereits gefunden haben könnte und die Polizei auf dem Parkplatz auf ihn warten würde. Und er wusste nicht, was er seiner Lebensgefährtin sagen sollte, die im Nebenzimmer schlief und vom kleinsten Geräusch aufwachte. Mechanisch griff er nach der Flasche, die neben seinem Bett stand, und nach einer weiteren Schlaftablette. Zitternd trank er und schluckte die Kapsel. Dann eine zweite. Morgen werde ich mich vergewissern, dachte er. Alles gestaltete sich schwieriger, als er es sich vorgestellt hatte.

Er lag wach, bis er den Wagen des Zeitungsausträgers hörte, der sein Auto jeden Morgen vor dem Nachbarhaus abstellte, um die Zeitungen im Wohngebiet zu verteilen. Nachdem der Wagen wieder weggefahren war, stand er auf und ging nach unten. Nervös blätterte er die Montagsausgabe der *Neuen Württembergischen Zeitung* durch und überflog jede Seite zweimal. Anschließend faltete er das Blatt ordentlich zusammen und steckte es zurück in den Briefkasten.

Der Morgen war mild. Das Thermometer an der Haustür zeigte einundzwanzig Grad. Er ging wieder zu Bett und wartete auf die Morgendämmerung. Es war zehn Minuten nach drei.

Später tauchte er in denselben Traum ein wie in der Nacht.

Gegen drei Uhr dreißig übernahm Lea Thomann die Arbeit am Wachtisch. Nachdem sie von der Unfallaufnahme zurückgekehrt war, hatte sie zuerst geduscht und eine frische Uniform angezogen. Die Kleidungsstücke rochen abscheulich nach Rauch. Die Bilder und Eindrücke der Nacht beschäftigten sie unaufhörlich. Drei verkohlte Leichen hatten die Einsatzkräfte aus den Fahrzeugwracks geborgen. Darunter der Motorradfahrer, an den sie ständig dachte. Zwei Sachverständige waren noch vor Ort, um die Unfallursache zu ermitteln. Es gab einen Überlebenden, der mit schweren Verbrennungen bis zur zwei Kilometer entfernten Wohnung seiner Freundin gelaufen war. Der Achtunddreißigjährige war mit einem Helikopter in eine Spezialklinik nach Ludwigshafen geflogen worden.

Zwei ihrer Kollegen und ein Notfallseelsorger waren unterwegs, um den Angehörigen die Hiobsbotschaften zu überbringen. Lea war froh, dass ihr Vorgesetzter sie nicht für diesen Auftrag eingeteilt hatte. Dafür musste sie jetzt am Wachtisch das Einsatztagebuch schreiben und Telefonate entgegennehmen. Sie ärgerte sich darüber, am Unfallort das Bewusstsein verloren zu haben. Bestimmt würden die Kollegen sie damit aufziehen. Im Streifendienst wurde so ein Vorfall häufig als Schwäche ausgelegt. Vor allem dann, wenn es einer Frau passierte. Sie hasste die ewigen Sticheleien und die Grundsatzdiskussionen über Frauen bei der Polizei. Wenn es eine Möglichkeit gäbe, würde sie den Streifendienst lieber heute als morgen verlassen. Es gab Momente, in denen sie ernsthaft über eine Kündigung nachdachte. Seufzend rückte Lea die abgegriffene Tastatur zurecht.

Sie schrieb das Einsatztagebuch fertig und überflog die übrigen Einträge der vergangenen Nacht. Den Notizen ihres Kollegen zufolge hatte einer der Männer aus dem Schrebergarten die Polizei alarmiert. Wenigstens das! Ob die Gaffer eventuell als Zeugen in Betracht kämen?

Möglicherweise würden die Filmaufnahmen bei den Ermittlungen weiterhelfen. Lea Thomann machte sich einen Vermerk in ihr Notizbuch.

Anschließend listete sie sämtliche Maßnahmen mit der genauen Uhrzeit in einer Tabelle auf. Für zweiundzwanzig Uhr neunundfünfzig hatte jemand einen Eintrag notiert, der nichts mit dem Unfall zu tun hatte. Sie öffnete die Datei mit einem Mausklick und überflog das Geschriebene. Dann ein zweites Mal. Anschließend griff sie beunruhigt zum Telefonhörer.

Susanne Jessen wartete auf einem Parkplatz vor der Wohnung ihres Exmannes. Irgendwann musste er nach Hause kommen. Jedes Mal, wenn ein Fahrzeug vor ihr in die Straße einbog oder im Rückspiegel ein Scheinwerferpaar auftauchte, zuckte sie zusammen und stellte sich auf das Zusammentreffen ein. Mit der Zeit nahm die Anzahl der Pkws ab. Einmal fuhr ein Streifenwagen der Polizei vorbei und hielt in einiger Entfernung an. Zuerst dachte sie, das Auftauchen der Polizei hätte etwas mit ihrem Anruf zu tun. Oder damit, dass ihrem Exmann und Manuela etwas zugestoßen war. Nachdem der Streifenwagen kurze Zeit später weiterfuhr, verwarf sie den Gedanken. Immer wieder nahm sie ihr Mobiltelefon in die Hand und war im Begriff, erneut die Polizei anzurufen. Und jedes Mal legte sie das Gerät wieder auf den Beifahrersitz. Sie schämte sich. Selbst nach der Scheidung hatte es immer wieder Vorfälle gegeben, zu denen der örtliche Streifendienst gerufen worden war. Meistens riefen die Nachbarn an, wenn Gerd in der Wohnung randalierte. Beim letzten Vorfall vor etwa drei Monaten, war ihr keine andere Wahl geblieben, als sich selbst bei der Polizei zu melden. Er hatte sie verprügelt und im Schlafzimmer eingeschlossen. Anschließend zertrümmerte er die halbe Einrichtung und verließ die Wohnung mit den Worten, es wäre ihm recht, wenn sie endlich verrecken würde. Zum Glück lag ihr altes Prepaid-Handy in der Nachttischschublade. Das Guthaben war seit Langem aufgebraucht, sodass ihr nur die Möglichkeit blieb, die Nummer der Polizei zu wählen.

Jetzt war es fünf Uhr am Morgen. In drei Stunden würde die Schule beginnen. Langsam drängte die Morgendämmerung die Dunkelheit zur Seite wie eine Theaterkulisse.

Gegen fünf Uhr fünfundvierzig bog der rote Mondeo in die Hofeinfahrt. Später erinnerte sie sich daran, dass sie zu dem Fahrzeug gerannt war und die rechte hintere Tür aufgerissen hatte.

Dort, wo Manuela immer saß.

Aber ihr Platz war leer.

Von da an hatte sie das Gefühl, in ein dunkles Loch zu stürzen, in dem es keinen Boden gab.

Die Tachonadel stand senkrecht auf der hellblau leuchtenden Geschwindigkeitsanzeige des Streifenwagens.

»Fahr langsamer!« Die Stimme ihres Vorgesetzten klang ernst. »Auf eine Minute früher oder später kommt es jetzt nicht mehr an.«

Lea Thomann ignorierte diese Bemerkung und drückte das Gaspedal voll durch. Von dem Augenblick an, als sie von dem Anruf erfahren hatte, regte sich ein ungutes Gefühl in ihr. Sie konnte ihre Bedenken nicht erklären. Trotzdem bestand sie darauf, den Sachverhalt vor Ort zu klären. Ihre Kollegen zeigten kein Verständnis und versuchten, ihr die Fahrt nach Süßen auszureden. Auf ihre Argumente war sie nicht eingegangen. Sie erinnerte sich an den Einsatz Ende April, bei dem sie die verzweifelte Frau aus ihrem Schlafzimmer befreien mussten. An ihre Scham, während sie den Polizeibeamten und dem Schlosser, der die Tür geöffnet hatte, erklären musste, wie es zu dem Vorfall gekommen war, und die ihr selbst so nahe gegangen war. Sie hatte bemerkt, wie sehr die Frau um das Wohl ihrer Tochter bemüht war. Und sie erinnerte sich an den Mann, den sie auf der Dienststelle vernommen hatte. Er stank widerlich nach Alkohol und Zigaretten, zeigte sich völlig uneinsichtig und vertrat beharrlich die Meinung, dass seine Exfrau nichts anderes verdient habe. Als sie ihn mit dem Tatvorwurf der Körperverletzung und Freiheitsberaubung konfrontierte, lachte er sie aus und meinte, seine Exfrau würde bestimmt keine Anzeige erstatten. Tatsächlich verzichtete Susanne Jessen, auch nach mehrmaligem Drängen, auf eine Strafanzeige.

*Sonst wird alles noch schlimmer!*

Es wird schlimmer werden, wenn sie nichts unternehmen, hatte sie der Frau eindringlich zu erklären versucht.

*Ich kann nicht!*

Als sie Gerd Jessen aus der Zelle holten, verhöhnte er sie und machte anzügliche Bemerkungen. Seine Worte klangen ihr noch im Ohr.

»Ich hab's Ihnen gleich gesagt. Sie hätten sich eine Menge Arbeit sparen können. Sie hat's verdient, glauben Sie mir.«

»Halten Sie den Mund und verschwinden Sie!« Es fehlte nicht viel, und sie hätte ihm ins Gesicht geschlagen.

»Böse, böse Polizistin. Mir hat's Spaß gemacht. Sie dürfen mich jederzeit wieder verhaften. Wie wär's beim nächsten Mal mit ein paar Fesselspielchen?«

Zum Glück hatte damals einer ihrer Kollegen sie festgehalten.

All das ging ihr nicht mehr aus dem Kopf. Sie hatte ihren Kollegen damit gedroht, sich alleine um die Angelegenheit zu kümmern. Schließlich hatte sich ihr Schichtführer bereit erklärt, mit nach Süßen zu fahren.

»Ich hab halt ein Scheißgefühl«, erklärte sie die rasante Fahrt und ihre Besorgnis.

»Wieso denn, sie hat doch am Telefon gesagt, dass sie sich nochmals melden würde.«

»Vielleicht hast du recht, aber ich halte es trotzdem für notwendig, dem Anruf nachzugehen.«

»Das tun wir ja jetzt. Könntest du trotzdem etwas langsamer fahren?«

Lea nahm den Fuß vom Gas.

»Ich trau dem Typen nicht, du hättest bei der Vernehmung damals dabei sein sollen.«

»Aber hier geht es doch nur darum, dass dieser ...«, er blätterte in dem Schnellhefter auf seinem Schoß, »... Gerd Jessen die gemeinsame Tochter nicht zur vereinbarten Zeit zurückgebracht hat.«

»Schon, aber ...«

»Das ist Sache der Eltern. Zivilrecht. Möglicherweise ein Fall für das Vormundschaftsgericht, aber nicht für die Polizei.«

»Wenn dem Kind etwas passiert ist, schon.«

»Richtig.«

Sie lenkte den Einsatzwagen durch einen Kreisverkehr und hielt nach wenigen Metern genau an derselben Stelle wie vor Monaten. In der Zwischenzeit war es hell geworden. Die meisten Namen auf dem Klingeltableau des Wohnblocks waren unleserlich geschrieben. Einige fehlten. Die beiden unteren waren mit einem Feuerzeug beschädigt worden. Der Kunststoff hatte sich in einen braunen Klumpen verwandelt.

Lea griff nach ihrem Mobiltelefon.

»Wie war die Nummer?« Ihr Vorgesetzter hielt ihr die Kopie der Akte hin. Als sich der Anrufbeantworter einschaltete, beendete sie das Gespräch.

»Dann eben so.« Sie drückte willkürlich auf einen der Klingelknöpfe. Ihr Vorgesetzter hob erschrocken die Hände.

»Spinnst du?«

Die Türsprechanlage knackte. Eine mürrische Männerstimme meldete sich.

»Wer ist da?«

»Polizei. Wir wollen zu Familie Jessen.«

»Wissen Sie, wie viel Uhr es ist?«

»Ja, tut mir leid, wenn ich Sie geweckt habe. Aber es ist dringend.«

»Zu wem wollen Sie?«

»Jessen.«

»Kenne ich nicht.«

»Eine Frau mit einem zehnjährigen Mädchen.«

»Ach die. Oberste Klingel. Links.«

»Danke.«

Lea lächelte ihrem Kollegen zu und betätigte den besagten Knopf. Ein schriller Dauerton hallte durch das Treppenhaus. Nichts rührte sich. In einer der Wohnungen schlug ein Hund an. Sie drückte ein weiteres Mal auf die Klingel. Dieses Mal ließ sie erst nach mehreren Sekunden wieder los. Davon muss man aufwachen, dachte sie. Jemand brüllte. Der Hund hörte auf zu bellen. Dann war es wieder still.

»Und jetzt?«

Lea drehte sich um und zuckte mit den Schultern.

»Keine Ahnung! Vielleicht sollten wir noch zu dem Typen.«

»Meinetwegen, aber danach fahren wir zurück. Ich habe noch einiges zu erledigen vor dem Schichtwechsel.«

Während sie zum Streifenwagen zurückgingen, blickte sie an dem Hochhaus hinauf in die Etage, in der sie die Wohnung von Susanne Jessen vermutete. Die Zimmer mussten auf der anderen Seite liegen. Sie zögerte einen Moment und überlegte, ob sie um das Haus herum gehen sollte. Dann schüttelte sie den Kopf und folgte ihrem Kollegen, der bereits neben der Beifahrertür stand und mit den Fingern auf das Autodach trommelte.

Lea stieg ein, wendete den Wagen und fuhr langsamer als zuvor in Richtung Ortsmitte. Das Unbehagen in ihrer Bauchgegend war stärker geworden.

In seinem Traum hatte Valerie plötzlich in seinem Schlafzimmer gestanden und gefragt, ob er nicht aufstehen wolle.

*Möchtest du gleich am ersten Tag einen schlechten Eindruck hinterlassen?*

Er sah auf die Uhr. Es war kurz vor acht. Panisch schlüpfte er in seine gebrauchten Kleider, während sie ihm Vorwürfe wegen seines schlampigen Lebensstils machte.

*Das ist typisch. Ich möchte einmal erleben, dass du erwachsen wirst.*

Im Hintergrund spielte Musik.

*I walk a lonely road.*

*The only one that I have ever known.*

Er liebte den Green Day Song. In dem Moment, als er Valerie sagen wollte, er habe keine Lust, sich mit ihr zu streiten, wachte er auf.

*My shadow's the only one that walks beside me*, tönte es aus dem Kleiderchaos auf seinem Bett. Er hatte das Lied als Weckmelodie in sein Mobiltelefon programmiert. Moritz Kepplinger versuchte, die verblassenden Bilder des Traums festzuhalten.

So war sie nicht, dachte er. Er schwelgte häufig in Gedanken darüber, wie das Leben wäre, wenn sie heute immer noch zusammen wären. Welche Perspektiven sie gehabt hätten. Wie so oft wünschte er sich in diesem Moment, sie würden eine zweite Chance bekommen. Allerdings war er sich über seine Gefühle gegenüber Valerie gar nicht mehr im Klaren. Dafür war zu viel

Zeit vergangen. Er nahm sich vor, sie am Abend anzurufen und ihr von seinem ersten Arbeitstag in der neuen Dienststelle zu berichten. Die aufkommenden Zweifel, was er mit diesem Anruf bezwecken wollte, verdrängte er und ging zur Toilette.

Lea Thomann verzichtete auf das übliche Feierabendbier am frühen Morgen. Gelangweilt lauschte sie den immer gleichen Gesprächen der Kollegen und trank hin und wieder einen Schluck aus ihrer Wasserflasche. Am liebsten wäre sie aufgestanden und gegangen. Aber es gehörte sich, nach dem Nachtdienst im Kollegenkreis wenigstens noch eine Stunde beisammenzusitzen. Sie freute sich auf die dreieinhalb freien Tage, die vor ihr lagen. Andererseits wurde sie das Gefühl nicht los, dass sie im Hinblick auf den Anruf von Frau Jessen zu wenig unternommen hatte. Sie hatte sich zwar nicht wieder gemeldet, aber das musste nichts heißen.

Sie redete sich ein, alles habe sich geklärt. Kurz vor sieben erhob sie sich und schob Müdigkeit und die Ereignisse der Nacht als Grund vor, endlich gehen zu können. Im Büro holte sie ihre Sachen, fuhr ihren PC herunter und verließ das Polizeirevier.

Kurz bevor sie den Stellplatz erreicht hatte, auf dem ihr gelber Mini parkte, blieb sie stehen. Sie folgte ihrem Bauchgefühl, drehte sich um und ging zurück in den Wachbereich des Polizeireviers. Ein Kollege der Folgeschicht studierte die Vorgänge der vergangenen Nacht. Als er sie bemerkte, deutete er mit dem Finger auf den Bildschirm. Mit der anderen Hand griff er nach einer Tasse.

»Ganz schön was los gewesen heute Nacht.«

Lea nickte. »Kann man wohl sagen.«

Sie beugte sich über die Holztheke und deutete auf den betreffenden Eintrag. »Klick mal bitte da drauf«, sagte sie.

Der Kollege öffnete die Datei und überflog den beschriebenen Sachverhalt.

»Und?« Er blickte vom Bildschirm auf und musterte ihre Stirn. Offenbar hatte sie vergessen, einige der angekohlten Haare abzuschneiden.

»Könntest du mir bitte einen Gefallen tun?«

»Wenn es nichts Größeres wird.«

In diesem Augenblick klingelte das Telefon.

»Sorry!« Mit hochgezogenen Augenbrauen nahm er das Gespräch an. Lea drehte sich um und betrachtete die aktuellen Fahndungsplakate des Bundeskriminalamtes. Ihr Blick blieb an drei Bildern eines knabenhaften Jungen hängen. Dem Geburtsdatum zufolge war er bereits fünfundzwanzig. Der Gesuchte stammte aus Köln, war vor Jahresfrist zum Islam konvertiert und hatte sich einer terroristischen Vereinigung angeschlossen. Angeblich war er bereits an mehreren Attentaten und deren Vorbereitung beteiligt gewesen. Lea dachte an die Bombenanschläge während des Boston Marathons im Frühjahr. Sie versuchte, sich einen Reim darauf zu machen, was einen jungen Mann dazu bewegen konnte, im Namen Allahs Gewalttaten zu verüben.

»Hör mal!«

Lea wandte sich ihrem Kollegen zu, der den Hörer auflegte und eine Notiz zu Ende schrieb.

»Susanne Jessen ist vor einer halben Stunde mit einem Nervenzusammenbruch in die Psychiatrische Abteilung des Christophsbades gebracht worden. Ihr Exmann hat den Ärzten mitgeteilt, dass die gemeinsame Tochter der beiden seit Freitag vermisst wird.«

»Was?«

»Warum und wieso das erst jetzt bekannt geworden ist, habe ich nicht verstanden. Ich schicke auf jeden Fall mal eine Streife dort hin.«

Während ihr Kollege die ersten Maßnahmen über Funk und Telefon erledigte, setzte sich Lea fassungslos auf einen Stuhl.

*Manuela.* Damals hatte die Kleine sie während der Verabschiedung mit beiden Händen an der Jacke festgehalten.

»Du musst die Kriminalpolizei verständigen!«

»Nicht bevor ich weiß, ob an der Sache was dran ist«, antwortete der Kollege.

»Da ist was dran, verdammt noch mal!«, schrie sie den erstaunten Kollegen an und rannte aus der Wache.

Später ärgerte sie sich darüber, erneut die Fassung verloren zu haben. Am meisten aber ärgerte sie sich, dass sie selbst in der Nacht so wenig unternommen hatte.

»Bitte halten Sie Ihren Dienstausweis gerade vor die Kamera«, forderte ihn eine überkorrekt klingende Frauenstimme auf.

»Ja, einen Moment bitte.« Moritz Kepplinger kramte in seinen Taschen nach dem Ausweispapier. Er kam sich reichlich blöd dabei vor in dem Wissen, beobachtet zu werden. Schließlich fand er die gesuchte, von einer unfreiwilligen Vierzig-Grad-Wäsche nahezu unlesbare Plastikkarte und hielt sie vor die Kamera der Türsprechanlage.

Da er erwartete, dass im nächsten Moment die Eingangstür geöffnet werden würde, machte er einen Schritt nach vorne.

»Zu wem, sagten Sie, möchten Sie?«

Er musste sich beherrschen, während er zurück an die Sprechanlage trat und der Dame zum zweiten Mal erklärte, wer er sei und dass er heute seinen Dienst hier antreten wolle.

»Das ist allerdings nur möglich, wenn ich das Gebäude betreten darf.«

»Werden Sie nicht frech. Es ist meine Pflicht, Besucher dieses Hauses sorgfältig zu kontrollieren!«

»Schon gut«, beruhigte Kepplinger die Frau. »Also, wohin?«

»Dritter Stock, Zimmer dreihunderteins.«

»Danke.«

Nachdem er den ersten Treppenabsatz erklommen hatte,

blickte er hinter einem Empfangsschalter in die kritischen Augen einer bebrillten Endfünfzigerin mit hochgestecktem Haar. Er nickte freundlich und wandte sich rasch von ihrem strafenden Blick ab in Richtung Treppe. Genau so habe ich sie mir vorgestellt, dachte er und wunderte sich darüber, wie viel die Stimme eines Menschen über seinen Charakter und sein Aussehen verraten konnte. Wie es wohl klingt, wenn ich spreche, fragte er sich, während er an die bevorstehende Unterhaltung mit seinem neuen Chef dachte. Auf einem Treppenabsatz stand eine Metallskulptur. Er hielt einen Moment inne.

*Es war anders, als er es sich vorgestellt hatte.*

*Die herrliche Aussicht auf den Bodensee, der bis an eine Anlegestelle an das Grundstück heranreichte. Es roch nach Zitronengras. Die Frühjahrssonne spiegelte sich in den verrosteten Skulpturen im Garten. Ein überdimensionales Fischskelett, das an einem Galgen hin und her baumelte. Zwei Hühner aus alten Hufeisen zusammengeschweißt. Ein lebensgroßes Krokodil, dessen Panzer aus schweren Ketten bestand und aus der Distanz betrachtet verblüffend echt wirkte. Ihr Mann fertige sie aus Altmetall an, schwärmte sie. Mittlerweile habe er eine ganze Armee von Schweißgeräten und Werkzeugen.*

*Er sagte, dass ihm die Figuren gefallen würden.*

*Sie saßen sich in bequemen Sesseln gegenüber und tranken Tee. Es war angenehm, mit ihr zu sprechen. Sie war freundlich, gebildet und erzählte von ihren Erlebnissen, die sie während ihrer Auslandseinsätze als Psychologin bei* Ärzte ohne Grenzen *gesammelt hatte. Später räumte er ein, dass er unsicher sei, ob er hier richtig wäre und ob es etwas bringen würde.*

*Sie lächelte.*

*»Moritz, probieren Sie es einfach aus. Wenn Sie erzählen möchten, tun sie es. Wenn nicht, reden wir über Politik, Literatur, was auch immer. Oder Sie gehen einfach wieder. Sie sind der Boss.«*

Ihm fiel ein, dass er am Abend, oder besser in der Mittagspause, seinen Wagen abholen musste, der noch vor dem griechischen Restaurant abgestellt war.

»Möchten Sie einen Kaffee?«, die Stimme der vielleicht dreißigjährigen Sekretärin, die ihn im dritten Stock empfing, klang wesentlich freundlicher als die des Empfangsdrachen. Ihre Augen lächelten ihn über die Ränder einer schmalen, randlosen Brille an, während sie ungehemmt an ihrem Kaugummi kaute. »Der Chef kommt sicher gleich.«

»Gerne«, erwiderte er. »Wenn es keine Umstände macht.«

»Umstände?« Die Frau erhob sich schmunzelnd und drückte einen der Bedienknöpfe des Kaffeevollautomaten, der in der Ecke stand. Das Mahlwerk bereitete mit einem enormen Lärmpegel die passende Pulvermenge zu.

»Wenn Sie wüssten, wie viel Kaffee hier getrunken wird«, übertönte sie den Krach und griff nach einer Tasse. Sie streckte ihm die Hand entgegen. »Franzi, also eigentlich Franziska, wir können uns doch duzen, wenn du jetzt hier anfängst.«

Er griff nach der gepflegten Hand, die sich weich und warm anfühlte. Unwillkürlich dachte er an Valerie.

»Klar, natürlich«, sagte er. »Moritz, Moritz Kepplinger.«

»Herr Kepplinger.« Eine sonore Männerstimme schallte durch das Zimmer. Moritz musste seinen Kopf heben, um dem Mann, der energisch vor ihn trat, in die Augen blicken zu können. Er schätzte seine Körpergröße auf über zwei Meter.

»Brandstätter, mit ä und zwei te«, stellte sich der Riese vor. Die Hand, die er jetzt schüttelte, war doppelt so groß wie die der Sekretärin, und der Griff so fest, dass eines seiner Fingergelenke knackte. Kepplinger machte das nichts aus, er erwiderte den Druck. Gleichzeitig fragte er sich, ob sein neuer Chef beabsichtigte, ihn damit zu beeindrucken.

»Moritz Kepplinger«, seine Stimme klang nicht halb so laut

wie die seines Vorgesetzten. »Ich bin der Neue«, fügte er hinzu, nachdem ihm nichts Besseres einfiel.

»Na dann, kommen Sie mal rein.«

Der Riese griff nach der Kaffeetasse, die Franziska ihm gerade reichen wollte, und bedankte sich für ihre Aufmerksamkeit. Die Sekretärin lächelte ihm zu, während er seinem neuen Chef in dessen Büro folgte.

»Ich mache dir nachher einen frischen«, rief sie ihm nach.

»So sieht also ein ehemaliger SEKler aus. Hab Sie mir anders vorgestellt.«

Kepplinger verkniff sich eine Bemerkung. Brandstätter nestelte am Knoten seiner hellgrauen Krawatte mit Schmetterlingmotiven, die Kepplingers Meinung nach überhaupt nicht zu dem hellrosafarbenen Hemd passten, das sein Gegenüber trug.

»Na ja, ich dachte immer, die sind alle so eins neunzig große Kleiderschränke. Sie wissen, was ich meine?«

»Das denken die meisten«, erwiderte Kepplinger. »Aber das liegt wahrscheinlich an den vielen überspitzten Darstellungen in den Medien.«

Brandstätter setzte sich irritiert auf seinen Bürostuhl und blätterte in Kepplingers Personalakte.

»Warum sind Sie denn da weg? Den Unterlagen nach waren Sie ja einer der Besten im Kommando!«

»Ich war sechs Jahre dort und wollte etwas anderes machen.«

»Richtig, Kepplinger, richtig. Immer nach vorne schauen, sag ich immer.« Er klappte die Akte zu und deutete mit einer lässigen Handbewegung auf einen Stuhl. Moritz setzte sich.

»Und?«, erkundigte sich der groß gewachsene Chef. »Alles beim Rechten, da unten an der Fachhochschule?«

Bevor er antworten konnte, sprudelten die Erinnerungen des Vorgesetzten aus ihm heraus.

»Gab's früher alles nicht. Studium und so weiter. Ein besserer Zwölf-Wochen-Lehrgang war das damals. Neunundsiebzig, mein Gott, ist das lange her. In den alten Klosterbaracken von Mariatann haben wir gehaust. Nicht weit von Villingen. Mann, das waren Zeiten. Da musstest du im Winter selber Feuer machen. Morgens waren die Fenster innen gefroren. Aber die Zeit will ich nicht missen. Sind alle was geworden von damals, auch ohne Diplom und den ganzen Firlefanz. Der Polizeiberuf ist ein Erfahrungsberuf, sag ich immer.«

Kepplinger wusste nicht, was er darauf erwidern sollte. Er versuchte nur die Enttäuschung darüber zu verbergen, erneut an einen Vorgesetzten geraten zu sein, der sich in den ersten fünf Minuten des Kennenlernens als selbstherrlich entpuppte.

Der Inspektionsleiter starrte nachdenklich an die gegenüberliegende Wand, bis er sich mit einem Mal wieder an den Anlass des Gesprächs zu erinnern schien.

»Also, Kepplinger, passen Sie mal auf. Nicht, dass Sie das in den falschen Hals bekommen mit dem Studium. Ist 'ne gute Sache. Hab in den letzten Jahren lauter feine Leute von da unten bekommen. Und da sind Sie hoffentlich keine Ausnahme.«

»Sonst wäre ich wohl nicht hier?«

Sein neuer Chef musterte ihn kritisch.

»Richtig, Kepplinger, richtig. Jetzt gucken Sie mal, wie das hier so läuft, und machen sich mit den Leuten und der Stadt vertraut. Fälle gibt's genug, das kann ich Ihnen versprechen. Da wird's einem nicht langweilig. Wir sind sowieso viel zu wenige. Alle paar Jahre nehmen sie mir eine Stelle weg. Bei größeren Sachen muss ich jedes Mal Klinken putzen gehen, um eine halbwegs vernünftige Sonderkommission zusammenzubekommen. Und jetzt noch der ganze Mist mit der Polizeireform. Weiß gar nicht, wie das dann noch funktionieren soll.«

Für einen Moment verebbte der Redefluss. Kepplinger blickte demonstrativ auf die Uhr, aber Brandstätter hatte schon wieder in seinen Monolog zurückgefunden.

»Dass Sie jetzt da sind, ist nur möglich, weil die von der Inspektion drei eine Stelle abgeben mussten. Die haben eh nicht so viel Geschäft wie wir.« Er lachte abfällig. Kepplinger sollte offenbar den Eindruck gewinnen, dass die Kollegen, die im Bereich der Wirtschaftskriminalität tätig waren, ausschließlich Faulenzer waren. Mittlerweile hatte er genug von dem Geschwafel und überlegte, wie er das Gespräch diplomatisch zu einem Ende bringen könnte.

Die Seitentür öffnete sich, und die Sekretärin übergab dem Inspektionsleiter eine Faxnachricht. »Entschuldigung, ist wichtig.«

Brandstätter überflog die Nachricht stirnrunzelnd.

Franziska blieb in der Tür stehen und wartete auf seine Reaktion.

»Wo sind denn die ganzen Leute?«, erkundigte sich der nachdenklich gewordene Vorgesetzte.

»Herder und zwei Leute von der Spurensicherung sind bei dem Autohaus in Uhingen wegen dem Brand. Schubart und Falcone sind in der Justizvollzugsanstalt Stammheim wegen der Mordsache Friedberger. Da gab es wohl einen brauchbaren Hinweis von einem Häftling. Christian Schwarz habe ich heute noch nicht gesehen, keine Ahnung, was mit ihm ist. Frau Kober hat einen Termin beim Rektor der Realschule wegen den Erpressungsfällen, und Ackermann hat diese Woche Urlaub.«

»Na, das ist aber schlecht«, sagte Brandstätter und betrachtete erneut die Mitteilung.

»Da geht's um ein vermisstes Kind. Sollte man schleunigst was unternehmen.« Der Blick des Vorgesetzten wanderte mehrmals zwischen Fax, Sekretärin und Kepplinger hin und her. Schließlich reichte er ihm das Schreiben.

»Kümmern Sie sich mal um die Sache und halten mich auf dem Laufenden.«

Kepplinger warf zögernd einen Blick auf die Nachricht.

»Frau Bässler, haben wir einen freien Tisch für den jungen Kommissar?«

»Klar, ich habe bereits ein Namenschild angebracht.«

»Na, dann aber los, Kepplinger, und wie gesagt, melden Sie sich, wenn Sie was brauchen.«

Moritz fühlte sich mit dem unverhofft frühen Auftrag überfordert. Natürlich wusste er, was bei einer Vermisstenfahndung zu tun war, aber er kannte weder die hiesigen Gepflogenheiten noch einen einzigen Ansprechpartner innerhalb der Polizeidirektion. Er hatte das Gefühl, Tausend ungeklärte Fragen zu haben, und war im Begriff, einige davon zu stellen. Aber sein Gegenüber hatte sich bereits in einen dicken Aktenordner vertieft und wirkte nicht mehr allzu gesprächsbereit. Moritz schüttelte den Kopf und folgte Franziska auf den Flur. Sie zeigte ihm sein Büro. Er warf einen Blick auf das Türschild und sah, dass er das Zimmer mit einem gewissen Salvatore Falcone teilte.

»Willkommen bei der Inspektion eins«, sagte Franziska und verschwand wieder in ihrem Büro.

Das Zimmer war modern eingerichtet. In der Ecke neben einem kleinen Besprechungstisch stand ein riesiger Ficus. Auf dem Tisch seines Kollegen herrschte ein heilloses Durcheinander von Akten und Büchern, Schriftsätzen und Schreibgeräten, Getränkedosen und leeren Kaffeetassen. Sein eigener war mit zwei Rollcontainern und einem modernen Computer mit Flachbildschirm ausgestattet. An der gegenüberliegenden Wand hingen zwei Poster mit Spielern von Inter Mailand. In beiden Zimmerecken standen geräumige Schränke, und ein großes Fenster sorgte für ausreichend Licht.

Trotz der Unordnung fühlte er sich auf Anhieb wohl. Die Ausstattung war um einiges hochwertiger, als er sie von seiner Stuttgarter Dienststelle her gewohnt war. Er ließ sich auf den Bürostuhl plumpsen und legte das Fax auf den leeren Tisch.

Anschließend überlegte er, wie er vorgehen sollte.

*Denken Sie immer daran, Moritz. Der nächste Schritt ist der richtige.*

Er entnahm dem Papierfach des Laserdruckers in der Tischmitte ein Blatt und machte sich einige Notizen, während er den Text erneut überflog. Franziska brachte ihm die versprochene Tasse Kaffee und erkundigte sich, ob er etwas bräuchte.

Er verneinte. »Ich melde mich dann. Danke für den Kaffee.«

Nachdem die Sekretärin die Tür geschlossen hatte, griff er in seiner Jackentasche nach einem Kaugummi. Er hatte immer noch Knoblauchgeschmack im Mund. Anschließend konzentrierte er sich auf den Sachverhalt und wunderte sich, dass der Fall erst jetzt bei der Kriminalpolizei gelandet war. Die zehnjährige Manuela Jessen wurde dem Bericht zufolge seit Freitag vermisst. Kepplinger beschloss, zuerst mit den Kollegen von der Streife zu sprechen, die die Anzeige entgegengenommen hatten.

Danach würde er die Eltern des Kindes aufsuchen.

Er überlegte kurz, ob er Brandstätter über die geplante Vorgehensweise unterrichten sollte, fand es aber lächerlich. Dann griff er zum Telefon und wählte die Nummer des Streifendienstes.

Es war acht Uhr zwanzig am Montag, dem 22. Juli 2013.

Der Berufsverkehr in der Göppinger Innenstadt war am Abklingen, als er den Dienstrenault über die Bahnbrücke in Richtung des Klinikums Christophsbad lenkte. Vor ihm schaltete die Ampelanlage am Ende der Überführung auf Rot. Kepplinger beobachtete die rasche Fahrt eines Intercity-Express durch die Gleisanlagen des Göppinger Bahnhofs, der sich unterhalb der Brücke befand. Elegant legte sich der Hochgeschwindigkeitszug auf der Fahrt nach Stuttgart in eine lang gezogene

Rechtskurve. Prompt musste er an eine gemeinsame ICE-Fahrt mit Valerie denken. Vor zwei Jahren hatte seine Freundin Tickets für *König der Löwen* erstanden. Das Arrangement hatte außerdem die Fahrt nach Hamburg, zwei Übernachtungen in einem Luxushotel und eine Hafenrundfahrt beinhaltet. Seufzend legte er den Gang ein. Wenige Hundert Meter später lenkte er den Wagen auf einen der Besucherparkplätze am Haupteingang der Klinik.

An der Pforte erfuhr er, dass sich Susanne Jessen noch in der psychiatrischen Ambulanz befand und nicht besucht werden konnte.

Kepplinger hielt seinen Dienstausweis gegen die Glasscheibe und erklärte, dass er in diesem Fall mit dem diensthabenden Arzt sprechen wollte. Der Pförtner griff befehlsgemäß zum Telefon und hatte offenbar Schwierigkeiten, seinem Gesprächspartner zu erklären, dass es sich bei dem Besucher um einen Kriminalbeamten handelte. Er gestikulierte wild und deutete immer wieder auf Kepplinger, der die Szene ungeduldig verfolgte. Endlich legte er den Hörer beiseite, erklärte ihm den Weg zur Ambulanz und verwies ihn an den Assistenzarzt Giebel.

Auf dem Weg dorthin ging Moritz nochmals alle Details durch, die er in dem Telefonat mit seinem Kollegen von der Schutzpolizei erhalten hatte. Die Frau hatte am frühen Morgen einen Nervenzusammenbruch erlitten und war bis zum Eintreffen der Streifenbesatzung im Krankenhaus nicht ansprechbar gewesen. Einer ersten Vernehmung mit dem Exmann zufolge war dieser das gesamte Wochenende mit seinem Kegelclub im Bregenzer Wald gewesen. Die Nacht von Sonntag auf Montag hatte er bei einer Freundin in Donzdorf verbracht. Gegen halb sechs war er von dort losgefahren, um sich vor der Arbeit in seiner Wohnung noch umzuziehen. Dort traf er auf seine Exfrau, die davon ausgegangen war, die gemeinsame Tochter hätte das Wochenende mit ihm verbracht. Mehr Informationen, vor allem über den Verbleib der Tochter und mögliche Aufenthaltsorte, hatten die uniformierten Kollegen nicht in Erfahrung bringen können. Schließlich dachte er an den Hinweis, dass sich der Exmann am Morgen äußerst feindselig verhalten hatte und polizeilich bekannt war. Unter anderem wegen seiner Gewalttätigkeit.

Moritz Kepplinger war auf alles gefasst, als er durch eine automatische Glasschiebetür in den Empfangsbereich der psychiatrischen Ambulanz trat.

Er hatte eine hektische Betriebsamkeit erwartet, wie er sie von anderen Kliniken kannte. Stattdessen empfing ihn eine geradezu beängstigende Stille. Die hohe Stuckdecke und die Größe des Raumes verstärkten dieses Gefühl. Kepplinger fühlte sich an ein Kirchenschiff erinnert. In einer Ecke befanden sich ein kleiner Büroarbeitsplatz und eine Sitzgruppe mit vier Stühlen samt Beistelltisch. An der rechten Fensterfront wucherten riesige Kenia-Palmen über zwei Stockwerke in die Höhe. Die mächtigen Stämme steckten in mannshohen Pflanztrögen aus Fiberglas. Der gesamte Bereich wirkte wie ausgestorben. An den Wänden hingen Keilrahmen, die Patienten der Klinik bemalt hatten. Neben jedem Werk war eine kleine Karte angebracht mit Bildtitel sowie dem Namen des Malers und auf welcher Station er sich befand.

Irritiert betrachtete Moritz die Bilder, in denen Braun- und Schwarztöne dominierten und die seltsam klingende Titel trugen, wie: *Mann in Ecke sitzend*, *Depression* oder *Schlangenspirale*. Plötzlich durchschnitt aus einem der oberen Stockwerke ein markerschütternder Schrei die Halle. Das entstehende Echo verstärkte den hoffnungslos klingenden Klageton um ein Vielfaches und fuhr Kepplinger durch Mark und Bein.

»Versuchen Sie, das zu ignorieren. Er denkt, wir seien Außerirdische, die ihn zum Frühstück bei lebendigem Leib vernaschen wollen.« Die Stimme gehörte einem jungen Mann mit schulterlangen Rastalocken und ungepflegtem Drei-Tage-Bart. Er trug einen blauen Kasack. Darunter eine Arzthose und Birkenstocksandalen. Ohne Zweifel handelte es sich um einen Praktikanten oder jemand, der sich im Rahmen des BFD freiwillig engagierte. »Sind Sie der Polizist?«

Er näherte sich ihm bis auf wenige Zentimeter. Kepplinger trat einen Schritt zurück und zeigte seinen Dienstausweis. Sein Gegenüber musterte das Dokument gewissenhaft.

»Und Sie? Mit wem habe ich die Ehre?«

»Sorry – hier nennen mich alle Tim.« Der Halbwüchsige wandte sich augenzwinkernd von seinem Ausweis ab. »Oder einfach nur Bufdi«, fügte er lachend hinzu.

»Ich möchte gerne mit Herrn Giebel sprechen.«

Tim deutete mit einer Handbewegung auf die Sitzgruppe.

»Alex ist gerade auf Station. Es wird nicht lange dauern.«

Moritz Kepplinger nahm Platz und blickte gewohnheitsmäßig auf seine Armbanduhr.

»Möchten Sie was trinken?«

Kepplinger verneinte und lehnte sich zurück. Der junge Mann wandte sich zum Gehen.

»Warten Sie einen Augenblick. Arbeiten Sie regelmäßig in der Ambulanz?«

»Sicher.«

»Waren Sie heute Morgen hier, als eine gewisse Susanne Jessen eingeliefert wurde?«

»Sicher.«

»Erinnern Sie sich an den Exmann, der später dazukam?«

»Sicher.«

Kepplinger ärgerte sich über die lässige Art seines Gegenübers, der um einiges jünger war als er. Doch dann konzentrierte er sich wieder auf den Grund seiner Befragung.

»Wo ist dieser Mann jetzt?«

»Keine Ahnung. Bis vor einer knappen halben Stunde saß er noch genau auf dem Platz, auf dem Sie jetzt sitzen.«

»Ist Ihnen etwas an ihm aufgefallen?«

»Nein, was denn?«

»Ich weiß es nicht, Sie haben ihn doch gesehen. Wie hat er sich verhalten? War er aufgeregt? Traurig? Besorgt? Irgendwas in der Richtung?«

»Nein. Der saß nur da und hat vor sich hingestarrt.« Endlich gewann Kepplinger den Eindruck, dass der junge Mann sich bemühte nachzudenken.

»Warten Sie. Ein paarmal ist er nach draußen gegangen und hat eine geraucht. Einmal habe ich gesehen, wie er telefoniert hat.«

Kepplinger versuchte, sich die Situation vorzustellen.

»Hat er nicht mit den behandelnden Ärzten sprechen wollen?«

»Doch.«

»Und? Hat er?«

»Soweit ich weiß, nicht. Man kann ja bis jetzt nichts Genaues über den Zustand der Frau sagen.«

»Und seit ungefähr einer halben Stunde ist er weg?«

»Genau.«

Ein weiß gekleideter, ungefähr dreißigjähriger Mann betrat den Raum. Es war offensichtlich, dass er unter Zeitdruck stand. Er trug eine Brille mit runden Gläsern, die Kepplinger sofort an Mahatma Gandhi erinnerte, und der Arzt wirkte auf den ersten Eindruck auch ebenso galant wie der indische Menschenrechtler. Kepplinger erhob sich und stellte sich vor. Sie reichten sich die Hände.

Alexander Giebel kam ohne Umschweife zur Sache.

»Frau Jessen geht es nicht gut.«

»Ich kann also nicht mit ihr sprechen?«

»Das ist im Moment völlig undenkbar. Ich kann Ihnen leider auch nicht sagen, wie lange es dauern wird, bis sich ihr Zustand stabilisiert.«

Kepplinger hob fragend die Augenbrauen.

»Mir wurde gesagt, Frau Jessen hätte einen Nervenzusammenbruch erlitten.«

»Das ist nicht ganz richtig. Ein Nervenzusammenbruch ist keine wissenschaftliche Diagnose. Vielmehr eine laienhafte Zustandsbeschreibung für eine Person mit einer möglichen psychischen Erkrankung. Aber das ist im Moment unsere kleinste Sorge. Frau Jessen hat einen schweren Schock. Dazu kommen einige Vorerkrankungen, über die wir noch nichts Genaues wissen. Bitte sehen Sie es mir nach, wenn ich im Augenblick nicht mehr dazu sagen kann.«

Die Stimme des Mediziners klang freundlich, aber bestimmt.

Kepplinger zeigte Verständnis und stellte eine letzte Frage.

»Wissen Sie, wohin der Mann von Frau Jessen gegangen ist?«

»Nein, ich habe ihn nur einmal kurz hier sitzen sehen.« Alexander Giebel deutete mit einem Kopfnicken in Richtung der Sitzgruppe.

»Haben Sie mit ihm gesprochen?«

»Nein. Er hat wohl mehrfach danach verlangt. Als ich mir die Zeit nehmen konnte, war er weg.«

»In Ordnung. Danke für die Auskünfte.«

»Es tut mir leid, dass ich Ihnen im Moment bei Ihrer Suche nicht weiterhelfen kann. Ich würde es gerne tun. Rufen Sie mich um die Mittagszeit nochmals an, dann wissen wir vielleicht mehr. Aber jetzt entschuldigen Sie mich bitte.«

Er verließ den Raum so schnell, wie er gekommen war. Der echoartige Widerhall der energischen Schritte, der sich im Verhältnis zur Geschwindigkeit, mit der sich der Arzt entfernte, nur unbedeutend leiser wurde, klang beinahe unheimlich.

Kepplinger beschlich ein ungutes Gefühl. Er wusste, dass er keine brauchbaren Erkenntnisse gewonnen hatte. Wieder erklang der Hilferuf des Mannes durch die Halle. Kepplinger wandte sich zum Gehen.

Während er das Klinikum durch die scheinbar endlosen Gänge verließ, überlegte er, was als Nächstes zu tun war. Er musste schnellstens Gerd Jessen ausfindig machen und herausfinden, ob die kleine Manuela wirklich verschwunden war. Mit dem, was ich jetzt weiß, könnte es sich immer noch um eine Verkettung von Irrtümern und Missverständnissen handeln, dachte er. Vielleicht sitzt das Mädchen mittlerweile brav in der Schule und lernt Mathe oder Deutsch.

Er hatte oft genug Vermisstenanzeigen bearbeitet, die in Wahrheit keine waren. Entweder reagierten die Anzeigeerstatter übersensibel oder die scheinbar Vermissten waren absichtlich von zu Hause abgehauen. In diesem Fall jedoch deutete bislang nichts auf eine einfache Erklärung hin. Kurz bevor er den Haupteingang erreicht hatte, hörte er plötzlich laute Schritte. Er drehte sich um und erkannte den Bufdi.

»Warten Sie … mir ist … noch etwas eingefallen.«

Der Junge schnaufte wie nach einem Hundert-Meter-Sprint. Es dauerte ein paar Sekunden, bis er wieder normal sprechen konnte.

»Dieser Mann, nach dem Sie gefragt haben.«

»Gerd Jessen? Was ist mit ihm?«

»Mir ist aufgefallen, dass er sich überhaupt nicht dafür interessiert hat, wie es seiner Frau geht.«

Das war tatsächlich eine interessante Beobachtung.

»Das ist doch nicht normal?«

»Die beiden sind geschieden, dennoch haben Sie recht.«

Kepplinger überlegte.

»Er wollte also nur mit dem behandelnden Arzt sprechen, sagten Sie?«

»Genau.«

»Er hat eine Stunde gewartet, ein paar Zigaretten geraucht, telefoniert und ist dann wieder gegangen?«

»Richtig.«

Kepplinger klopfte dem Jungen auf die Schulter. »Gut, dass Sie nochmal darüber nachgedacht haben. Danke für die Information.«

»Kein Problem.«

Als er zurück am Wagen war, knurrte sein Magen. Am Morgen hatte er nur einen Müsliriegel gegessen. Etwas anderes war in der Wohnung nicht zu finden gewesen. Dafür ist jetzt keine Zeit, sagte er sich und griff nach seinem Mobiltelefon.

Kepplinger wählte die Nummer seines neuen Chefs. Als Erstes muss Gerd Jessen gefunden werden, dachte er während das Freizeichen ertönte. Danach fahre ich in der Schule vorbei.

Am Telefon meldete sich Franziska.

»Du?«, fragte er erstaunt. »Ich wollte den Chef sprechen.«

»Moritz, bist du es?« Ihre Stimme klang nervös. »Mensch, du hast deine Handynummer nicht hinterlegt. Ich versuche die ganze Zeit, dich zu erreichen.«

»Tut mir leid. Daran habe ich heute Morgen nicht gedacht. Ich muss dringend Brandstätter sprechen.«

»Er ist nicht hier. Montags um diese Zeit ist Leiterbesprechung bei der Direktion.«

»Kannst du bitte beim Einwohnermeldeamt rausfinden, wo dieser Gerd Jessen wohnt. Ich weiß nur, dass es Salach sein muss.«

Sie antwortete prompt. »Das ist, glaube ich, nicht notwendig.«

Moritz stutzte.

»Wieso nicht?«

»Er sitzt hier, im Aufenthaltsraum.«

»Was?«

»Jessen ist vor einer Viertelstunde hier aufgekreuzt und besteht darauf, mit dem zuständigen Sachbearbeiter der Kriminalpolizei zu sprechen«, sagte Franziska.

»Gut, ich bin in ein paar Minuten da, lass ihn auf keinen Fall gehen.«

»Da mach dir mal keine Sorgen.«

Er warf das Mobiltelefon auf den Beifahrersitz, drückte das Gaspedal durch und raste über die Bahnbrücke zurück zur Dienststelle.

Lea Thomann hatte keine Minute geschlafen und ging stattdessen unruhig in ihrer Zweizimmerwohnung auf und ab. Ständig musste sie an die Ereignisse der vergangenen Stunden denken. Die Bilder der Unfallstelle ließen sie einfach nicht los. Wenn sie die Augen schloss, und sei es nur, um mit den Händen die müden Augenlider zu massieren, sah sie den Motorradfahrer in den Flammen umhergehen und zu Boden stürzen. Starrte sie an die Wand oder auf die immer gleichen Musikvideos auf dem Bildschirm, musste sie an das Kind denken. Die zehnjährige Manuela und deren Mutter, die einen Nervenzusammenbruch erlitten hatte. An den widerwärtigen Mann, dem sie alles zutraute und der sie so sehr an ihren eigenen Vater erinnerte.

Vielleicht hatte er das Kind entführt, getötet oder sonst etwas mit ihm angestellt, dachte sie. Möglicherweise stimmte die Geschichte vom Kegelwochenende gar nicht. Vielleicht war er ja mit ihr in die Berge gefahren, und es hat einen Unfall gegeben. Oder er hat ihr absichtlich etwas angetan. Eine Eifersuchtstat womöglich. Wie oft hatte sie in Polizeiberichten von solchen Motiven gelesen. Immer wieder dachte sie an eine Szene aus *Der Hammermörder*. Der Spielfilm basierte auf einer wahren Begebenheit Mitte der Achtzigerjahre, die sich in den nahegelegenen Landkreisen Ludwigsburg und Waiblingen abgespielt hatte. Der Täter, ein Polizeibeamter, hatte wegen hoher Schulden mehrere Banken überfallen und dabei einen großen Vorschlaghammer mitgeführt. Kurz vor den Überfällen hatte er sich immer Fluchtfahrzeuge besorgt, und zwar indem er die Fahrer, die auf einsamen Waldparkplätzen geparkt hatten, kaltblütig erschoss. Kurz bevor er gefasst wurde – als Polizeibeamter war er über die Ermittlungen seiner Kollegen stets informiert –, erschoss er die Ehefrau und einen seiner beiden Söhne. Anschließend fuhr er mit dem jüngsten Sohn 1400 Kilometer nach Brindisi an die Südspitze Italiens. Die Szene im Film, in der Norbert Poehlke am Strand zuerst das Kind erschießt und sich anschließend mit einem Kopfschuss selbst richtet, war ihr jetzt so gegenwärtig wie die Bilder des Motorradfahrers.

Lea Thomann massierte sich nervös die Stirn. Ich muss unbedingt etwas unternehmen, dachte sie.

Um sich zu beruhigen, griff sie nach einem Kugelschreiber und ihrem Notizbuch. Sie schrieb alles auf, was ihr zu dem Verschwinden des Mädchens einfiel, und kennzeichnete, was nicht unmittelbar mit dem Fall zu tun hatte, mit einem Fragezeichen am Rand. Nach dreißig Minuten legte sie den Stift beiseite und überflog ihre Notizen. Ihr war klar, dass es eine Vielzahl offener Fragen gab. Gleichzeitig war es sinnlos, etwas auf eigene Faust zu unternehmen. Gerne hätte sie sich auf der Dienststelle nach dem Stand der Ermittlungen erkundigt. Bestimmt arbeitete die Kriminalpolizei bereits auf Hochtouren.

Am Morgen hatte sie noch die Meldung der Streife abgewartet, die in die Klinik fuhr, und mitbekommen, dass der Fall an die Kripo übergeben wurde. Anschließend war sie nach Hause gefahren und hatte gehofft, zur Ruhe zu kommen. Jetzt hielt sie es in ihrer Wohnung nicht mehr aus. Sie beschloss, joggen zu gehen und sich dabei völlig zu verausgaben. Das einzig wirksame Mittel, wenn sie eine innere Unruhe nicht mehr ertragen konnte. Einen Zustand, den Lea leider allzu gut kannte.

Das grelle Aufblitzen der Überwachungskamera an der Kreuzung Willi-Bleicher-/Bahnhofstraße riss Moritz Kepplinger aus seiner Gedankenwelt. Er hatte die Ampel schlichtweg übersehen. Zum Glück befand sich in diesem Augenblick kein Fahrzeug im Kreuzungsbereich. Ein alter Mann, der im Begriff war, mit seinem Rollator die Straße zu überqueren, gestikulierte zornig in seine Richtung. Moritz entschuldigte sich mit einer versöhnlichen Handbewegung. Für einen Moment hatte er das Gefühl, dass ihn der Fall überforderte und er dringend Unterstützung benötigte. Er verdrängte die Hilflosigkeit damit, sich einige Fragen zurechtzulegen, mit denen er den Vater des vermissten Kindes konfrontieren wollte. Entweder war er sein wichtigster Zeuge in diesem Fall, oder er hatte selbst mit dem Verschwinden des Mädchens zu tun. Ihm war klar, dass er mit allem rechnen musste. Jedes Wort der Vernehmung konnte von Bedeutung sein. Kepplinger versuchte sich an das zu erinnern, was er während des Studiums über Vernehmungen gelernt hatte. Er dachte an den genialen Kriminalistikunterricht und den erfahrenen Dozenten, der von den Studenten liebevoll Dr. Watson genannt wurde. Im wirklichen Leben hieß er Hans Täschler und war als 54-Jähriger von einem Neonazi mit einem Messer so schwer verletzt worden, dass er ein halbes Jahr in ein künstliches Koma versetzt werden musste. Nach seiner Genesung sollte er in den Vorruhestand abgeschoben werden, aber Hans Täschler wehrte sich mit Händen und Füßen gegen diese Entscheidung. Er besorgte sich medizinische Gutachten, die ihm seine Dienstfähigkeit attestierten und versuchte, sich damit gegen die Entscheidung der Polizeiärzte durchzusetzen. Der Fall verursachte einen solchen Wirbel, dass sich am Ende der Landespolizeipräsident selbst um die Sache kümmerte. Hans Täschler wurde zum Gespräch nach Stuttgart gebeten und willigte schließlich in das Angebot ein, die Jahre bis zu seiner Pensionierung als Dozent für Kriminalistik an der Hochschule der Polizei zu arbeiten. Alle Studenten kannten diese Geschichte, und die bis zu vierhundert Erstsemester bemühten sich spätestens nach zwei Wochen darum, einen der begehrten Kursplätze bei ihm zu bekommen.

Jede Vorlesung war schlichtweg fesselnd. Spätestens nach zehn Minuten hatten alle Zuhörer das Gefühl, selbst am Tatort zu sein. Man atmete den Verwesungsgeruch der Opfer, konnte den Tathergang aus der Spurenlage nachvollziehen und fand aufgrund der Verletzungen des Getöteten heraus, dass der Täter Linkshänder sein musste. Für Moritz Kepplinger war Täschler das Vorbild eines Ermittlers schlechthin geworden. Polizeiliche Routinearbeiten stellten sich in der Beschreibung des Dozenten als hochinteressante Puzzleteile dar. An der Hochschule kursierten die wildesten Geschichten über Kriminalfälle, die Täschler in seiner ihm eigenen Art und Weise gelöst hatte. Wer ihn persönlich kannte, neigte dazu, unter Berücksichtigung einiger Übertreibungen, alles zu glauben. Am beeindruckendsten fand Kepplinger den Fall, bei dem Täschler das Versteck eines entführten Jungen ausfindig gemacht und sich zweieinhalb Tage selbst in die enge Holzkiste in einer Waldhütte gezwängt hatte, um schließlich den Täter, der nach dem Opfer sehen wollte, festzunehmen.

Täschler zitierte häufig einen Satz, den Kepplinger nie mehr vergessen würde:

*Man sieht nur, was man weiß.*

Anfangs hatte Moritz nicht verstanden, was er damit meinte. Doch in einer Vorlesung lieferte der Dozent ein eindrucksvolles Beispiel. Täschler projizierte das Bild eines Ford Capri an die Wand. Ein Sportcoupé, das bis 1986 in Deutschland hergestellt worden war. Er erkundigte sich, wer so ein Fahrzeug schon einmal gesehen habe. Es gab nur vereinzelte Wortmeldungen. Der Dozent forderte sie auf, über das Wochenende auf genau diesen Wagentyp zu achten. Tatsächlich hatte Kepplinger, ohne dass er dem Beispiel große Bedeutung zumaß, einige dieser Fahrzeuge gesehen, die ihm zuvor nie aufgefallen waren. Von dem Tag an war er aufmerksamer geworden. Achtete auf die kleinsten Dinge. Das scheinbar Unsichtbare, von dem er nur eine Ahnung hatte.

*Man sieht nur, was man weiß.*

Als Kepplinger jetzt in den Innenhof der Dienststelle einfuhr, wünschte er sich den Dozenten an seiner Seite und hoffte, nichts zu übersehen, von dem er möglicherweise nichts wusste.

Die Sekretärin erwartete ihn bereits. Kepplinger warf die Mappe mit den Fahrzeugpapieren auf eine Ablage in ihrem Büro.

»Ich bin geblitzt worden.«

Franziska schmunzelte.

»Wo?«

»An der Kreuzung, an der es rechts zum Bahnhof geht. Direkt nach der Brücke.«

Sie griff augenzwinkernd nach den Papieren.

»Ich kümmere mich darum!«

»Danke. Wo sitzt er?«

»Drüben im Besucherzimmer.« Sie deutete mit einer Handbewegung auf eine geschlossene Tür gegenüber ihrem Büro.

»Hat er etwas gesagt?«

»Nur, dass er mit dem zuständigen Beamten sprechen möchte. Der Chef war schon weg.«

»Gut, dann geh ich mal rüber.« Kepplinger lief aus dem Büro. Auf dem Flur drehte er sich noch einmal um.

»Könntest du bitte herausfinden, in welche Schule Manuela Jessen geht und dort anrufen, ob sie da ist?«

»Klar, kein Problem. Wenn du sonst etwas brauchst, rufst du mich.«

»In Ordnung.«

»Noch was, eine Lea Thomann hat angerufen und sich nach den Ermittlungen erkundigt. Kennst du sie?«

»Nein, wer soll das sein?«

»Streifenbeamtin beim Revier. Hat im Nachtdienst wohl etwas von dem Fall mitbekommen.«

Kepplinger erinnerte sich an den Anruf der Mutter beim Polizeirevier und überlegte, weshalb sich die Kollegin für den Fall interessierte.

»Da kümmere ich mich später drum, hast du ihre Nummer?«

Franziska übergab ihm eine Gesprächsnotiz, auf der eine Handynummer vermerkt war.

»Danke.«

Er fühlte sich jetzt sicherer als auf der Fahrt und drückte die Türklinke des Besucherzimmers nach unten.

Gerd Jessen saß mit gesenktem Kopf auf einem Stuhl, die Hände wie zum Gebet auf dem Schoß gefaltet. Das Besucherzimmer war im Gegensatz zu den modern eingerichteten Büros schlicht und einfach ausgestattet. In der Mitte stand ein Eichentisch. Links und rechts davon einige Stühle.

Kepplinger setzte sich Gerd Jessen gegenüber an den Tisch und tastete mit einer Handbewegung nach dem Notizbuch in der Innentasche seiner Jacke. Er beließ es dort.

Jessen roch nach Alkohol und Zigaretten. Kepplinger stand nochmals auf und öffnete das Fenster. Das kann ja heiter werden, dachte er.

Nachdem er Platz genommen hatte, hob Gerd Jessen schwerfällig den Kopf.

»Sind Sie der zuständige Kriminalbeamte?« Seine Stimme klang gebrochen.

»Das ist richtig. Ich heiße Moritz Kepplinger. Sie sind Gerd Jessen?«

»Wo ist sie?« Die Frage seines Gegenübers klang wütend und verzweifelt zugleich. Kepplinger rückte unweigerlich einige Zentimeter von Jessen ab und suchte nach einem passenden Einstieg in das Gespräch. Es gab keinen konkreten Tatverdacht gegenüber Jessen, also musste er auch keine Formalitäten beachten.

»Ich weiß es nicht«, flüsterte er in der Annahme, dem Vater eine Antwort schuldig zu sein. Anschließend bemühte er sich wieder um eine feste Stimme. »Herr Jessen, erzählen Sie mir, was Sie über das Verschwinden Ihrer Tochter wissen!«

Jessen verharrte längere Zeit in gebeugter Haltung. Schließlich hob er den Kopf und sah ihn mit geröteten Augen an.

»Wenn ich zu Hause geblieben wäre, wäre ihr nichts zugestoßen«, sagte er emphatisch. Die Worte klangen so, als ob er sie bereits viele Male zuvor immer wiederholt hatte. Kepplinger hakte nach.

»Warum denken Sie das?«

Wieder dauerte es, bis sein Gegenüber antwortete.

»Weil ich dann meine Tochter am Freitag abgeholt hätte und sie das Wochenende mit mir zusammen gewesen wäre.« Abermals hob er den Kopf und blickte Kepplinger in die Augen. »Ich bin ein guter Vater. Das können Sie mir glauben.«

Diesen Spruch habe ich schon oft gehört, dachte Kepplinger. Und meistens dann, wenn das Gegenteil der Fall war. Er ging bewusst nicht darauf ein und überlegte, wie er das Gespräch wieder auf die dringenden Fragen lenken konnte, ohne den Mann in seinen Selbstvorwürfen zu bestätigen.

»Erzählen Sie mir doch bitte, wie das für gewöhnlich abläuft, wenn Sie Manuela über das Wochenende zu sich nach Hause nehmen.«

Die Frage schien ihn tatsächlich ein wenig abzulenken. Gerd Jessen lehnte sich in seinem Stuhl zurück.

»Normalerweise hole ich sie gegen zwei bei ihrer Mutter ab. Ich klingle dreimal, und dann kommt Manu runter. Ich gehe meiner Frau, besser gesagt meiner Exfrau, aus dem Weg. Wissen Sie, beinahe jedes Gespräch beginnt mit gegenseitigen Unterstellungen und endet in einem Streit.«

Kepplinger ignorierte den unterschwelligen Vorwurf und dachte für einen Moment an das Gespräch mit dem Jungen in der Klinik.

*Er hat sich überhaupt nicht dafür interessiert, wie es seiner Frau geht.*

»Und weiter. Wann bringen Sie Ihre Tochter zurück?«

»Am Sonntagabend, gegen sechs. Manchmal schauen wir noch fern. Spätestens um acht. So ist es mit ihrer Mutter und ihrem tollen Anwalt vereinbart.«

»Haben Sie Manuela auch schon mal direkt von der Schule abgeholt?«

»Ja, ein paarmal. Aber nur, weil Manu es so wollte.«

»Wie kann ich das verstehen?«

»Na ja, wenn sie Streit mit ihrer Mutter hatte, hat sie mich am Vorabend angerufen und darauf bestanden, dass ich sie direkt von der Schule abhole. Susanne, also meine Exfrau, wollte das nicht und hat mir danach immer gedroht, dass sie mir das Sorgerecht entziehen würde.«

»Erzählen Sie mir bitte, was Sie an diesem Wochenende gemacht haben.«

»Ich war mit ein paar Kegelfreunden zusammen im Bregenzer Wald. Beim Wandern. Das können Sie mir glauben. Wir sind am Freitagnachmittag losgefahren und am späten Sonntagabend zurückgekommen. Anschließend bin ich zu meiner Freundin nach Donzdorf gefahren und habe die Nacht bei ihr verbracht.«

Während Gerd Jessen erzählte, notierte sich Kepplinger die wesentlichen Punkte. Er griff nach einem leeren Blatt, schob es Jessen hin und forderte ihn auf, sämtliche Namen seiner Kegelfreunde und den der Freundin aufzuschreiben. Währenddessen dachte er darüber nach, was Jessen ihm erzählt hatte.

Als dieser ihm das Blatt zurück über den Tisch schob, fuhr er fort. »Beschreiben Sie mir, was sich heute Morgen zugetragen hat.«

»Nun, ich war ja die Nacht über bei Claudia, meiner Freundin, und ich wollte mich vor der Arbeit in meiner Wohnung umziehen und nach dem Rechten sehen. Den Briefkasten leeren und so weiter. Als ich dann, warten Sie, das muss kurz vor sechs gewesen sein, auf den Parkplatz gefahren bin, ist plötzlich meine Exfrau angerannt. Sie hat die hintere Tür meines Wagens aufgerissen und die ganze Zeit den Namen meiner Tochter geschrien. Ich habe überhaupt nichts verstanden und versucht, sie zu beruhigen. Als ich ihr gesagt habe, dass ich nicht weiß, wo Manu ist, ist sie zusammengebrochen. Ich habe sofort den Notarzt gerufen. Und die haben sie dann mit in die Klinik genommen.«

»Waren Sie dort?«

»Ja. Ich habe erst in der Firma angerufen und mich krankgemeldet. Dann bin ich in die Klinik am Eichert gefahren. Die haben mir gesagt, dass Susanne ins Christophsbad gebracht wurde. Ich bin dorthin gefahren, aber die haben mich nicht zu ihr gelassen. Keiner konnte mir etwas sagen. Dann sind Ihre Kollegen von der Streife ins Krankenhaus gekommen. Denen habe ich auch alles erzählt. Aber die haben so getan, als ob ich für alles verantwortlich sei.«

»Und anschließend sind Sie hierhergekommen?«

»Ja, verdammt. Ich will doch wissen, wo meine Tochter ist.«

»Wo könnte sie denn sein?«

»Das – weiß – ich – nicht. Woher soll ich es denn wissen.

Ich war das ganze Wochenende weg. Manuela habe ich zuletzt vor zwei Wochen gesehen. Vorigen Donnerstag haben wir noch miteinander telefoniert. Mehr kann ich Ihnen nicht sagen. Irgendetwas ist passiert. Verstehen Sie das?«

»Wenn etwas passiert ist, werden wir das herausfinden. Aber verstehen Sie bitte, dass wir sämtliche Möglichkeiten in Betracht ziehen müssen.«

Jessen nickte.

»Kennen Sie die Freundinnen von Manuela?«

»Ein paar. Sind, soweit ich weiß, alle aus ihrer Klasse. Und dann noch die Tochter einer Freundin meiner Exfrau.«

Kepplinger erkundigte sich nach den Namen der Freundinnen, von denen Gerd Jessen meist nur die Vornamen kannte, und bat ihn, die Namen auf die Rückseite des Zettels zu schreiben.

Während Jessen schrieb, stand er auf und sah aus dem Fenster in den angrenzenden Schlosspark. An einem Klettergerüst tobten einige Kinder. Ein Landstreicher kramte in seinen Habseligkeiten. Irgendwo da draußen musste das Mädchen sein. Alles, was er bislang hatte in Erfahrung bringen können, bot keinen brauchbaren Ermittlungsansatz.

*Man sieht nur, was man weiß.*

Es musste einen Hinweis geben, den er übersehen hatte, oder etwas, von dem er noch nichts wusste. Er kam auf die Gewohnheiten der Familie zurück.

»Ist es schon mal vorgekommen, dass Manuela längere Zeit von zu Hause weggeblieben ist?«

»Nein.«

Die Antwort kam schnell. Zu schnell vielleicht, dachte er.

»Das wüsste ich, und solange ich noch in Süßen gewohnt habe, kam das nie vor.«

»Wie würden Sie das Verhältnis zu Ihrer Tochter beschreiben?«

Jessen legte misstrauisch den Kopf zur Seite. »Wie darf ich das verstehen?«

»Sie sehen Manuela alle vierzehn Tage und telefonieren ab und an mit ihr.«

»Und?« Jessens Argwohn wurde stärker.

»Verstehen Sie sich gut?«

»Manu würde lieber heute als morgen zu mir ziehen, wenn Sie das meinen.«

Kepplinger ließ es bleiben. Er zögerte, seinem Gegenüber eine Frage zu stellen, die ihn provozieren würde. Schließlich tat er es doch.

»Waren Sie jemals grob zu ihr?«

Gerd Jessen reagierte sofort. Er schlug mit beiden Fäusten auf den Tisch. Kepplinger zuckte zurück.

»Ich weiß, worauf Sie anspielen. Mir gehen manchmal die Nerven durch. Aber Manu habe ich nie ein Haar gekrümmt. N i e !«

»Sie haben Ihre Tochter noch nie geschlagen?«

»N e i n!«

»Hat Ihre Exfrau einen neuen Partner?«

Jessen schüttelte den Kopf. »Kann ich mir nicht vorstellen. Manuela hätte mir so etwas gleich erzählt.«

Er verwarf den Gedanken an einen Liebhaber, für den die Tochter möglicherweise ein Hindernis darstellte. »Verfügen Sie oder Ihre Exfrau über ein größeres Vermögen?«

»Nein.« Gerd Jessen griff sich mit beiden Händen an die Schläfen. Allmählich schien er sich wieder zu beruhigen.

»Das Geld hat immer gerade so gereicht. Seit wir geschieden sind und ich die neue Wohnung habe …« Er schüttelte den Kopf. »Und dann noch die Unterhaltszahlungen. Seitdem bleibt erst recht nichts mehr übrig.«

Kepplinger überflog seine Notizen, während Jessen nervös mit den Beinen auf und ab wippte.

»Warum fragen Sie mich all diese Sachen?«

Kepplinger blickte auf.

»Ich meine, was hat das alles mit Manuela zu tun?« Gerd Jessens Stimme klang verunsichert. »Verdächtigen Sie jetzt etwa mich?«

»Herr Jessen, irgendwo ist Ihre Tochter. Ich weiß nicht, wo. Ich weiß nur, dass es einen Grund dafür geben muss, weshalb sie am Freitagmittag nicht von der Schule nach Hause zu ihrer Mutter gekommen ist und sich seitdem weder bei Ihnen noch Ihrer Exfrau gemeldet hat. Das versuche ich herauszufinden. Mit allen Möglichkeiten, die die Polizei in so einer Sache in Erwägung zieht. Ich mache meine Arbeit, verstehen Sie das?«

Er war gegen Ende lauter geworden. Gerd Jessen sah ihn erschrocken an.

»Ich wollte Sie nicht angreifen. Ich habe nur nicht verstanden, warum Sie mir die eine oder andere Frage gestellt haben.«

Kepplinger ärgerte sich darüber, dass er so energisch reagiert hatte. Er notierte sich die Telefonnummern, mit denen er Jessen erreichen konnte und begleitete ihn zur Tür.

»Ich werde Sie auf dem Laufenden halten. Bestimmt habe ich noch einige Fragen an Sie. Fahren Sie nicht allzu weit weg und lassen Sie Ihr Mobiltelefon eingeschaltet.«

»Ich bin zu Hause. Finden Sie heraus, wo meine Tochter ist.«

Er begleitete ihn zum Ausgang, ohne auf die Forderung einzugehen. Dann fiel ihm noch etwas ein.

»Herr Jessen, haben Sie einen Schlüssel für die Wohnung Ihrer Exfrau?«

»Nein, schon lange nicht mehr. Sie hat die Schlösser austauschen lassen.«

Kepplinger blickte ihm nach, bis er hinter einer Gebäudeecke verschwunden war und überlegte, ob er etwas übersehen oder eine wichtige Frage nicht gestellt hatte. In der Ferne vernahm er das Geräusch eines Helikopters. Moritz schloss die Augen und konzentrierte sich auf die dumpfen Schläge der Rotorblätter.

Eine Bell UH-1D, erriet er. Ein »Teppichklopfer«, so hatten sie die Maschine aufgrund des charakteristischen Klangs genannt. Der Hubschrauber hatte jahrelang zum Inventar der Landespolizei gehört.

*»Ich weiß nicht, wie ich beginnen soll.«*

*»Dann stelle ich Ihnen eine Frage.«*

*»In Ordnung.«*

*»Sagen Sie, Moritz, wie kamen Sie darauf, zum SEK zu gehen?«*

*Er musste nicht lange nachdenken. »Ich war sieben Jahre alt…«, begann er.*

*Sie sah ihn erstaunt an.*

*»… Ich weiß, das klingt komisch.«*

*»Es klingt nicht komisch… Es ist nur… Irgendwie habe ich damit gerechnet, dass Sie sich das schon lange in den Kopf gesetzt hatten. Aber erzählen Sie weiter… ich bin gespannt.«*

*»Nun, damals sind häufig ihre Hubschrauber über unseren Garten geflogen. Wir haben nur einen Kilometer von einem Übungsplatz der Spezialeinheit entfernt gewohnt.«*

*Sie sah ihn aufmunternd an. »Wenn Sie möchten, schließen Sie die Augen, vielleicht fällt es Ihnen dann leichter.«*

Als die Maschine außer Hörweite war, öffnete er die Augen. Hoffentlich hat mich niemand beobachtet, dachte er. Im Treppenhaus beschloss Kepplinger, direkt bei den Kollegen der Kriminalinspektion vier vorbeizugehen, um eine Fahndung nach dem Mädchen einleiten und die Eltern routinemäßig in den polizeilichen Datenbanken überprüfen zu lassen. In dem Moment erhielt er eine Textnachricht auf seinem Mobiltelefon.

Alexander Giebel stülpte sich die Einweghandschuhe von den Händen und warf sie mit einer lässigen Bewegung in einen Treteimer. Er war seit sechzehn Stunden auf den Beinen und brauchte dringend eine Kaffeepause. Er fühlte sich müde und ausgelaugt. Und er freute sich auf das Schichtende und zwei freie Tage. In zwei Stunden würde er seine Sachen zusammenräumen und zu seiner Freundin nach Tübingen fahren. Sie sahen sich leider viel zu selten, seit er in Göppingen arbeitete und sie mit ihrem Forschungsprojekt am sportmedizinischen Institut der Universität beschäftigt war. Als Medizinstudent hatte er sich auf die Klinikarbeit gefreut und es nicht erwarten können, sein Wissen in die Praxis umzusetzen. Natürlich hatte er von den Arbeitsbedingungen in Kliniken gehört und war sich darüber im Klaren gewesen, dass ihn als Assistenzarzt eine harte Zeit bei niedriger Bezahlung erwarten würde. Aber mittlerweile machte ihm der Dauerstress zu schaffen. Zuerst war es der Magen, den er immer häufiger mit säurehemmenden Medikamenten zu beruhigen versuchte. Und vor ein paar Wochen hatte er einen Tinnitus bekommen und war sich bis heute nicht sicher, ob der Dauerton in seinem rechten Ohr verschwunden war.

Der Aufenthaltsraum war leer. Aus einem Radio auf der Küchenzeile dröhnte ein alter Bon Jovi Song. Er drehte die Lautstärke zurück und schenkte sich aus einer Thermoskanne lauwarmen Kaffee ein. Im Kühlschrank fand er einen Joghurt, dessen Haltbarkeitsdatum überschritten war. Wird keinen stören, wenn ich den esse, murmelte er und griff nach dem Becher.

Immer wieder kam ihm die Patientin in den Sinn, die am Morgen auf seine Station gebracht worden war. Er rätselte immer noch, welche Umstände zu der Schwere des Schocks geführt hatten. Der Zustand von Susanne Jessen war alles andere als stabil. Wenn ihrer Tochter tatsächlich etwas zugestoßen war, würde sie das sicherlich kaum verkraften können. Aus irgendeinem Grund berührte ihn das Schicksal dieser Frau.

Er dachte an das Gespräch mit dem Kriminalbeamten und machte sich eine Notiz auf eine herumliegende Serviette: Kriminalpolizei anrufen. Dann bemühte er sich, gedanklich etwas Abstand von dem Fall zu gewinnen und dachte daran, was alles noch vor dem Feierabend zu erledigen war. Er rückte einen zweiten Stuhl heran und schlug die Beine darauf übereinander. In dem Moment, als er an der Kaffeetasse nippte, tönte eine Durchsage aus dem Lautsprecher über dem Türrahmen.

»Herr Giebel, bitte sofort in die Ambulanz.«

Auf dem Rückweg in sein Büro las Kepplinger die Textnachricht. Sie stammte von Valerie:

*Sorry, dass ich am Samstag so kurz angebunden war ;-)*
*Wünsch dir viel Glück auf der neuen Dienststelle. V.*
*PS: Vergiss die Kartons nicht!*

Die Nachricht erinnerte ihn an seinen Ärger nach ihrem Anruf am Wochenende und an den Traum in der letzten Nacht. Immerhin schien sie ihren Fehler einzusehen und versuchte, die Wogen zu glätten. Doch der Hinweis auf die Kartons war eine unnötige Provokation. Sie hatten vereinbart, dass er seine Sachen am nächsten Wochenende abholen würde. Es war einfach unverschämt, ihn bereits am Montagmorgen daran zu erinnern. Er begann, eine bissige Antwort zu tippen, brach aber mitten im Text ab. Es war besser, mit ihr zu sprechen. Das sinnlose Hin- und Herschreiben führte doch nur zu Missverständnissen. Davon hatte er genug. Er nahm sich vor, sie am Abend anzurufen. Ihm graute bei der Vorstellung, die Umzugskartons abzuholen. Am besten, sie wäre nicht da, wenn er die Sachen aus ihrem Keller räumen würde. Er steckte das Telefon weg und zwang sich, wieder Polizist zu sein.

Er stellte den Motor ab und ließ den Wagen ausrollen. Auf dem Parkplatz standen ein halbes Dutzend Fahrzeuge. Ein älterer Mann lehnte an einem Geländewagen und schlüpfte aus einem Wanderschuh. Vor ihm lagen ein paar Sandalen – genau an der Stelle, an der er das Mädchen aus dem Wagen gezerrt hatte und auf dem Schotter ein Blutfleck zurückgeblieben war. Gespannt beobachtete er die Szene. Aber dem Mann schien nichts aufzufallen. Er verstaute seine Stiefel im Kofferraum des Wagens, stieg ein und manövrierte das Auto aus der Parklücke. Als das Fahrzeug auf gleicher Höhe war, drehte er den Kopf zur Seite, um nicht erkannt zu werden. Er öffnete das Seitenfenster und horchte. Der Wald war leise. Nur ein leichter Wind streifte sein Gesicht. Er stieg aus und ging langsam durch das Gehölz in den Mischwald. Vergeblich suchte er die Stelle, an der er das Mädchen zurückgelassen hatte. Nichts erinnerte an die Bilder in den Albträumen. Er zuckte zusammen, als in der Nähe plötzlich ein Specht gegen einen Baum hämmerte. Langsam tastete er sich durch das immer dichter werdende Unterholz. Nach einer Weile kam er unverhofft wieder am unteren Bereich des Parkplatzes an. Durch einige Sträucher hindurch erkannte er die Umrisse der Fahrzeuge. Als er eine Gruppe Spaziergänger sah, duckte er sich hinter einen Busch. Beim Aufstehen streifte er mit dem Gesicht einen Dornenzweig und zog sich einen Kratzer an der linken Wange zu. Er berührte die Stelle, um festzustellen, ob er blutete. Verärgert ging er zum Wagen zurück und beschloss, später wiederzukommen. Vorsichtshalber knöpfte er sein Hemd auf. Im Achselbereich hatten sich faustgroße Schweißränder gebildet.

Auf der Heimfahrt suchte er krampfhaft nach einer Ausrede für den Kratzer in seinem Gesicht.

»Und?« Franziska erwartete ihn bereits auf dem Flur. »Hast du etwas rausbekommen?«

»Nicht wirklich.«

»Die Rektorin sagt, dass sie nicht in der Schule sei.«

»Das habe ich befürchtet. Dann müssen wir davon ausgehen, dass etwas Ernsthaftes passiert ist.«

Die Sekretärin sah ihn erstaunt an. Er wusste nicht, wie er seine Vermutung erklären sollte. Außer damit, dass das Mädchen seit Freitag als vermisst galt und nicht in der Schule war.

Er rieb sich die Stirn und blickte auf die Uhr. Es war halb elf. Seitdem er die Räume der Inspektion am Morgen zum ersten Mal betreten hatte, waren erst etwas mehr als zwei Stunden vergangen. Doch ihm kam es so vor, als ob er seit Wochen hier arbeiten würde. Gleichzeitig dachte er daran, dass er in diesem Fall keine Zeit verlieren durfte.

»Wann kommt der Chef von seiner Besprechung zurück?«

Franziska warf ebenfalls einen kurzen Blick auf die Uhr.

»Normalerweise nicht vor elf. Manchmal früher, manchmal später, das kann man nie genau sagen.«

Moritz schnaufte laut durch die Nase. Er musste sofort einige Entscheidungen treffen. Vermutlich würde er, ganz gleich, was er unternahm, einen Fehler machen.

Egal, dachte er. Es geht um das Leben des Mädchens.

Er wandte sich wieder der Sekretärin zu.

»Du rufst jetzt alle Kollegen dieser Inspektion an und sagst ihnen, sie sollen alles stehen und liegen lassen und hierherkommen. Sag ihnen, es geht um ein zehnjähriges Kind, das seit Freitag vermisst wird.«

Franziska starrte ihn mit großen Augen an.

»Meinst du das ernst?«

»Ja, sicher. Und ich kümmere mich darum, Brandstätter hierherzubekommen.«

In dem Augenblick, als er nach dem Telefonhörer griff, um das Vorzimmer des Polizeidirektors anzurufen, klingelte der Apparat. Kepplinger nahm nach dem ersten Läuten ab.

»Hallo, hier spricht Lea Thomann. Ich hab vorhin schon mal angerufen.«

Kepplinger kramte nach der Notiz, die Franziska ihm vor der Vernehmung zugesteckt hatte.

»Ja, genau. Wie kann ich dir helfen?«

»Ich arbeite im Streifendienst beim Polizeirevier und hatte heute Nacht mit dem Fall um das vermisste Kind aus Süßen zu tun. Ich wollte fragen, ob ihr schon was Näheres wisst?«

Im ersten Moment neigte er dazu, die Kollegin darum zu bitten, in ein paar Tagen wieder anzurufen. Schließlich entschied er sich anders und fasste in wenigen Sätzen das zusammen, was er bisher wusste.

»Warum interessiert dich das so sehr?«, erkundigte er sich.

»Ich weiß nicht, ich hatte von Anfang an ein komisches Gefühl.«

»Was meinst du damit, von Anfang an?«

»Seit ich heute Nacht von dem Anruf der Mutter erfahren habe.«

»Kennst du die Familie?«

»Ja. Wir waren schon ein paarmal wegen Streitigkeiten und Ruhestörungen dort. Vor ungefähr drei Monaten kam es zu einer etwas heftigeren Auseinandersetzung.«

»Was ist passiert?«

»Gerd Jessen hat seine Exfrau geschlagen und im Schlafzimmer eingesperrt. Die Tochter ist davon gelaufen und bei einer Freundin untergekommen.«

Also doch nicht das erste Mal, dachte Kepplinger. Jessen hat mich angelogen.

»Hattest du Kontakt zu dem Vater des Mädchens?«

»Ich habe ihn während der Vernehmungen kennengelernt.

Er hat sich wie ein Schwein benommen. Ich traue ihm alles zu.«

Kepplinger überlegte. Vielleicht konnte sie für die Ermittlungen von Nutzen sein. In jedem Fall kannte sie die Familie besser als er selbst. Er rechnete damit, dass seine Kollegen um die Mittagszeit zurück auf der Dienststelle sein würden.

»Kannst du kurz nach zwölf hier sein?«, fragte er.

»Wozu?«

»Ich möchte mich gerne noch genauer mit dir zu dem Fall besprechen, nur habe ich gerade keine Zeit. Und es wäre gut, wenn du der gesamten Ermittlungsgruppe nochmals schilderst, was letzte Nacht passiert ist und was du sonst über die Familie weißt. Vielleicht fällt dir bis dahin noch mehr ein, was uns weiterhelfen kann.«

Lea Thomann zögerte kurz, dann willigte sie ein.

»O.k., ich bin da.«

Die Vorzimmerdame des Göppinger Polizeichefs war noch um einiges sturer als diejenige, die ihm am Morgen den Einlass in das Gebäude der Kriminalpolizei so schwer gemacht hatte.

Er musste mehrmals erklären, wer er war, bei welcher Dienststelle er arbeitete und mit wem er sprechen wollte.

»Ich habe die strikte Order, keine Telefonate durchzustellen.«

Kepplinger spürte, wie er langsam die Geduld verlor.

»Dann klopfen Sie eben an und bitten Sie Herrn Brandstätter kurz ans Telefon zu kommen.«

»Das werde ich nicht tun. Ich kenne Sie ja nicht einmal.«

»Sie müssen mich auch nicht kennen! Es geht um den Fall, den ich Ihnen geschildert habe und darum, dass ich meinen Chef sprechen muss und zwar sofort.«

»Ich verbitte mir Ihren Tonfall. Glauben Sie etwa, ich werde jetzt einfach in die Sitzung hineinplatzen wegen einer Vermisstensache? – Da könnte ja jeder kommen!«

Ihr Starrsinn und die Überheblichkeit in ihrer Stimme brachten ihn beinahe zum Platzen.

»Dann tue ich das eben«, sagte er und knallte den Hörer auf den Apparat.

»Meinst du, das ist eine gute Idee?«, fragte Franziska, nachdem er ihr sein Vorhaben erklärt und sich danach erkundigt hatte, wo die Chefrunde tagte.

»Ich habe zumindest keine bessere«, sagte er. »Wir können doch nicht ohne den Inspektionsleiter das große Programm in Gang setzen!«

»Sicher nicht. Ich wünsch dir viel Glück.«

Kepplinger nickte und machte sich auf den Weg.

»Sie können hier nicht rein.« Die groß gewachsene Frau überragte ihn um eine Kopflänge. Sie roch penetrant nach Kölnisch Wasser. Kepplinger atmete durch den Mund. Die Sekretärin stellte sich breitbeinig, mit verschränkten Armen vor die Tür des Besprechungsraums, indem die Organisationsleiter der Polizeidirektion saßen.

»Ich muss!«, sagte Kepplinger entschlossen und klopfte zweimal kräftig gegen die dicke Eichenholztür.

Erschrocken wich die Chefsekretärin zur Seite, als von drinnen ein mürrisches »Ja!« zu hören war.

Behutsam drängte er die Dame zur Seite und drückte den schwergängigen Griff nach unten.

Alle Anwesenden drehten die Köpfe und musterten ihn als ob er eine Clownsnase tragen würde. Am oberen Tischende saß der Direktionsleiter und glotzte ihn mit versteinerter Miene über die Ränder einer altmodischen Hornbrille fragend an. In der Hand hielt er ein Schreiben des Innenministeriums, aus dem er bis vor wenigen Augenblicken zitiert hatte. Auf seinen Schulterklappen glänzten vier goldene Sterne. Er warf das Schreiben demonstrativ auf den Tisch und beendete die eingetretene Stille mit einem kurzen »Bitte«.

Für einen Moment streifte Kepplingers Blick den seines Vorgesetzten, dessen Gesichtsausdruck Bände sprach. Er verstand und gab mit einem kurzen Nicken zu verstehen, dass er sich seiner Sache sicher war. »Bitte entschuldigen Sie die Störung, aber wir haben Grund zu der Annahme, dass die seit Freitag vermisste Manuela Jessen aus Süßen einem Verbrechen zum Opfer gefallen ist. Für die weiteren Maßnahmen sollte meiner Einschätzung nach eine Sonderkommission gebildet werden. Dafür bräuchte ich unbedingt Herrn Brandstätter und vielleicht die Unterstützung einiger anderer Dienststellen.«

Der Direktionsleiter blickte zu Brandstätter. Dann zum Leiter des Streifendienstes. Der zuckte lediglich mit den Schultern.

»Warum weiß ich nichts von diesem Vorfall?«

Offenbar war niemand in der Runde informiert.

Brandstätter nestelte seinen Krawattenknoten gerade und versuchte, mit hochrotem Kopf die Situation zu erklären. »Wir wissen erst seit heute Morgen von dem Mädchen. Es war davon auszugehen, dass es sich um eine gewöhnliche Vermisstensache handelt.«

Mit dieser Aussage gab sich der Direktionsleiter nicht zufrieden. Er nahm die Brille ab und deutete Keppinger an, sich zu setzen.

»Wie war noch Ihr Name?«

Er stellte sich vor.

»Dann erzählen Sie mal, Herr Kepplinger.«

Er informierte in wenigen Sätzen über den bisherigen Ermittlungsstand. Nach einigen Verständnisfragen erteilte der oberste Chef Arbeitsaufträge, die ungefähr die Hälfte der im Raum sitzenden Organisationsleiter betrafen, und vertagte die

Besprechung. Während sich die Runde auflöste, blieb Kepplinger sitzen und wartete das Gespräch seines Vorgesetzten mit dem Direktionsleiter ab. Währenddessen platzte die Chefsekretärin in den Besprechungsraum und baute sich vor den beiden auf. Amüsiert verfolgte Moritz, wie sie fuchtelnd und mit sich überschlagender Stimme zu erklären versuchte, wie es zu der Störung gekommen war. Der Direktionsleiter ließ sie geduldig aussprechen, dann tätschelte er hoheitsvoll ihren Arm.

»Beruhigen Sie sich. Herr Kepplinger hat alles richtig gemacht – und Sie auch.«

Später, als er mit Brandstätter über den Hof lief, gab es eine ähnliche Szene. Moritz kam es so vor, als versuche sein Vorgesetzter den Direktionsleiter zu imitieren, was ihm bei Weitem nicht so glaubhaft gelang.

»Das haben Sie gut gemacht, Kepplinger. Ich weiß gar nicht, ob ich überrascht sein soll oder nicht.«

Das anschließende Schulterklopfen erinnerte ihn an einen untauglichen Versuch, Nähe aufzubauen. Was Brandstätter mit diesem Spruch meinte, verstand er ohnehin nicht.

Eine knappe Stunde später befand er sich auf der Weiterfahrt nach Süßen und betrachtete eine der Fotografien auf dem Beifahrersitz, die ihm Gerd Jessen vor wenigen Minuten gegeben hatte. Das Bild war angeblich keine vier Wochen alt und zeigte das Mädchen auf einem Fahrrad. Sie trug ein hübsches gelbes Sommerkleid und lächelte fröhlich in die Kamera. Jessen hatte ihm noch einige andere Bilder ausgedruckt, die für eine Fahndung geeignet waren. Er verhielt sich kooperativ und zeigte Verständnis für die Maßnahme. Anschließend zeigte er ihm Bilder des vergangenen Wochenendes.

»Sehen Sie, ich war wirklich dort.«

Sie sprachen über mögliche Zufluchtsorte von Manuela. Wieder nannte der Vater die Namen der Freundinnen, bei denen ihm in der Zwischenzeit die Nachnamen eingefallen waren und die Adresse der einzigen noch lebenden Oma des Kindes. Sie wohnte in Hamburg. Kepplinger bat ihn, sie anzurufen.

»Meine Mutter wohnt in einem Feierabendheim.«

»Versuchen Sie es trotzdem.«

Er griff zum Telefon und drückte eine Schnellwahltaste. Niemand nahm ab. Kepplinger notierte sich die Telefonnummer.

»Das ist doch völlig abwegig anzunehmen, dass sie nach Hamburg gefahren ist«, raunte Gerd Jessen.

»Aber wir können es nicht ausschließen.«

»Sie ist erst zehn.«

»Ich habe schon mal einen achtjährigen französischen Jungen in Stuttgart aus dem TGV geholt und der Bahnpolizei übergeben.«

Jessen wurde nachdenklich.

»Und dann?«

»Seine Tante aus München hat ihn abgeholt. Später sind die Eltern nachgereist.«

»Warum hat er das getan?«

»Er sagte, dass er in einem Buch von einem Jungen gelesen habe, der mit der Eisenbahn um die ganze Erde gefahren ist.«

»Manuela hat mir immer erzählt, was sie tut oder vorhat. Außerdem wäre sie niemals über Nacht weggeblieben, ohne mit ihrer Mutter darüber zu sprechen.«

»Sind Sie sich sicher?«

»Ja.«

Kepplinger war verunsichert. Wenn die Angaben der Kollegin aus dem Streifendienst stimmten, machte Jessen ihm etwas vor. Doch es gab keinen Grund, Lea Thomann zu misstrauen. Und er hatte keine Lust auf irgendwelche Spielchen.

»Vor drei Monaten ist sie aber weggelaufen.«

Jessen kniff die Augen zusammen und sah ihn misstrauisch an. »Woher wissen Sie das?«

»Ist sie weggelaufen oder nicht, nachdem Sie Ihre Frau verprügelt und anschließend im Schlafzimmer eingesperrt haben?«

»Na und? Manu ist zu ihrer Schulfreundin gegangen und war am Abend wieder zu Hause. Was damals war, geht Sie nichts an.«

»Ich möchte herausfinden, was mit Ihrer Tochter passiert ist. Dabei interessiere ich mich für jedes Detail.«

»Machen Sie doch, was Sie wollen.«

Kepplinger hatte keine Lust auf solch eine Unterhaltung und verließ die Wohnung, ohne ein weiteres Wort zu verlieren.

Mittlerweile war es halb zwölf geworden. Er wollte vor Schulschluss unbedingt noch die Klasse von Manuela besuchen. Außerdem sollte er gegen Mittag wieder zurück in der Dienststelle sein. Brandstätter hatte für halb eins eine erste Besprechung mit dem gesamten Team anberaumt. Er hoffte immer noch darauf, dass sie eine natürliche Erklärung für das Verschwinden der Zehnjährigen fanden. Trotzdem schien ihn sein Gefühl seit Stunden auf das Schlimmste vorzubereiten.

Als Polizist wünscht man sich immer, dass sich ein erster Verdacht nicht bestätigt, dachte er. Häufig hofft man vergebens und blickt dann in menschliche Abgründe, die man nicht auszuhalten glaubt. Während er an einer Ampel hielt, erinnerte er sich an einige seiner Fälle, die ihn immer wieder einholten. Es waren nicht die Bilder der grausam zugerichteten Leichen, das Blut oder der Gestank an den Tatorten. Kepplinger beschäftigte das Motiv der Täter. Vor allem dann, wenn er es nicht ansatzweise verstehen konnte. Wenn er trotz nächtelangem Grübeln keinen Zugang bekam zu der Gedankenwelt eines Mörders oder Kinderschänders. Natürlich kannte er die einschlägigen Erklärungsversuche gerade jener Verbrechen, die ihn nicht in Ruhe ließen. Aber auch diese erklärten – wenn überhaupt – nur, wie es zu der Tat kommen konnte und in welcher Ausprägung eine Psychose oder Abnormität beim Täter vorgelegen haben könnte. Bisweilen steigerte er sich derart in solche Verbrechen hinein, dass er für seine Umwelt absolut unausstehlich wurde. Einmal hatte er versucht, Valerie zu erklären, was ihn so quälte. Ungefähr nach der Hälfte seiner Ausführungen hatte sie ihn darum gebeten damit aufzuhören. So etwas wolle sie nicht wissen. Er hatte damals ernsthaft darüber nachgedacht, seinen Beruf aufzugeben. Eine junge Mutter hatte ihrem Bruder in der eigenen Wohnung erlaubt, sexuelle Handlungen an der zweijährigen Tochter vorzunehmen und auf Video aufzuzeichnen. In wenigstens einem Fall konnte man ihr nachweisen, dass sie ihr Kind beruhigt hatte, während er sich an dem Mädchen verging. Kepplinger hatte den Auftrag bekommen, Teile des umfassenden Videomaterials zu sichten. Nach ein paar Minuten hatte er den Videorecorder ausgeschaltet und sich auf der Toilette übergeben. Tage später hatte er darum gebeten, wieder an seine alte Dienststelle zurückkehren zu dürfen. Die wenigen Bilder, die er gesehen hatte, würde er niemals vergessen.

Auf dem Parkplatz vor der Schule griff er nach seinen Unterlagen und den Bildern. Er betrachtete eines der Fotos, auf dem das Mädchen im Badeanzug in einem Freibad spielte.

»Bitte kein Sexualverbrechen!«

Es klang wie eine Beschwörungsformel.

Dann ging er mit weit ausladenden Schritten in Richtung des Schulgebäudes.

Alexander Giebel atmete auf. Nachdem er Susanne Jessen ein Beruhigungsmittel verabreicht hatte, befand sie sich mittlerweile wieder in einem schlafähnlichen Zustand. Ihre Verfassung hatte sich extrem verschlechtert. Von Krampfanfällen begleitet hatte sie verzweifelt nach ihrer Tochter geschrien und das Krankenhaus unbedingt verlassen wollen. Dem gesamten

Team war es nicht gelungen, sie zu beruhigen. Solange sie nicht wussten, was mit ihrer Tochter passiert war, würden sie keinen Zugang zu der Frau bekommen.

Er verstand ihre Aufregung, aber er konnte ihr in dieser Situation nicht helfen. Einer der Grundsätze des Klinikums lautete, Patienten nicht anzulügen. Er war ein Befürworter dieser Regel und wollte ihr keine falschen Hoffnungen machen. Die zehnjährige Tochter schien ihr Ein und Alles zu sein. Aus den wenigen Worten, die sie gewechselt hatten, schloss er, dass Susanne Jessen suizidgefährdet war. Er vermutete, dass sie nicht zum ersten Mal in psychiatrischer Behandlung war und beschloss, in den Akten nach einem entsprechenden Eintrag zu suchen. Später wollte er den Kommissar darüber informieren, dass eine Vernehmung in diesem Zustand undenkbar war. Das Piepsen des Pagers riss ihn aus seinen Gedanken. Auf dem Display blinkte die Nummer des Direktors der Klinik. Während er sich auf den Weg in dessen Büro machte, stellte er sich auf ein unangenehmes Gespräch ein.

Die Befragung der Rektorin der Grundschule brachte keine neuen Erkenntnisse. Manuela Jessen war am Morgen nicht zum Unterricht erschienen. Nachdem keines der Kinder, die mit ihr befreundet waren oder in nächster Nachbarschaft wohnten, etwas über ihren Verbleib wusste, war man davon ausgegangen, dass sie krank wäre. Gegen halb zehn hatte sie den Anruf der Kriminalpolizei erhalten und die Klassenlehrerin informiert. Seitdem waren alle in großer Sorge. Kepplinger beruhigte die Rektorin, indem er versicherte, dass alles Mögliche getan würde, um das Mädchen zu finden.

In wenigen Minuten würde die letzte Schulstunde an diesem Montagvormittag zu Ende gehen. Er drängte darauf, mit Manuelas Mitschülern zu sprechen. Die Rektorin führte ihn zum Klassenraum im ersten Stock.

Kepplinger begrüßte die Lehrerin und stellte sich den Kindern als Polizeibeamter vor. Ein wildes Durcheinander entbrannte. Die engagierte Pädagogin ermahnte die Kinder zur Ruhe. Sie hielt ein winziges Glöckchen in die Höhe und klingelte. Das einstudierte Ritual funktionierte tadellos. Schweigend lauschten die Kinder seinen Ausführungen. Er gab sich Mühe, das Verschwinden der Mitschülerin möglichst unspektakulär zu beschreiben und stellte einige harmlose Fragen.

Keines der Kinder hatte die Vermisste am Wochenende gesehen oder getroffen.

»Ich dachte, sie ist bei ihrem Vater«, sagte ihre Tischnachbarin und offenbar beste Freundin.

Einige erinnerten sich daran, Manuela nach Unterrichtsende auf dem Spielplatz vor der Schule gesehen zu haben.

»Die hat mit ein paar anderen Fangen gespielt«, erinnerte sich ein Junge.

Der Pausengong erklang über einen Lautsprecher im Klassenraum. Die Kinder begannen wie selbstverständlich ihre Sachen zusammenzupacken, aber die Klassenlehrerin ermahnte sie nochmals zur Ruhe. Kepplinger schrieb seinen Namen und seine Telefonnummer an die Tafel und ermutigte die Kinder, ihn anzurufen, wenn ihnen etwas einfallen würde. Die Lehrerin verlangte, dass alle Kinder die Telefonnummer in ihr Hausaufgabenheft schrieben. Er bedankte sich für die Unterstützung, und schon stürmten die Grundschüler aus dem Klassenzimmer. Er reihte sich in den Strom der Kinder ein. Auf dem Flur stieß ihn ein strohblondes Mädchen an.

»Du, Herr Polizist.«

Kepplinger lächelte sie überrascht an. Ihre Arme waren so dünn wie die einer Puppe. Auf den ersten Blick wirkte sie zerbrechlich. Aber sie stand selbstbewusst vor ihm und forderte seine volle Aufmerksamkeit. Er beugte sich nach vorne und stützte sich mit beiden Händen auf den Knien ab.

»Ja?«

»Hast du schon mal versucht, Manuela anzurufen?«, fragte sie mit ihrer Piepsstimme.

»Eure Rektorin hat das bereits versucht. Aber bei Jessens ist niemand zu Hause. Ihrer Mutter geht es nicht gut. Sie liegt in einem Krankenhaus.«

»Nicht bei ihr zu Hause.« Das Mädchen schüttelte den Kopf. »Ich meine, ob du Manu auf ihrem Handy angerufen hast?«

Daran hatte er in keinem Augenblick gedacht.

»Manuela hat ein Handy?«, fragte er verwundert.

»Die meisten Kinder haben eins«, klärte ihn die Klassenlehrerin auf. »Nur dürfen sie es nicht mit in die Schule bringen.«

Das blonde Mädchen kannte die Nummer auswendig. Kepplinger notierte sich die Ziffern und lobte sie.

»Das war sehr gut, dass du mir das gesagt hast.« Das Mädchen errötete, lächelte über beide Backen und rannte den anderen Kindern hinterher. Auf dem Weg zu seinem Wagen spielte er mit dem Gedanken, die Nummer anzurufen. Aber dann besann er sich. Es war nicht auszuschließen, dass er Manuela mit dem Anruf in Gefahr brachte. Eine Panikreaktion auslöste, beispielsweise bei jemandem, der sie in seiner Gewalt hatte.

Er musste dringend mit seinen Kollegen darüber sprechen. Das Telefon war eine große Chance, Manuela ausfindig zu machen. Mit einem Mal hatte er es sehr eilig, zurück zur Dienststelle zu kommen.

Um ein Haar streifte Kepplinger beim Einfahren in den überfüllten Innenhof der Polizeidirektion den gelben Mini von Lea Thomann, die im selben Augenblick versuchte, rückwärts in eine Parklücke zu stoßen. Tagsüber war es nahezu unmöglich, dort einen Stellplatz zu finden. Wer um die Mittagszeit seinen Dienst antrat, war gezwungen, seinen Wagen in den nahegelegenen Wohngebieten abzustellen und einige Hundert Meter zu Fuß zurückzulegen. Er parkte den Renault in der Einsatzgarage der Kriminalpolizei. Auf dem Weg zum Eingang beobachtete er den schief eingeparkten englischen Wagen und die Fahrerin, die sich schimpfend durch einen engen Türspalt ins Freie zwängte.

»War ganz schön knapp gerade«, rief er der dunkelhaarigen Frau zu. Sie blickte kurz in seine Richtung.

»Hab's gemerkt, sorry.«

Mit einer lässigen Handbewegung betätigte sie die Funkzentralverriegelung, rückte ihr Kleid und die hinter ein Haarband gesteckte Sonnenbrille zurecht, ging direkt auf ihn zu und streckte ihm die Hand zur Begrüßung entgegen. Dezent nahm er den Duft eines frischen Parfums wahr.

»Hallo, Lea Thomann, vom Streifendienst. Können Sie mir sagen, wo ich den Kollegen Kepplinger finde?«

Er war überrascht. Am Telefon hatte sich die Kollegin müde und frustriert angehört. Er hatte sie sich wesentlich älter und bei Weitem nicht so attraktiv vorgestellt. Lediglich ihre dunklen Augenränder zeugten von Schlafmangel. Der Druck ihrer Hand war fest und warm.

»Da kann ich helfen. Ich hoffe, es spricht nichts dagegen, wenn wir beim Du bleiben?«

Lea schien ihn nicht zur verstehen.

»Wie?«

»Du hast gerade beinahe seinen Dienstwagen gerammt!« Jetzt sah sie ihn verwundert an. Für einen Moment verstärkte sie ihren Händedruck.

»Nein, wirklich? So ein Zufall. Das tut mir leid. Besonders geschockt wirkst du allerdings nicht.«

Sie lachten beide. Ihr Humor wirkte ansteckend.

»Betreibst du irgendeinen Kampfsport oder Ähnliches?«, erkundigte er sich im Treppenhaus.

»Wie kommst du darauf?«

»Dein Händedruck.«

»So schlimm? Aber gut geraten. Wing Tsun, sagt dir das etwas?«

»Ein wenig.« Er hatte von den effektiven Selbstverteidigungstechniken gehört.

»Und dabei besiegt man seinen Gegner, indem man ihm die Hand zerquetscht?«

»Unsinn«, Lea Thomann grinste.

In der gesamten dritten Etage des Bürogebäudes, in der die Inspektion eins der Göppinger Kriminalpolizei untergebracht war, herrschte gähnende Leere. An seiner Bürotür hing ein Notizzettel: *Sind im Besprechungsraum im vierten Stock!* Kepplinger warf einen beunruhigten Blick auf die große Wanduhr am Ende des Flurs. Der große Zeiger pendelte gerade auf zwölf Uhr dreißig.

»Gerade noch rechtzeitig«, murmelte er erleichtert. Er nahm den Zettel von der Tür und bat Lea, ihm zu folgen.

»Soll ich gleich mit reingehen?«, fragte sie verunsichert, während sie die Treppen in das nächsthöhere Stockwerk hinaufgingen.

»Natürlich«, sagte er. »Warum nicht?«

»Ich kenne kaum jemanden bei der Kripo.«

»Ich auch nicht. Mit Ausnahme der Sekretärin und des Inspektionsleiters.«

»Wieso das?« Sie sah ihn ungläubig an.

»Ganz einfach. Ich habe heute Morgen um acht hier angefangen.«

Die Tür zum Besprechungsraum im Dachgeschoss stand offen. Gesprächsfetzen drangen nach draußen. Kepplinger und seine Begleiterin betraten den weiträumigen Saal. Das Sichtfachwerk überspannte den kompletten Gebäudegrundriss. Einige Kollegen bedienten sich an einem Tisch, auf dem Getränke, belegte Brötchen und Kaffee bereitgestellt waren. Augenblicklich meldete sich sein Hunger. Am liebsten hätte er sofort zugegriffen, aber da er neu im Team war, fand er das unpassend. Er begnügte sich damit, Lea und sich eine Tasse Kaffee einzuschenken. Währenddessen trat Franziska neben ihn und teilte ihm mit, dass bis auf einen Kollegen alle da wären. »Christian Schwarz ist zum Zahnarzt gegangen. Hat angeblich die ganze Nacht nicht geschlafen.«

Kepplinger nickte.

Franziska zwinkerte ihm zu. »Viel Glück.«

»Danke.«

Brandstätter bemerkte ihn und winkte ihn heran.

»Wen haben Sie denn da mitgebracht, Kepplinger?« Dem Tonfall seines Chefs zufolge konnte man den Eindruck gewinnen, er hätte die Kollegin von der Straße aufgelesen. Er stellte ihm Lea vor und erklärte, weshalb er sie zu der Besprechung eingeladen hatte.

Im Raum war es ruhig geworden. Die meisten Kollegen hatten bereits Platz genommen und sahen zu den beiden Neuen. Franziska schloss die Tür.

»Also, jetzt hört mal alle zu«, eröffnete Brandstätter die Besprechung und deutete mit der Hand auf Kepplinger.

»Das ist also euer neuer Kollege, der heute schon so viel Wirbel verursacht hat.« Er lachte. Außer ihm selbst fand das niemand komisch. »Natürlich nicht er. Sondern der Fall, den er seit heute Morgen bearbeitet.« Wieder lachte nur der Vorgesetzte. Dieses Mal schien er es genial zu finden, seinen vorherigen Witz so schlagfertig aufgelöst zu haben. Moritz war die Situation peinlich.

»Also, dann will ich auch gar nicht mehr viel sagen. Herr Kepplinger wird uns jetzt alle auf den neuesten Stand bringen.«

Moritz fühlte sich von der Vorgehensweise seines Chefs überrumpelt und räusperte sich verlegen.

»Hallo. Freut mich, euch kennenzulernen. Auch wenn der Anlass vielleicht weniger erfreulich ist.«

Die anwesenden Kolleginnen und Kollegen erwiderten seinen Gruß. Gleichzeitig wich die Stille einer angenehmeren Atmosphäre. Er war erleichtert.

»Obwohl die Zeit drängt, möchte ich mich kurz vorstellen. Meinen Namen kennt ihr ja schon. Seit vergangenem Freitag bin ich mit dem Studium fertig. Davor war ich zwei Jahre in Stuttgart beim Drogendezernat. Und davor sechs Jahre beim SEK. Ich habe mir ganz in der Nähe eine Wohnung genommen, in der Nordstadt. Und ich freue mich darauf, mit euch zusammenzuarbeiten und euch kennenzulernen.«

Er trank einen Schluck Kaffee. Sein erster Eindruck war, dass ihn die Kollegen wohlwollend in ihren Kreis aufnahmen. Dann fiel ihm etwas Wichtiges ein.

»Natürlich sorge ich für einen ordentlichen Einstand, wenn wir etwas mehr Zeit haben.«

Dieser Vorschlag wurde lautstark begrüßt.

»Neben mir steht die Kollegin Thomann. Sie arbeitet im Streifendienst und hatte bereits mehrfach Kontakt mit der Familie der Vermissten.«

Lea war neben ihn getreten und grüßte freundlich in die Runde. Den Reaktionen einiger Kollegen zufolge, kannten diese die Streifenbeamtin bereits.

Nachdem es wieder ruhig wurde, berichtete er der Reihe nach, vom Eingang des Fernschreibens bis zu den letzten Erkenntnissen aus dem Schulbesuch. Dabei ging er sehr sorgfältig vor und achtete darauf, dass er bei der Beschreibung seiner Eindrücke keine Wertung vornahm. Während er sprach, fiel ihm die Sache mit dem Mobiltelefon ein. Darauf wollte er später eingehen. Als Gedankenstütze legte er sein eigenes Gerät vor sich auf den Tisch. Anschließend fasste er zusammen, was er bislang über die vermisste Manuela Jessen in Erfahrung gebracht hatte. Bevor er den Hinweis auf das Handy erwähnte, bat er Lea darum, etwas zu dem Anruf in der Nacht und ihren Erfahrungen mit der Familie zu sagen. Er war beeindruckt, wie präzise und kurzweilig Lea die zu dem Fall gehörenden Details vortrug. Als sie fertig war, erwähnte er die Geschichte mit dem Telefon der Zehnjährigen. Und dass er in dieser Sache noch nichts unternommen, geschweige denn die Nummer gewählt hatte.

»Also, ich habe die Eltern überprüft«, unterbrach Franziska die anfängliche Stille. »In den Akten habe ich die Einträge zu den Ruhestörungen gefunden, über die Lea schon berichtet hat, und einen Vermerk über die zurückgezogene Anzeige im letzten Fall. Gerd Jessen hat darüber hinaus einen Eintrag wegen Körperverletzung, und, wartet …« Sie blätterte in den Unterlagen. »… Das war vor drei Jahren. Eine Kneipenschlägerei in Göppingen. Jessen hat seinem Kontrahenten die Nase eingeschlagen und wurde zu dreißig Tagessätzen à fünfzig Euro verurteilt, die er an die Hilfsorganisation für Kriminalitätsopfer, den Weißen Ring zahlen musste. Die Scheidung von Gerd und Susanne Jessen ist seit November vorigen Jahres rechtskräftig. Sie hat sich entschieden, den Namen ihres Exmannes zu behalten. Mehr habe ich nicht herausgefunden.« Franziska legte die Akten auf den Tisch. »Ach, und doch noch etwas. Der zuständige Arzt vom Christophsbad hat vorhin angerufen und mitgeteilt, dass Frau Jessen nicht vor morgen vernommen werden kann.«

Ein Mann mit Schnauzer und einem etwas altmodischen Karohemd, dessen rechter Kragen über ein hellbraunes Cord-Sakko hinausragte, meldete sich zu Wort und stellte sich als Wolfgang Herder vor. Er war neben Brandstätter der älteste Kollege des ansonsten ungewöhnlich jungen Teams. »Was passiert jetzt mit dem Handy?«, fragte er mürrisch. »Warum rufen wir nicht einfach an?«

»Das wollte ich, wie gesagt, auf jeden Fall mit euch besprechen«, sagte Kepplinger und blickte fragend in die Runde. »Fakt ist, dass wir die Mutter dazu nicht befragen können. Bestimmt hat sie am Wochenende versucht, ihre Tochter anzurufen.«

»Das können wir leicht über einen Verbindungsnachweis des Netzbetreibers herausfinden«, sagte Markus Ackermann, den Franziska trotz seines Urlaubs auf die Dienststelle beordert hatte. Seine Stimme klang ruhig und besonnen. »Ich kümmere mich darum.«

Kepplinger nickte dankbar und fuhr in seinen Überlegungen fort. »Angenommen, Manuela befindet sich in der Gewalt eines Entführers, dann könnten wir sie mit einem Anruf gefährden. Ich denke, wir sollten andere Möglichkeiten in Betracht ziehen. In Sachen Elektronik bin ich allerdings ein absoluter Laie.«

Wieder meldete sich Ackermann zu Wort. »Wir können eine Funkortung beantragen. Die rechtlichen Voraussetzungen dürften vorliegen.«

Der Inspektionsleiter nickte.

»Ich gebe zu bedenken, dass wir dabei lediglich herausbekommen, in welcher Funkzelle das Mobiltelefon eingeloggt ist. Vorausgesetzt es ist eingeschaltet und hat Empfang.« Der Kollege, der nun das Wort ergriffen hatte, hatte sich Kepplinger zuvor als Nils Schubart vorgestellt. Er schätzte ihn auf Mitte zwanzig. Dem Dialekt nach kam er aus der Gegend um Leipzig.

»Da muss ich unserem Computerspezialisten recht geben«, sagte Markus Ackermann. »Aber wenn wir Glück haben, können wir auf die Ortungsplattform der Björn-Steiger-Stiftung zurückgreifen. Ich denke, das funktioniert im Landkreis Göppingen.«

Nils Schubart nickte. »Dann könnten wir mithilfe sogenannter IMSI-Catcher das Handy ziemlich genau lokalisieren. Dafür brauchen wir allerdings die Unterstützung des Landeskriminalamtes.«

»Bringen wir das Mädchen damit in Gefahr?«, erkundigte sich die einzige Kollegin im Team, die sich bislang eher zurückgehalten hatte. Ihre Stimme und ihre Körperhaltung wirkten verschlossen, als ob sie sich in diesem Kreis nicht richtig wohlfühlen würde. Sie hieß Anja Kober, wie ihm Franziska leise mitteilte.

»Nein. Am Mobilteil tut sich bei so einer Aktion nichts. Voraussetzung ist eben, dass es eingeschaltet ist«, sagte Markus Ackermann.

»Aber wir sollten relativ zeitnah einen Trupp vor Ort bringen«, gab Kepplinger zu bedenken. »Ich meine für den Fall, dass das Mädchen, oder wer auch immer, mit dem Telefon in Bewegung ist.«

Markus Ackermann und Nils Schubart stimmten ihm zu. Kepplinger schlug vor, dass sich die beiden sofort darum kümmerten.

Die nächste Wortmeldung kam von einem gut aussehenden Mann, der seine schulterlangen Haare zu einem Pferdeschwanz gebunden hatte. Ein gepflegter Dreitagebart vollendete das typisch südländische Aussehen.

»Maggiore, soll das heißen, wir arbeiten jetzt alle an dem Fall mit dem Kind?« Die Frage galt dem Inspektionsleiter. Auf den ersten Eindruck wirkte der Kollege arrogant. Kepplinger hoffte, dass sich dieses Gefühl nicht bestätigen würde, angesichts der Tatsache, dass es sich um niemand anderen als seinen neuen Büropartner handeln konnte.

»Ja, selbstverständlich, Salvatore. Das hat jetzt Vorrang vor allem anderen. Wir müssen doch rauskriegen, was mit dem Mädchen los ist«, antwortete Brandstätter prompt. »Aber ich möchte nicht, dass es an die große Glocke gehängt wird. Ihr wisst, wie heikel es gerade ist, wenn ein Kind vermisst wird. Kepplinger…«, wieder klopfte ihm der Vorgesetzte auf die Schultern, »…leitet bis auf weiteres die Ermittlungen.«

Damit hatte Moritz nicht gerechnet. Zum einen war er froh, dass Brandstätter ihm bereits am ersten Arbeitstag zutraute, eine Ermittlungsgruppe zu leiten. Andererseits zweifelte er daran, ob die weitaus erfahreneren Kollegen diese Entscheidung für eine gute Idee halten würden. Kepplinger hatte keine Ahnung vom Betriebsklima innerhalb der Inspektion, wusste nichts von den Eigenarten der neuen Kollegen und wie das jeweilige Verhältnis zum Chef war.

»Ist das für euch in Ordnung?«, fragte er in die Runde und beobachtete gespannt die Reaktionen. »Schließlich bin ich ganz neu hier.«

Als Resonanz erhielt er ausschließlich Zustimmung, lediglich Herder brummte irgendetwas Unverständliches, nickte aber, als Kepplinger ihm direkt in die Augen blickte.

Sie sprachen das weitere Vorgehen ab und vereinbarten eine Besprechung am frühen Abend. Rasch wurden die nötigen Routinearbeiten an die Kollegen verteilt. Am Ende der Besprechung blickte Kepplinger besorgt auf die Uhr. Eine weitere Stunde war vergangen. Er zweifelte daran, ob es richtig war, den Vorfall als Vermisstensache zu behandeln. Da es keinerlei Anhaltspunkte für ein Verbrechen gab, waren sie jedoch dazu gezwungen.

Er redete sich ein, dass sie das Mädchen im Laufe des Tages finden würden. Zurück blieb ein Gefühl der Verunsicherung. Etwas, das im Verborgenen schlummerte wie ein wildes Tier.

Der Inspektionsleiter zeigte sich zufrieden und wünschte den Kollegen viel Erfolg.

»Nehmen Sie die Semmeln vollends mit und finden Sie

mir das Mädchen«, versuchte er lauthals die geschäftige Aufbruchsstimmung der Kollegen zu übertönen.

Kepplinger dachte darüber nach, wie er Lea am besten in die Ermittlungen mit einbeziehen konnte. Er war sicher, dass sie von ihrer Unterstützung profitieren würden. Zumindest so lange, wie die Nachforschungen im familiären Umfeld andauern würden. Hierbei hatte Lea ihnen zweifelsohne einiges voraus. Außerdem schien sie ein untrügliches Gespür für das Wesentliche zu besitzen.

Schließlich versuchte er, sie im Beisein des Vorgesetzten davon zu überzeugen, in der Inspektion mitzuarbeiten. Entgegen seiner Erwartung signalisierte Brandstätter, die notwendigen Formalitäten in die Wege zu leiten.

»Vielleicht sollten wir erst einmal Frau Thomann fragen, ob sie Interesse hätte«, unterbrach ihn Kepplinger.

»Das wäre natürlich die Voraussetzung«, versuchte er seinen Fehler wettzumachen.

»Ich würde schon gerne«, erwiderte sie. »Aber ich weiß nicht, wie das gehen soll, wir sind eh viel zu wenige in der Schicht.«

»Da machen Sie sich mal keine Sorgen«, sagte Brandstätter. »Das bekomme ich schon geregelt.«

Lea sah Moritz in die Augen. Er nickte ihr aufmunternd zu. Ihr Blick wurde prüfend, als wollte sie herausfinden, ob seine Aufforderung ernst gemeint war. Schließlich entspannte sich ihr Ausdruck. Als sie sich Brandstätter zuwandte, lächelte sie bereits wieder.

»Gut, ich bin dabei.«

»Freut mich. Willkommen bei der Kripo.«

Lea Thomann hatte sich dazu entschlossen, mit Kepplinger und Falcone nach Süßen zu fahren, obwohl ihre Abordnung zur Kriminalpolizei bislang nicht geklärt war. Sie hatte ohnehin frei, und an Schlaf war in dieser Situation nicht zu denken. Dazu fühlte sie sich bereits zu sehr in den Fall involviert. Außerdem war sie, wie alle anderen, gespannt auf die Telefonortung.

Seitdem sie Moritz Kepplinger getroffen und einen kleinen Einblick in die Arbeit der Kriminalpolizei bekommen hatte, fühlte sie sich auf eine besondere Art wohl. Unter den Kollegen der Kriminalinspektion herrschte ein ganz anderer Umgangston, als sie es gewohnt war. Möglicherweise lag es an der Tätigkeit. Im Streifendienst wurde selten mit jener Sorgfalt vorgegangen, die sie in der Besprechung kennengelernt hatte. Das war sicherlich auch nicht notwendig, wenn es darum ging, einen Betrunkenen vom Bahnhof aufzulesen und in die Ausnüchterungszelle zu verfrachten. Aber gerade dieses analytische Vorgehen, um einen Fall wie diesen aufzuklären, faszinierte sie. Und es kam ihrem persönlichen Verständnis von Polizeiarbeit näher. Leider gab es bei der Kripo nur sehr wenige Stellen, und ein Studium an der Hochschule der Polizei war die Voraussetzung für einen Laufbahnwechsel. Die wenigen begehrten Studienplätze wurden über ein schriftliches Auswahlverfahren vergeben, zu dem sich Tausende Kollegen der Landespolizei, die meisten von ihnen zum wiederholten Mal, bewarben. Bislang hatte sie diesen Schritt nicht gewagt.

Während sie jetzt den Gesprächen von Moritz und Salvatore lauschte, die sich über die Dozenten der Hochschule ausließen, fühlte sie sich mit einem Mal ausgegrenzt.

Lea beschloss, Moritz in einer ruhigen Minute auf das Studium und die Chancen eines Wechsels zur Kriminalpolizei anzusprechen. Sie fand ihn sympathisch. Er hatte etwas Besonderes an sich. Noch wusste sie nicht, was es war, aber es machte ihn interessant. Er musste einen schweren Unfall hinter sich haben. Schon bei der ersten Begegnung im Hof waren ihr die winzigen Farbunterschiede der Haut an seinen Unterarmen und am Hals aufgefallen, die von einer Transplantation herrühren mussten. Sie hatte selbst mehrere solcher Stellen, die von einer Verbrühung in der Kindheit stammten.

Der Verwalter des Wohnhauses, in dem Susanne Jessen mit ihrer Tochter lebte, lief unruhig vor der Eingangstür hin und her.

»Was ist denn passiert?«, begrüßte er die drei Polizeibeamten aufgeregt. »Und woher soll ich wissen, ob Sie wirklich von der Polizei sind?«

Kepplinger hatte keine Lust auf große Erklärungen und hielt dem kleinen, stämmigen Mann seinen Dienstausweis vor die Nase.

»Sind Sie der Hausmeister?«

»Ja, Josef Steiner mein Name.«

»Nun, Herr Steiner, wir würden gerne in die Wohnung von Frau Jessen.«

»Ja, jetzt sagen Sie mir doch, was los ist. Ist doch nicht normal, dass die Polizei mitten am Tag in eine Wohnung will.«

Jetzt mischte sich Falcone in das Gespräch ein.

»Das dürfen wir Ihnen leider nicht sagen. Nur so viel, Frau Jessen liegt derzeit im Krankenhaus.«

»Ja und das Kind?«, fragte der Hausmeister hartnäckig.

»Darum kümmern wir uns, Herr Steiner«, sagte Kepplinger genervt und wandte sich in Richtung Eingang. »Also, gehen wir!«

Der Alte verkniff sich weitere Fragen und ging der Gruppe voraus in das Wohngebäude.

Während er einige Treppenabsätze später die Wohnungstür aufschloss, versuchte er erneut, seine Neugierde zu befriedigen. »Sagen Sie mal, hat der Exmann von der Jessen wieder was angestellt?«, gab er sich aufgeklärt.

»Was meinen Sie?«, interessierte sich Kepplinger.

»Na, das mit den Ruhestörungen, und dass er sie immer wieder mal verprügelt hat.«

»Das wissen wir alles, und jetzt lassen Sie uns bitte in Ruhe arbeiten«, sagte Falcone und wies den Hausmeister mit einer Kopfbewegung unmissverständlich darauf hin, dass er im Treppenhaus warten sollte.

Ein warmer Luftzug durchströmte die leere Wohnung. Durch die geöffneten Fenster drangen die Verkehrsgeräusche der umliegenden Straßen. Überall brannte Licht. Die Zimmer wirkten aufgeräumt. Außer einem Rest Pizza auf dem Wohnzimmertisch und einer mit Kinderkleidung gepackten Sporttasche im Flur gab es auf den ersten Blick nichts Auffälliges zu sehen.

»Sieht so aus, als ob Frau Jessen die Wohnung ziemlich eilig verlassen hat«, stellte Salvatore fest.

»War das schon so, als ihr hier gewesen seid?«

Lea hatte befürchtet, dass Moritz ihr die Frage stellen würde.

»Wir haben nur ein paarmal geklingelt und sind wieder weggefahren«, antwortete sie betreten. Ihr Gefühl hatte ihr bereits am Morgen signalisiert, dass das ein Fehler gewesen war. Sie und ihre Kollegen hatten dem Anruf der Mutter viel zu wenig Bedeutung beigemessen. Nicht zuletzt wegen des schweren Unfalls in der Nacht. Jetzt, angesichts der Entwicklung des Falles, zeigte sich diese Nachlässigkeit als möglicherweise große Dummheit, wenn es darum ging, lückenlos zu recherchieren.

Die beiden Männer sahen ihr den Ärger über dieses Missgeschick an.

»Tranquillo – kein Grund sich aufzuregen«, versuchte Salvatore sie zu beruhigen. »Wann war das genau?«, wollte Kepplinger wissen.

»Gegen halb fünf«, antwortete Lea.

Kepplinger schloss die geöffneten Fenster und löschte das Licht.

»Hier kommen wir nicht weiter«, sagte er. »Bis die Techniker so weit sind, sollten wir damit beginnen, die Freundinnen von Manuela zu befragen. Die Sporttasche nehmen wir mit, ansonsten lassen wir die Wohnung, wie sie ist.«

Lea hatte das Fenster im Kinderzimmer geschlossen und betrachtete die Einrichtung. Als sie in einer Ecke hinter der Tür einen Wäschekorb entdeckte, kam ihr eine Idee.

»Moritz. Salvatore. Kommt mal her.«

Die beiden traten in das Zimmer.

»Was haltet ihr davon, wenn wir ein paar von diesen gebrauchten Kleidern als Geruchsprobe für einen Spürhund mitnehmen?«

Daran hatte Kepplinger nicht gedacht. Wieder zweifelte er daran, den Ermittlungen in diesem Fall gewachsen zu sein, nachdem ihn bereits am Vormittag ein zehnjähriges Kind auf das Mobiltelefon von Manuela hatte hinweisen müssen. Jetzt überraschte ihn die junge Kollegin mit einem ausgezeichneten Einfall. Salvatore kam seiner Antwort zuvor.

»Gute Idee. Wir könnten von der Wohnung und von der Schule aus jeweils einen Versuch starten.«

»Das sollten wir auf jeden Fall tun«, brummte Moritz und griff zum Telefon.

Lea holte einige der Kleider aus dem Wäschekorb und verstaute sie in einem Stoffbeutel.

Als sie aus der Wohnung kamen, tippelte der Hausmeister noch immer vor der Tür auf und ab und sah die drei Beamten fragend an.

»Haben Sie etwas gefunden?«

»Nein, aber ich habe einen Auftrag für Sie«, sagte Kepplinger energisch. »Sie lassen niemanden in die Wohnung, bis wir Ihnen Bescheid sagen. Falls jemand auftaucht, rufen Sie mich an.«

Er notierte seine Handynummer auf einem Zettel und gab sie dem Verwalter. Der nahm die Haltung eines Soldaten ein.

»Alles klar. Niemand in die Wohnung lassen«, wiederholte der Alte.

Sie verabschiedeten sich und verließen das Gebäude. Ein Eiswagen fuhr hupend vorbei und hielt in einiger Entfernung am Straßenrand. Der Fahrer streckte seinen Arm aus dem Fenster und bimmelte mit einer großen Glocke. Sofort kamen einige Kinder aus den angrenzenden Häusern angerannt. Ein Eis wäre nicht schlecht, dachte Kepplinger und war im Begriff seine Kollegen einzuladen. Aber nach einem gehetzten Blick auf die Uhr verwarf er die Idee wieder. Zurück am Wagen schlug er plötzlich wütend auf das Autodach. »Verdammt!«

Die beiden anderen starrten ihn entgeistert an.

»Was ist?«

Moritz war bereits wieder einige Schritte in Richtung des Wohnblocks gegangen.

»Der Keller«, rief er zornig. »Die haben doch bestimmt einen Kellerraum in so einer Mietskaserne.«

Markus Ackermann und Nils Schubart lauschten gespannt den Ausführungen des Technikers, der sich reichlich Mühe gab, die Funktionsweise seines neuen Ortungssystems verständlich zu erklären.

»Ihr kennt doch bestimmt dieses Kinderspiel ›warm–kalt‹, oder? So in etwa könnt ihr euch die Peilung des Geräts innerhalb der Funkzelle vorstellen. In jedem Fall können wir eingeschaltete Handys beinahe punktgenau lokalisieren«, sagte der studierte Informatiker. »Ist noch nicht auf dem Markt, aber wir testen die Anlage für eine Schweizer Firma.«

Von der Funktionsweise des Systems verstanden die beiden Kriminalbeamten nur so viel, dass die Elektronik, nachdem das gesuchte Handy ausfindig gemacht worden war, das Gerät vom eigentlichen Netz trennte und selbst die Sende- und Empfangsfunktionen übernahm. Der Besitzer des Mobiltelefons bekam von diesem Vorgang nichts mit. Der Standort des Telefons konnte im Idealfall auf fünf Meter genau bestimmt werden.

»Das Schaffen bislang nur militärische Peilsender«, schwärmte der Techniker.

»Außerdem ist es möglich, sämtliche Daten zu kopieren, die sich auf der Speicherkarte befinden. Ihr könnt euch sogar die Kurznachrichten ansehen oder selbst welche über die Nummer versenden, falls ihr euch davon etwas versprecht.«

Rechtlich bedurfte es einer Anordnung des Dienststellenleiters, die Brandstätter bereits organisiert hatte. Jetzt warteten die Ermittler auf die Koordinaten des Netzbetreibers, um zu erfahren, ob und in welcher Funkzelle das Mobiltelefon von Manuela Jessen eingeloggt war. In jeder Sekunde konnte das Fax eintreffen und die Aktion gestartet werden. Der Standort des Telefons würde von einer passenden Software auf einer Bildschirmkarte dargestellt werden. Nils Schubert hatte Kepplinger vor dessen Abfahrt ein hochwertiges Navigationssystem in den Dienstwagen montiert. Für alle Fälle hatte Markus Ackermann einen Laptop hochgefahren, in dem sämtliche Adressen bundesdeutscher Polizeidienststellen gespeichert waren und in wenigen Sekunden über die Aktion informiert werden konnten. Sie waren bereit.

In allen verfügbaren Streifenwagen der Landespolizei und der angrenzenden Bundesländer befanden sich mittlerweile Kopien mit der Suchfahndung nach Manuela Jessen. Die Fahndung nach dem Mädchen hatte höchste Priorität. Jeder wusste, dass die Zehnjährige seit Freitag vermisst wurde und was diese bedenkliche Zeitspanne bedeutete. Zwar kam es häufig vor, dass Kinder in diesem Alter von zu Hause wegliefen. Aber über neunzig Prozent tauchten am selben Tag wieder auf. Den wenigen anderen gelang es höchstens, eine Nacht lang der gewohnten Umgebung fernzubleiben. In der Regel konnten sie innerhalb von vierundzwanzig Stunden im näheren Umfeld der Familie oder bei Freunden ausfindig gemacht werden. In den seltenen anderen Fällen handelte es sich tatsächlich in aller Regel um schwere Straftaten wie Verschleppung, Entführung oder ein Gewaltverbrechen.

Manuelas Verschwinden lag 72 Stunden zurück. Es war höchste Eile geboten. Überall kontrollierten Streifenbeamte Kinderspielplätze, Freibäder und Schulhöfe. Einige suchten in Fußgängerzonen, Kaufhäusern und Spielzeugläden nach dem Kind. Kriminalpolizisten erkundigten sich in Krankenhäusern und allen in Frage kommenden Arztpraxen der Region. Kollegen der Bundespolizei durchkämmten systematisch alle Bahnhöfe und größeren Bushaltestellen im gesamten süddeutschen Raum.

Franziska hatte Kopien der Suchaktion an sämtliche Taxiunternehmen der Region geschickt, mit der Bitte, sie an alle Fahrer weiterzugeben. Zu seiner Verwunderung erhielt Brandstätter einen Anruf der Staatsanwaltschaft Ulm. Die Stimme des zuständigen Oberstaatsanwaltes klang besorgt und missfällig zugleich.

»Ich nehme an, Sie hätten sich bei mir gemeldet, wenn auch nur der leiseste Verdacht vorläge, dass es sich um mehr als eine Vermisstensache handelt?«

»Selbstverständlich. Bislang deutet nichts auf ein Verbrechen hin.«

»Sie müssen alle Hebel in Bewegung setzen, das ist Ihnen hoffentlich klar!«

»Wir tun, was in unserer Macht steht.«

»Das reicht vielleicht nicht!«

Wolfgang Herder und Anja Kober hatten mit dem Pressesprecher und einem Moderator des örtlichen Radiosenders einen Zeugenaufruf verfasst, der alle fünfzehn Minuten ausgestrahlt wurde. Eine Vorlage für eine bundesweite Fahndung über die Deutsche Presseagentur lag ebenfalls vor. Kurz nach vier gingen die ersten Anrufe von Journalisten bei der Polizeidirektion ein. Zwanzig Minuten später kam es zu einem Zwischenfall vor einem Kino in Esslingen, etwa dreißig Kilometer von Göppingen entfernt, bei dem Kepplinger für einige Minuten den Atem anhielt. Eine Streife hatte eine Gruppe von Kindern beobachtet, die aus der Nachmittagsvorstellung von *Die Monster Uni* kamen. Darunter ein Mädchen, die der Gesuchten zum Verwechseln ähnlich sah. Sie gab an, in der Nähe von Göppingen zu wohnen und bei ihrer Cousine zu Besuch zu sein. Zwar nannte sie einen anderen Namen, dennoch waren die Kollegen überzeugt, die Gesuchte ausfindig gemacht zu haben. Die Euphorie zerschlug sich nach wenigen Minuten, als die Mutter die Kinder vom Kino abholte und das Missverständnis aufklärte.

Die Suche nach Manuela Jessen musste weitergehen.

Nachdem sie ergebnislos den Kellerraum durchsucht hatten, hofften Moritz Kepplinger und das Team jetzt auf die Ortung des Mobiltelefons. Mittlerweile lag ein Schreiben des Netzbetreibers vor. Das Handy war eingeschaltet und befand sich im Sendebereich einer Verstärkeranlage, die im siebenundzwanzig Meter hohen Bergfried der ehemaligen Burg Staufeneck installiert war.

Die knapp tausend Jahre alte Höhenburg thronte weithin sichtbar über der Stadt Süßen und der angrenzenden Gemeinde Salach. Die weitestgehend erhaltene Anlage beherbergte ein anerkanntes Nobelrestaurant samt Hotel. Ein Michelin-Stern zierte den Eingangsbereich nebst der Auszeichnung von Küchenchef Rolf Straubinger im Jahr 1997 zum besten Fischkoch der Welt.

Markus Ackermann, der den Einsatz von Göppingen aus

koordinierte, markierte den Sendebereich der Funkzelle auf einer Umgebungskarte. Er erstreckte sich über ein weitläufiges Gebiet rund um Süßen, die angrenzenden Städte des Filstals und einige Seitentäler.

Die landschaftlich reizvolle Gegend zwischen Stuttgart und Ulm war geprägt von großflächigen, dichtbewachsenen Waldgebieten. Zahlreiche Obstwiesen und Felder der immer weniger werdenden Bauern der Region ergänzten das Landschaftsbild der Umgebung unterhalb der bekannten Dreikaiserberge Hohenstaufen, Rechberg und Stuifen. Ein Spezialist des Landeskriminalamtes war bereits mit einem Messfahrzeug unterwegs, um eine Grobpeilung innerhalb der Funkzelle zu starten. Moritz Kepplinger rückte die Freisprecheinrichtung an seinem Ohr zurecht und blickte auf den Stadtplan, der auf seinen Oberschenkeln lag. Salvatore Falcone hantierte am Monitor des Navigationsgeräts, und Lea Thomann wartete schreibbereit auf der Rückbank des Wagens. Endlich kam der Anruf von Markus Ackermann.

»Moritz, wir haben jetzt einen Sektor, auf den wir die Suche beschränken können. Seid ihr so weit?«

»Von mir aus kann es losgehen«, erwiderte Kepplinger mit einem Anflug von Nervosität in der Stimme.

»Gut, dann loggen wir uns jetzt in das Handy der Kleinen ein«, erklärte Markus Ackermann die Vorgehensweise der Techniker.

Im Wagen spürte man die Anspannung. Kepplinger lauschte am Telefon den unwirklich klingenden Wählgeräuschen der Anlage. Die Sekunden verstrichen. Endlich meldete sich Markus Ackermann.

»Wir haben sie!« Jetzt klang seine Stimme nervös.

Kepplinger gab die Information an seine Kollegen weiter.

»Und?«, fragte er nach weiteren, endlos scheinenden Sekunden.

»Der Computer berechnet die Daten, das kann einige Zeit dauern«, hörte Kepplinger im Hintergrund die Stimme des Technikers.

Wieder verstrich einige Zeit. Sein Herz klopfte wie bei einem anstrengenden Trainingslauf.

»Also, Moritz, pass auf. Das Signal ist äußerst schwach. Fuchseckstraße, Ecke Hohenneuffenstraße. Fahrt da mal hin.«

Er wiederholte die Straßennamen und orientierte sich auf der Karte. Verblüfft stellte Kepplinger fest, dass die genannte Kreuzung nur wenige Fahrzeuglängen entfernt lag. »Kannst du die Stelle genauer beschreiben?«, erkundigte sich Moritz bei der Technik.

»Das Signal ist zu schwach. Fakt ist, das Handy ist nicht in Bewegung. Also liegt es irgendwo, oder die Person, die es bei sich hat, verharrt auf der Stelle.« Kepplinger stieg aus dem Wagen und sah sich um. Salvatore und Lea taten es ihm nach.

»Kann es sein, dass es sich in einem Gebäude befindet?«

»Wenn eins direkt an der Einmündung steht, dann schon.« Moritz gab die Information an seine beiden Kollegen weiter. »Aber hier gibt es kein Bauwerk, die sind alle wenigstens zwanzig Meter weg von der Straße gebaut«, rief Salvatore so laut, dass Ackermann ihn am Telefon hörte.

»Dann müsst ihr das Gelände absuchen.«

»In Ordnung«, sagte Kepplinger.

»Aber, Moritz, denkt dran, ihr müsst nur im Umkreis von zehn bis fünfzehn Metern suchen. Und seid vorsichtig!«

»Geht klar.«

Zu dritt durchkämmten sie einen kleinen Vorgarten und eine Hecke, die an die Straße angrenzte. Lea hob einen Schachtdeckel an und zog einen Gitterkorb nach draußen, in dem sich aller möglicher Unrat, aber kein Mobiltelefon befand. Moritz ging zurück ins Fahrzeug.

»Hier ist nichts«, informierte Kepplinger Markus Ackermann und wischte sich den Schweiß von der Stirn. Im Wagen herrschten bestimmt fünfzig Grad.

»Das ist unmöglich.«

»Wenn ich es dir doch sage«, grollte Kepplinger. »Wir sind doch nicht blöd.«

»Ich glaub dir ja«, lenkte Markus Ackermann ein. »Aber was sollen wir jetzt tun?«

Kepplinger dachte angestrengt nach.

»Können wir eine Fehlpeilung wirklich ausschließen?«, erkundigte er sich.

»Ja«, hörte Moritz die Stimme des Technikers. »Zu 99 Prozent.«

»Dann bleibt uns nichts anderes, als sie anzurufen, was meinst du?«

»Ich klär das mit dem Chef ab, warte.«

Abermals verstrichen endlose Sekunden, die Moritz beinahe nicht aushalten konnte. Sein Herz schlug ihm bis zum Hals. Nervös griff er nach einer Wasserflasche und trank einen hastigen Schluck. In dem Moment als er den Deckel wieder zuschraubte, erklang die Stimme seines Kollegen aus dem Ohrstecker.

»Gut, dann wählen wir jetzt den Apparat an und hoffen, dass das Mädchen keine Stummschaltung aktiviert hat. Moritz, du sagst mir, wenn es bei euch ruhig ist.«

Er informierte Lea und Salvatore. Anschließend positionierten sie sich in gleichmäßigem Abstand um die vermeintliche Stelle, an der sich das Handy befinden sollte.

Kepplinger wartete, bis sich die Verkehrsgeräusche beruhigt hatten.

»Jetzt«, sagte er. Wieder hörte er die Wählgeräusche der Anlage und überlegte, ob er den Ohrstecker seines Funkgeräts herausnehmen sollte. Das Freizeichen erklang. Er gab den anderen einen Wink und beobachtete, wie Salvatore seine Pistole entsicherte. Dabei fiel ihm ein, dass Lea weder eine Waffe noch eine Schutzweste trug. Wenn es zu einer brenzligen Situation kommen würde, wäre sie völlig ungeschützt. Doch jetzt war es zu spät, den Einsatz abzubrechen.

»Und?«, wollte Ackermann wissen.

»Nichts«, antwortete Kepplinger flüsternd.

Angestrengt lauschte Lea in die Stille hinein. Außer ein paar Verkehrsgeräuschen in der Ferne und leisem Vogelgezwitscher war nichts zu hören.

Sie stand direkt neben dem Wagen. War es Einbildung? Für einen kurzen Moment meinte sie, ein leises Brummen aus dem Wageninneren zu hören. Konnte es sein, dass …? Da war das Geräusch erneut. Sie näherte sich dem Fahrzeug. Dann wurde ihr der Zusammenhang klar. Frustriert schlug sie mit der Faust auf das Autodach des Dienstwagens. »So ein Mist!«

Kepplinger und Falcone näherten sich mit fragenden Blicken.

»Was ist?«

Niedergeschlagen deutete Lea in den Kofferraum des Wagens, den sie in der Zwischenzeit geöffnet hatte.

»Die Tasche. Das Handy ist in der Sporttasche.«

Die Enttäuschung stand allen ins Gesicht geschrieben. Kepplinger saß auf einem Bordstein. Er ärgerte sich über sich selbst. Sie hatten dem Hinweis einen zu hohen Stellenwert beigemessen. Jetzt war ihm auch klar, warum das letzte Telefonat am Donnerstagabend geführt worden war. Vor der Abfahrt hatte er mit Markus Ackermann den Verbindungsnachweis überflogen. Sie hatten allerlei Vermutungen angestellt, aber auf diese Möglichkeit waren sie natürlich nicht gekommen. Außerdem fiel ihm ein, dass er es versäumt hatte, den Mitschülern von Manuela zu verbieten, die Nummer anzurufen.

Er musste an seinen Dozenten Täschler denken. Ihm wären solche Anfängerfehler sicher nicht passiert. Er dachte an die Fälle, die sie an der Hochschule besprochen hatten, und wie leicht es ihm gefallen war, alle möglichen Aspekte in Erwägung zu ziehen. Täschler bedachte seine Beiträge häufig mit einem anerkennenden Nicken, was das höchstmögliche Lob in einer Vorlesung bedeutete. Andererseits hatte er immer Schwierigkeiten damit gehabt, vor anderen einen Fehler zu machen. Passierte es dennoch, neigte er anschließend dazu, Ideen für sich zu behalten. Täschler bemerkte das und bat ihn nach einer Vorlesung zu sich ins Büro.

»Kepplinger, Sie sind ein verdammt schlauer Bursche. Wissen Sie, was Sie daran hindert, ein ebensolcher Kriminalist zu werden?« Er wusste keine Antwort. Besser gesagt traute er sich nicht, etwas zu sagen.

»Genau das ist Ihr Problem«, folgerte Täschler, als könnte er Gedanken lesen. »Sie wollen keine Fehler begehen. Sie wollen immer alles perfekt machen oder gar nicht.«

Er musste ihm recht geben. Wenn er darüber nachdachte, hatte er schon immer zum Perfektionismus geneigt. An Dingen, die ihm nicht gelingen wollten, verlor er schnell das Interesse und widmete sich einer anderen Sache. Immer getrieben davon, den Dingen auf den Grund zu gehen und dabei das Letzte aus sich herauszuholen. »Kepplinger, wenn Sie mit Ihren eigenen Fehlern nicht gut umgehen lernen, werden Sie niemals das erreichen, was Sie sich vorgenommen haben«, sagte Täschler am Ende des Gesprächs. »Gönnen Sie sich bei jedem Fall, den Sie bearbeiten, mindestens zehn Fehler und machen Sie das Beste daraus. Denken Sie darüber nach.«

Nach diesem Gespräch hatte er tatsächlich versucht, etwas an seinem Verhalten zu ändern. Aber er hatte nicht das Gefühl, dass es ihm gelang.

Nun dachte er daran, dass ihm heute bereits drei Fehler unterlaufen waren. »Bleiben noch sieben«, knirschte er vergrämt.

Wenn alles vorbei wäre, würde er mit dem Dozenten über den Fall sprechen. Darüber, was er hätte besser machen können.

Es war sechzehn Uhr fünfzehn, und die Nachmittagshitze war beinahe unerträglich geworden.

Am Telefon hatte er seiner Lebensgefährtin versprochen, am Abend pünktlich zu Hause zu sein. Unterwegs verpasste er beinahe eine Abzweigung. In letzter Sekunde lenkte er das Fahrzeug dann doch wieder zurück auf die ursprüngliche Spur, die geradeaus führte. Dabei übersah er einen Lastwagen, den er um Haaresbreite streifte. Sein Wagen kam ins Schlingern. Nur mit Mühe bekam er ihn wieder unter Kontrolle. Eine Weile fuhr er so langsam, dass einige Fahrzeuge zwischen ihm und dem Lastwagen einscheren konnten. Er befürchtete, der Lkw-Fahrer würde seine Autonummer notieren und Anzeige erstatten. Danach fuhr er lange Zeit im Schneckentempo weiter, um sich von dem Schreck zu erholen. Völlig verschwitzt kam er auf einem kleinen Waldparkplatz an, den er auf einer Landkarte ausgesucht hatte. Dieses Mal parkte er auf der anderen Seite des Forsts. Er lief kreuz und quer durch den Mischwald und das dichte Unterholz. Nach einer halben Stunde fand er endlich die Stelle. Als er sich dem Leichnam bis auf wenige Schritte genähert hatte, sah er, dass Wildtiere den Körper zerrissen hatten. An vielen Stellen konnte man bereits die Knochen erkennen, und auf dem Boden wimmelte es von Maden. »Mein Gott!«, schrie er laut und erbrach sich. Anschließend rannte er panisch zum Parkplatz zurück. Unterwegs begegnete er einer Joggerin, die ängstlich zur Seite wich. Als er an seinem Wagen ankam, trank er hastig einige Schlucke Wasser. Beim Einsteigen bemerkte er, dass seine Kleidung an mehreren Stellen eingerissen und völlig verschmutzt war. Er hatte das Gefühl, die Nerven zu verlieren. »Das habe ich nicht gewollt«, sagte er immer wieder laut vor sich hin und erinnerte sich währenddessen daran, dieselben Worte in seiner Kindheit bei der Beichte benutzt zu haben, wenn er etwas ganz Schlimmes angestellt hatte. Doch dieses Mal blieb die wohltuende Absolution aus. Er fluchte und raufte sich verzweifelt die Haare. Nach einer Weile kam er zu dem Schluss, dass er nicht die Verantwortung für das trug, was passiert war.

»Er allein trägt die Schuld an allem!«, brüllte er und trommelte mit den Fäusten auf das Lenkrad. Nachdem er sich beruhigt hatte, überlegte er, wie er weiter vorgehen würde. Zuerst rief er seine Lebensgefährtin an, die den Hörer nicht abnahm. Er hinterließ eine Nachricht auf dem Anrufbeantworter und gab vor, kurzfristig einen weiteren Termin zu haben. Anschließend beschloss er, in die Firma zu fahren, um einen Ersatzanzug aus dem Büro zu holen. Als er sich am Ortseingang in Süßen der Schule näherte, erschrak er erneut.

Verärgert steckte Moritz Kepplinger sein Mobiltelefon in die Hosentasche. Die geplante Suchaktion mit dem Polizeihubschrauber würde erst am nächsten Morgen stattfinden. Ebenso die Geländedurchsuchung einer Hundertschaft der Bereitschaftspolizei. Obwohl alle einen anstrengenden Tag hinter sich hatten, hatte er darauf gedrängt, die Suche am Abend fortsetzen zu wollen. Doch Brandstätter hatte ihm am Telefon mitgeteilt, dass beide Dienststellen am Abend nicht zur Verfügung stehen würden. Außerdem hatte sein Chef die Besprechung der Ermittlungsgruppe auf den nächsten Morgen verschoben. *Da können wir heute sowieso nichts mehr machen.*

Er kannte seinen neuen Vorgesetzten nicht gut. Trotzdem unterstellte er ihm, die Einsätze nicht mit entsprechendem Nachdruck eingefordert zu haben.

Zudem hätte er gerne nochmal mit seinen Kollegen über das

weitere Vorgehen gesprochen. Zwölf Stunden sind eine Menge Zeit, die wir nicht haben, dachte er stirnrunzelnd und ließ das Geschehen des Nachmittags Revue passieren. Der Einsatz der Suchhunde hatte wenig neue Erkenntnisse gebracht. Dennoch war es beeindruckend, wie exakt es den Hunden gelang, die Witterung des Kindes nach so vielen Tagen aufzunehmen. Einer der beiden belgischen Schäferhunde führte die Einsatzkräfte auf direktem Weg von der Wohnung in die Schule. Der andere erkannte ihren Geruch an zahlreichen Stellen um das Gebäude, am häufigsten auf dem schuleigenen Spielplatz. Zuletzt blieb er auf einem nahegelegenen Parkplatz stehen. Von dort aus verlor sich die Spur schlagartig. Einer der Hundeführer erklärte, das könne am Wetter und vor allem an den Windverhältnissen liegen. Es sei nicht zwingend so, dass das Mädchen an dieser Stelle in einen Wagen gestiegen sei, wie Kepplinger vermutete.

Im Moment war das für ihn die einzige plausible Erklärung. Außer den Spuren um die Schule, die zu den Aussagen der Mitschüler passten, gab es keinen anderen Hinweis. Sie muss in ein Fahrzeug gestiegen sein, dachte Kepplinger. Davon gehe ich aus, bis jemand eine bessere Theorie entwickelt.

Bis auf Lea waren alle Einsatzkräfte abgerückt. Salvatore musste am Abend zu einem Elterngespräch in die Schule seines Sohnes und war mit einem der Streifenwagen zurück nach Göppingen gefahren. Lea ging zwischen den Spielgeräten vor der Schule hin und her und telefonierte.

Er ging zum wiederholten Mal den Weg von der Schule zu der Stelle ab, an der sich der Geruch von Manuela Jessen verloren hatte.

»Hier hast du gestanden«, sagte er leise und versuchte, sich in ein mögliches Szenario hineinzuversetzen. Er betrachtete den Schotterbelag und die Stelle, an der der Hund zuletzt stehen geblieben war. Er kniete sich auf den Boden und suchte Zentimeter für Zentimeter ab. Außer dem Fetzen eines Bon-

bonpapiers war nichts zu sehen. Er verstaute das winzige Cellophan in seinem Portemonnaie.

Kepplinger erhob sich und beobachtete die Fahrzeuge, die sich in unmittelbarer Nähe des Parkplatzes durch einen Kreisverkehr schlängelten. Ein schmaler Schotterweg führte in Richtung des Kreisels. Der Belag wechselte wenige Meter davor in Asphalt.

»Jemand hat dich von der Straße aus gesehen und ist aus dem Kreisel ausgefahren«, führte er sein Selbstgespräch fort. »Oder er hat bereits auf dem Parkplatz gewartet, und du bist dazu gekommen. Möglicherweise kanntest du die Person. Du bist in den Wagen gestiegen. Vielleicht hat er dich mit Gewalt in das Fahrzeug gezogen? Unmöglich, dass das niemand beobachtet haben soll.«

»Mit wem sprichst du?« Lea trat neben ihn.

Er erklärte ihr seine Theorie.

»Davon müssen wir meiner Meinung nach ausgehen. Mehr haben wir nicht.«

»Dann müssten doch spätestens morgen die Telefone heiß laufen, wenn der Zeugenaufruf in der Zeitung erscheint.«

»Das wollen wir hoffen«, sagte er. »Bis dahin können wir nichts tun.«

Moritz massierte sich die Augenlider. Ich habe Angst, dachte er. Davor, dass ich etwas herausfinde, was ich nicht aushalten kann.

Ein leichter Ostwind kam auf und kühlte die Luft angenehm ab. Es war neunzehn Uhr am Montag, dem 22. Juli 2013.

Beinahe wäre er mit voller Wucht auf die Bremse getreten. In letzter Sekunde zwang er sich dazu, an der Gruppe von Polizeibeamten vorbeizufahren, die auf dem Parkplatz vor der Schule stand. Während er mit Herzklopfen den Wagen durch den Kreisverkehr in unmittelbarer Nähe der Polizisten lenkte, wagte er einen kurzen Blick zur Seite. Er bemerkte einen Polizeihund, der schwanzwedelnd an der Stelle verharrte, an dem er vor Tagen auf das Kind gewartet hatte.

An der nächsten Einfahrt bog er rechts ab und parkte auf dem Seitenstreifen. Seine Hände zitterten vor Aufregung. Es gelang ihm nicht einmal, den Motor abzustellen. Erst nach ein paar Minuten ließ der pochende Herzschlag nach. Er rechnete jeden Augenblick damit, dass die Tür aufgerissen wurde. Aber niemand näherte sich dem Wagen. Schließlich fuhr er langsam weiter. Später musste er immer wieder an den Polizeibeamten denken, der nahe an der Straße gestanden hatte. Er war jung und hatte einen ernsten Blick. Aufmerksam und unberechenbar. Wie ein Luchs.

Bestimmt würde am nächsten Tag ein Fahndungsfoto von ihm in der Zeitung abgebildet sein. Mitsamt einer Beschreibung seines Wagens und dem Kennzeichen. Dann wäre es nur noch eine Frage der Zeit, bis sie ihn festnehmen würden. Sollte er seinem Leben ein Ende setzen? Sich vor einen Zug werfen? Oder eine Überdosis der Medikamente spritzen, die er sorgsam in einem Lagerraum unter der Scheune verwahrte? Doch dann dachte er wieder an den Mann, dem er das alles zu verdanken hatte. Er spürte, wie die Wut in ihm hochstieg, wie Magensäure nach einem üppigen Mahl. Schließlich wurde die Angst vor einer Festnahme von einem immer stärker werdenden, blinden Hass verdrängt. Der Entschluss, seinen Plan zu Ende zu bringen, stand fest. Koste es, was es wolle.

Auf der Rückfahrt nach Göppingen sprachen die beiden kaum. Moritz Kepplinger achtete auf den Verkehr und fasste in Gedanken die Ereignisse des Tages zusammen. Lea Thomann war müde, sie hatte ihren Kopf seitlich gegen die Nackenstütze gelehnt und die Augen geschlossen. Sie lauschten den Funkgesprächen der Dienststellen, die auf dem eingestellten Kanal kommunizierten. Eine Streife der Autobahnpolizei erkundigte sich, welcher Betrag dreihundert Euro in rumänischen Leu entspräche, die ein Lkw-Fahrer als Sicherheitsleistung bezahlen sollte. Das Polizeirevier entsandte eine Streife zu einem Auffahrunfall auf dem Parkplatz eines Einkaufszentrums.

»Warst du mal im Streifendienst?«

Leas Frage riss Moritz aus seinen Gedanken. »Nur ein paar Monate. Ich habe mich vom ersten Tag an unwohl gefühlt.«

»Weshalb?«

»Keine Ahnung. Mir war das irgendwie zu wenig. Vielleicht lag es daran, dass die Arbeit beim SEK jeden Tag immer wieder neue Herausforderungen geboten hatte. Am meisten hat es mich gestört, dass man die größeren Fälle an die zuständigen Stellen abgeben musste und in der Regel nicht mal erfahren hat, wie ein Verfahren vor Gericht ausging.«

Während Moritz sprach, beobachtete Lea ihn. Als er das bemerkte, sah er ihr für einen Moment in die Augen.

»Und du? Ich meine, arbeitest du gerne in der Schicht?«

Er richtete seine Konzentration wieder auf den Verkehr.

»Möchtest du die Wahrheit hören?«

Moritz zögerte. »Äh … ja!«

»Ich hasse den Job! Es ist immer dasselbe: Unfälle, Hausstreitigkeiten, Alkoholkontrollen. Aber das weißt du ja selbst. Ich verabscheue den Geruch des Polizeireviers, nach aufgewärmtem Kaffee, Zigarettenrauch, den Gestank in den Zellen und das dumme Geschwätz der Kollegen.«

»So schlimm?«

»Ich habe schon ein paarmal darüber nachgedacht aufzuhören.«

Moritz konnte sie gut verstehen. Im Grunde genommen waren das dieselben Gründe, die ihn selbst dazu bewogen hatten, den Streifendienst zu verlassen. Er erinnerte sich daran, dass er bereits nach fünf Monaten die Nase voll hatte und zur Kriminalpolizei wechselte. Am Anfang musste er eine Zeitlang in der Asservatenkammer der Stuttgarter Kriminaltechnik arbeiten. Währenddessen wurde ihm eine Stelle im Drogendezernat angeboten. Zuerst hatte er abgelehnt, sich nach zwei Monaten aber doch für einen Wechsel entschieden und großen Gefallen an der Arbeit gefunden. Nur manchmal überkam ihn ein Gefühl der Ohnmacht, wenn er im Kampf gegen das Rauschgift den Eindruck hatte, gegen Windmühlen zu kämpfen. Stets verlagerten sich die Umschlagplätze, und die Zahl der Drogendealer schien sich mit jeder Festnahme zu vervielfachen. Zeitweise konnte er den Anblick der abhängigen, oft minderjährigen Mädchen und Jungen nicht mehr ertragen, die ihren kaputten Körper für wenige Euro in den Parks und Hausecken der Stadt an irgendwelche Perversen verkauften.

»Und du fühlst dich bei der Kripo wohl?«, unterbrach Lea seine Erinnerungen.

»Ich bin froh, dass ich jetzt auf dem Land bin, mehr kann ich noch gar nicht sagen. Die Kollegen sind, glaube ich, ganz in Ordnung.«

»Finde ich auch.«

Wieder verfielen sie in ein längeres Schweigen. Kepplinger fühlte sich müde und sehnte sich nach einer Dusche. Es kam ihm vor, als würde er bereits seit Monaten im Ermittlungsdienst arbeiten und sein Studium bereits Monate zurückliegen, wie ein viel zu schnell vergangener Urlaub. Dabei hatte er erst vor drei Tagen seine Taschen gepackt und die Zimmerschlüssel abgegeben. Er richtete seine Aufmerksamkeit wieder auf das Gespräch mit Lea.

»Jetzt hast du ja die Möglichkeit, in die Arbeit der Kripo reinzuschnuppern.«

»Darüber bin ich sehr froh. Und ich kann dir jetzt schon sagen, dass mir die Arbeit tausendmal besser gefällt.«

»Warte erst mal ab.«

Lea wandte abrupt den Blick von ihm ab und starrte aus dem Seitenfenster.

»Dieser Spruch hätte von meiner Mutter stammen können«, antwortete sie gekränkt.

»Das sollte nicht altklug klingen. Ich meinte, dass es bei der Kripo auch Situationen gibt, in denen man sich fragt, ob man den richtigen Job hat.«

»Das ist mir schon klar.«

»Du denkst seit längerem über einen Wechsel nach, habe ich recht?«

Lea nickte. »War ja nicht besonders schwer zu erraten.«

»Nicht für einen Kripobeamten.«

Beide lachten.

Lea deutete auf eine der Hautverfärbungen auf seinem Unterarm.

»Hast du dich in einem Einsatz verletzt?«

Moritz zog die Mundwinkel nach unten und wirkte mit einem Mal verschlossen. Lea bereute augenblicklich, die Frage gestellt zu haben.

»Das ist schon lange her«, antwortete er knapp.

»Tut mir leid, dass ich gefragt habe.«

»Schon in Ordnung.«

Als sie in Göppingen an der Straße vorbeifuhren, die zu dem griechischen Restaurant führte, fiel ihm ein, dass dort noch immer sein Wagen parkte.

Er erzählte Lea von dem Abend in der Gaststätte und von der Wette, auf die er sich mit dem freundlichen Wirt eingelassen hatte. Sie blickte ihn überrascht an.

»Das klingt ungewöhnlich, erzähl!«

»Na ja, Alexandros hat irgendwann ein Foto seines Sohnes aus einer Schublade geholt, auf dem er gerade über die Ziellinie des Athen-Marathons läuft. Mich hat das unglaublich beeindruckt, und dann gab ein Wort das andere, bis wir schließlich gewettet haben, ob ich im November genau dieses Rennen in unter vier Stunden laufen werde.«

»Bist du schon mal einen Marathon gelaufen?«

»Bisher nicht. Aber schon einige Halbmarathons und Zehn-Kilometer-Läufe. Aber das kann ich jetzt sowieso vergessen. Wenn die Arbeit hier so weitergeht, wann soll ich da trainieren?«

»Wieso, du hast doch gesagt, der Wettkampf sei erst im November?«

»Schon. Aber für einen Marathon sollte man einige Hundert Trainingskilometer absolvieren. Ob ich dafür die Zeit habe?«

»Und wenn du die Wette verlierst?«

»Muss ich einen Monat lang in der Küche beim Abspülen helfen.«

Lea lachte. »Wirklich?«

»Ja. Kein Witz. Das war Alexandros Idee. Wohl eher ein symbolischer Einsatz. Ich hatte ja steif und fest behauptet, dass ich das schaffen würde.«

»Und wenn du gewinnst?«

»Dann schenkt er mir die gesamte Reise, inklusive zwei Wochen Urlaub. Der Wirt hat in der Nähe ein Haus. Jedes Jahr verbringt er den gesamten November dort und besucht Verwandte und Freunde.«

»Ich laufe auch regelmäßig. Meistens nur, um den Kopf frei zu bekommen. Aber zweiundvierzig Kilometer am Stück kann ich mir nicht vorstellen.«

»Konnte ich bisher auch nicht. Es war ja auch nicht meine Idee«, sagte er, während er den Wagen in den Innenhof der Polizeidirektion lenkte.

»Vielleicht kann ich dich ja mal bei einem deiner Trainingsläufe begleiten«, sagte Lea, als sie sich verabschiedeten. »Natürlich nur, wenn du Lust hast.«

»Jederzeit«, antwortete er. »Vielleicht kommst du auch auf den Geschmack.«

»Ganz bestimmt nicht, Herr Kepplinger.« Sie lächelte und warf ihre Haare in den Nacken. »Vergiss nicht, dich auszuruhen.«

»Ganz bestimmt nicht, Frau Thomann.«

Sie stieg in ihren Wagen und fuhr über den leeren Parkplatz davon.

Nachdem Lea in eine Seitenstraße abgebogen war, überfiel Moritz ein Gefühl der Einsamkeit. Alles war neu, nichts vertraut. Die Stadt, die Arbeit, die Wohnung, die Kollegen, selbst Lea, mit der er sich gut verstand. Das vermisste Kind, die zehnjährige Manuela.

Erst als sich ein Rolltor in der Nähe quietschend in Bewegung setzte, ließ die Anspannung nach.

Er versuchte, das Gefühl beiseitezuschieben, und beschloss, noch einige Arbeiten in seinem Büro zu erledigen. Am Eingang des Gebäudes stellte er fest, dass es verschlossen war, und sein Büroschlüssel passte nicht in das Schloss der Eingangstür. Er betätigte sämtliche Klingelknöpfe, die es auf dem Tableau gab. Nichts rührte sich. Schließlich schlug er mit der Handfläche gegen das Türglas. Nach einer Weile gab er auf und überlegte, wie er in sein Büro gelangen konnte. Er musste in das Gebäude, sein Wohnungsschlüssel lag in der Schreibtischschublade. Schließlich fiel ihm ein, dass er zum angrenzenden Polizeirevier gehen konnte, das rund um die Uhr besetzt war.

»Wie? Die Kripo will um diese Zeit noch arbeiten?«, erkundigte sich der diensthabende Beamte. Kepplinger ignorierte den verächtlichen Tonfall des Kollegen. Er kannte das ewige Konkurrenzdenken zwischen Streifendienst und Kriminalpolizei nur zu gut, war aber zu müde, um sich auf eine Diskussion einzulassen.

»Habt ihr nun einen Schlüssel oder nicht?«

»Haben schon. Aber da muss einer von uns mit rüber, und außer mir ist grad keiner da.«

»Was heißt das?«

»Dass du warten musst, bis die Streife zurückkommt. Müssten gleich da sein. Haben so einen Idioten festgenommen, der zwei Dutzend Autos zerkratzt hat.«

»Scheiß Job, oder?«, kommentierte Kepplinger den Auftrag.

»Man gewöhnt sich dran«, erhielt er als knappe Antwort des Kollegen, der an einem Protokoll weitertippte.

Kepplinger setzte sich auf eine Besucherbank und blätterte in einer Informationsbroschüre. Erst jetzt bemerkte er den Geruch von kaltem Rauch, der sich im Mobiliar und den Wänden über die Jahre festgesetzt hatte. Dabei erinnerte er sich an Leas Worte. Es stimmte, so roch es beinahe auf jedem Polizeirevier, dachte er. Er fühlte sich unwohl und überlegte, ob er Markus Ackermann oder Salvatore Falcone anrufen sollte, doch in diesem Moment polterte es im Eingang der Wache. Zwei Streifenpolizisten führten einen Betrunkenen in den Besucherbereich, der ununterbrochen fluchte und um sich trat. Die Arme waren mit einer Handschließe auf den Rücken gefesselt. Am Kopf hatte er eine Platzwunde, die notdürftig versorgt war. Die Kollegen platzierten den Raufbold direkt neben Kepplinger auf der Bank.

Moritz blickte zur Seite und erkannte zu seiner Verwunderung Gerd Jessen, der die Beamten aufs Übelste beschimpfte. Er roch nach Schnaps und weigerte sich, seine Personalien anzugeben.

*Das geht euch einen Scheiß an, ihr Wichser.*

Kepplinger hörte sich das Geschwätz nicht lange an und mischte sich in das sinnlose Verhör ein.

»Der Mann heißt Gerd Jessen.«

Jessen blickte verdutzt auf, als er seinen Namen hörte, und musterte Kepplinger von der Seite. Offenbar schien er sich nicht an ihn zu erinnern, stammelte zusammenhangslos vor sich hin. Der Wachbeamte notierte sich Namen und Anschrift. Ein Arzt wurde verständigt und Jessen in eine Ausnüchterungszelle gebracht.

Erst dann wurde Moritz von einem der Kollegen zu seinem Büro begleitet.

»Der Typ spinnt komplett. Hat dreißig Pkws mit einem Schraubendreher zerkratzt und einige Zeugen bedroht«, erzählte der Streifenbeamte. »Wir schätzen den Schaden auf knapp Hunderttausend. Woher kennst du ihn?«

Kepplinger berichtete von seinem Fall. Der Kollege, der bislang nur den Fahndungsaufruf kannte, hörte aufmerksam zu.

»Hat er etwas mit dem Verschwinden seiner Tochter zu tun?«

»Ich weiß es nicht.«

Der Uniformierte öffnete die Tür.

»Na, dann noch frohes Schaffen. Hoffentlich findet ihr sie bald.«

Während er die Treppen in den dritten Stock hinaufging, fiel ihm ein, dass er Gerd Jessen versprochen hatte, ihn am Abend über den Stand der Ermittlungen zu informieren. Das hatte sich dann wohl erledigt.

Im Büro erwartete ihn eine angenehme Überraschung.

Auf dem Tisch stand ein Teller mit belegten Brötchen, Getränkeflaschen und eine Nachricht von Franziska: *Kannst du sicher brauchen.*

Er biss hungrig in eines der Brötchen. Neben dem Drucker lag ein Briefumschlag. Die Sekretärin hatte MORITZ KEPPLINGER PERSÖNLICH darauf geschrieben. Neugierig riss er das Papier auf und fand darin einen Schlüssel für den Haupteingang, sämtliche Zugangsdaten für den Computer und die Kennwörter der polizeilichen Datensysteme. Mit einem Blick auf die Uhr machte er sich an die Arbeit. Zuerst schrieb er eine Zusammenfassung aller Fakten und sortierte sie anschließend in einer Tabelle. Nach einer Stunde war er fertig. Alle Details waren in chronologischer Reihenfolge aufgelistet. Trotzdem hatte er das Gefühl, etwas übersehen zu haben. Eine Kleinigkeit, etwas scheinbar Unwichtiges.

*Man sieht nur, was man weiß.*

Er kam nicht drauf, obwohl er sich den Kopf zermarterte. Nach einer halben Stunde gab er auf. Er griff zum Telefonhörer und wählte, ohne darüber nachzudenken, wie spät es eigentlich war, die Nummer von Alexander Giebel. Aus den Geräuschen schloss er, dass der Anruf weitergeleitet wurde. Prompt ging der Arzt an den Apparat. Kepplinger erkundigte sich nach dem Zustand seiner Patientin.

»Sie wollen mit ihr sprechen?«

»Sobald es aus Ihrer Sicht möglich ist.«

»Kann ich aus Ihrem Anliegen schließen, dass Sie das Mädchen noch nicht gefunden haben?«

Kepplinger sah keinen Grund, dem Arzt zu misstrauen, und berichtete kurz von den erfolglosen Routinemaßnahmen des Tages. Giebel hörte aufmerksam zu.

»Ich hatte für meine Patientin gehofft, sie würden die Sache schnell aufklären.«

Im ersten Moment empfand Kepplinger diese Aussage als Kritik. »Wir tun, was wir können«, antwortete er knapp.

»Daran habe ich nicht gezweifelt. Sie haben mich falsch verstanden. Der Gesundheitszustand von Frau Jessen hängt unmittelbar mit dem Verbleib ihrer Tochter zusammen. Was das Gespräch anbelangt: vielleicht morgen Nachmittag. Ich rufe Sie an. Wenn Sie noch Fragen haben, können Sie mich unter dieser Nummer jederzeit erreichen. Zwei meiner Kollegen sind krank geworden, deswegen werde ich die ganze Woche da sein.«

Das Telefonat war beendet. Kepplinger lehnte sich zurück und dachte über das Gespräch nach. Der Arzt hatte ihm bewusst gemacht, dass es um mehr ging, als nur um die Suche nach dem Mädchen. Doch die Sorge um den Gesundheitszustand der Mutter durfte seine Ermittlungsarbeit nicht beeinträchtigen. Abermals kam ihm eine Redensart seiner Therapeutin in den Sinn:

*Alle Kraft folgt der Aufmerksamkeit, Moritz. Das ist ein altes indianisches Sprichwort.*

Ich muss mich auf das konzentrieren, was in meinen Möglichkeiten liegt, sagte er sich laut. Alles andere darf mich nicht kümmern!

Er richtete sich auf, rückte die Tastatur zurecht und loggte sich erneut in die Datenbank des Landeskriminalamts ein.

Lea Thomann schenkte sich ein Glas Rotwein ein und machte es sich auf der Couch gemütlich. Die Reportagesendung verfolgte sie nur beiläufig. Die Geräusche des Fernsehers vermittelten ihr das Gefühl, nicht alleine zu sein. Seit der Trennung von ihrem Freund überkam sie oft ein Gefühl der Angst, wenn sie alleine in der Wohnung war. Der Fernseher hatte sich als bewährtes Mittel dagegen herausgestellt. Im Grunde gehörte sie zu den Menschen, die den Fernseher nur einschalteten, um hin und wieder die Nachrichten oder einen guten Spielfilm anzusehen. Aber die Trennung hatte viele ihrer Gewohnheiten verändert. Am schlimmsten waren die schlaflosen Nächte, in denen die Bilder und Erlebnisse in ihr hochkamen. Anfangs hatte sie von seiner Krankheit nichts mitbekommen. Das gemeinsame Glas Wein am Abend gehörte zu ihrem Lebensstil, bis sie später herausfand, dass er in der ganzen Wohnung Depots mit Hochprozentigem angelegt hatte. Als sie ihn darauf ansprechen wollte, war er ausgerastet und auf sie losgegangen. Lea erinnerte sich nicht mehr daran, wie viele solcher Attacken und anschließender Entschuldigungen sie hatte ertragen müssen, bis sie sich dazu durchgerungen hatte, die Beziehung zu beenden. Doch damit hatte die Tragödie erst richtig begonnen. Wochenlang drohte er damit, sie und sich selbst umzubringen. In dieser Zeit fing sie damit an, regelmäßig zu laufen und Kampfsport zu betreiben. Schließlich war der Abend gekommen, an dem sie sich gegen seine Attacke zur Wehr gesetzt und ihn mit einem Fußtritt im Genitalbereich verletzt hatte. In seinem Wahn war er zur Polizei gerannt und hatte sie angezeigt. In der Gerichtsverhandlung war die ganze schmutzige Wäsche gewaschen worden. Zwar billigten ihr die Richter Notwehr zu, aber da sie keine Gegenanzeige stellte, hatte es Gerüchte unter den Kollegen und im Freundeskreis gegeben. Abgesehen von den unsichtbaren Narben, die ihr geblieben waren, litt sie derart unter den Anfeindungen, dass sie beschlossen hatte, ein neues Leben zu beginnen. Sie bewarb sich von Hamburg in die Provinz, in der Hoffnung, siebenhundert Kilometer Abstand wären genug. Doch dort machte sie die Erfahrung, wie schwierig es war, einen neuen Freundeskreis aufzubauen. Der Schichtdienst tat sein Übriges dazu. Sie verbrachte die meiste Zeit alleine oder besuchte, so oft es möglich war, das Selbstverteidigungstraining.

Der Merlot schmeckte vorzüglich. Lea schloss genüsslich die Augen.

Wieder kamen ihr die Unfallbilder des vergangenen Abends in den Sinn. Doch der Tag hatte auch eine überraschende Wende in ihren Alltagstrott gebracht. Die bevorstehende Abordnung zur Kriminalpolizei und die Suche nach dem vermissten Kind boten unverhofft neue Perspektiven. Auch wenn sie in der Nacht einen dummen Fehler begangen hatte, forderte der Fall sie heraus. Auf so eine Chance hatte sie lange gewartet. Sie musste diese Möglichkeit nutzen und ihr Bestes geben, um sich für die Kriminalpolizei zu empfehlen. Morgen würde sie mit Moritz Kepplinger über ihre Ziele sprechen. Er war einer der wenigen Menschen, denen sie vertraute.

Zufrieden stellte sie ihr Glas zur Seite und schlief wenige Augenblicke später ein.

Gegen halb zehn machte Kepplinger sich auf den Rückweg zu seiner Wohnung. Er hatte sich ausreichend Zeit genommen, die geplanten Aktionen am nächsten Tag vorzubereiten. Auf einer Landkarte hatte er das Gebiet markiert, das die Hundertschaft der Bereitschaftspolizei durchkämmen sollte. Den Einsatz des Polizeihubschraubers wollte er am nächsten Morgen mit dem Piloten besprechen, da er die technischen Möglichkeiten der Maschinen nicht kannte. Brandstätter hatte ihm eine Kopie des Einsatzbefehls auf dem Schreibtisch gelegt. Der Helikopter würde um neun auf einem Landeplatz in der Nähe von Göppingen bereitstehen. Sein neuer Chef hatte auf dem Schreiben vermerkt, dass Moritz den Einsatz aus der Luft koordinieren sollte.

Die Straßen wirkten wie ausgestorben. Der Ostwind hatte nachgelassen und für eine erträgliche Temperatur gesorgt. Es tat gut, sich die Beine zu vertreten. In seinem neuen Zuhause angekommen blickte er auf die Uhr. Fünfzehn Minuten waren vergangen. Er beschloss, die Strecke so oft wie möglich zu Fuß zurückzulegen. Dabei fiel ihm ein, dass sein Fahrzeug noch immer vor der Taverne parkte. Er kramte in seiner Geldbörse nach der Karte, die ihm der Taxifahrer zwei Tage zuvor gegeben hatte. Während er die Nummer der Zentrale wählte, kam ihm plötzlich eine andere Idee. Rasch legte er das Telefon auf eine Ablage und schlüpfte in seine Joggingsachen. Als er ins Freie trat, versank gerade die Abendsonne am Horizont und verwandelte die Straßen und Häuser des Stadtteils in eine Fülle von Grautönen. Der verbleibende Rest des Tageslichtes erzeugte dunkle Schattenfelder hinter Bäumen und Gebäuden. Moritz hatte das Gefühl, er bewege sich zwischen Tag und Nacht. Nach und nach leuchteten die Lampen der Straßenlaternen auf, was zur Folge hatte, dass er immer wieder von seinem eigenen Schatten überholt wurde. In Gedanken tauchte er in das Bild einer griechischen Landschaft ein. Der Asphalt unter seinen Füßen verwandelte sich in einen holprigen Feldweg, der an Olivenhainen und Schafherden vorbeiführte. In der Ferne stellte er sich Häuser mit blauen Fensterläden vor. Er hörte die Anfeuerungsrufe der dichtgedrängten Zuschauer. Schließlich sah er vor seinem inneren Auge den Olymp, das antike Stadion und den Zieleinlauf am Ende des langen Rennens.

Verschwitzt kam er an seinem Wagen vor der Taverne an. Er hoffte, genug Vorbereitungszeit für den Athen-Marathon zu haben, denn das Laufen hatte ihm gerade gezeigt, wie wichtig es ihm tatsächlich war, daran teilzunehmen. Als er wenig später aus der Dusche stieg, musste er plötzlich wieder an Gerd Jessen, die zerkratzten Autos und dessen Randale in der Polizeiwache denken. Der Mann, der am Morgen in meinem Büro gesessen hatte, war ein anderer gewesen, dachte er. Vielleicht habe ich vorschnell entschieden, dass er nichts über das Verschwinden seiner Tochter weiß. Auf einen Zettel schrieb er *Gerd Jessen* und setzte ein dickes Fragezeichen dahinter. Danach legte er sich schlafen.

# DIENSTAG
23. Juli 2013

Als Moritz Kepplinger am nächsten Morgen aufwachte, dachte er erst, verschlafen zu haben. Aber es war erst kurz nach fünf. Bei dem Gedanken an das Mädchen schlug er sofort die Decke zur Seite. Obwohl er hungrig war, machte er sich ohne zu frühstücken auf den Weg ins Büro. Wie er erwartet hatte, war er der Erste, der an diesem Morgen die Dienststelle betrat. Er schaltete den Kaffeeautomaten ein. Während das Gerät vorheizte, überflog er den Bericht, den er am Abend zuvor geschrieben hatte. Anschließend arbeitete er nochmals Punkt für Punkt die bevorstehenden Einsätze durch und fertigte einige Kopien an. Danach schaltete er den Computer ein. Der Kollege des Streifendienstes berichtete in einer Mail, dass Jessen in der Nacht 2,4 Promille gehabt hatte und am Morgen aus der Zelle entlassen worden war. Gegen halb sieben verließ Moritz das Büro, um sich ein Frühstück zu holen.

Als er zurückkehrte, stand die Tür seines Büros offen.

»So früh im Dienst?«, begrüßte Moritz seinen Büronachbarn Salvatore.

»Logico, ist doch ein wichtiger Tag heute.«

»Wie lief das Gespräch in der Schule?«

»Andato a male – schlecht. Sie wollen Matteo in die Hauptschule stecken. Da hat er doch später überhaupt keine Chancen.«

»Und wenn er das Schuljahr wiederholt?«

»Geht nicht. Das haben wir der Lehrerin auch vorgeschlagen. Dafür sind seine Noten nicht schlecht genug.«

Salvatore wirkte geknickt und lenkte das Gespräch auf den bevorstehenden Tag.

»Allora, Commissario, wie gehen wir's an?«

Kepplinger berichtete von seiner Theorie, dass das Mädchen auf dem Parkplatz vor der Schule in einen Wagen gestiegen sein musste.

Salvatore stimmte ihm zu.

»Sono belle parole. Das klingt erst einmal gut.«

Gemeinsam überlegten sie, welche Fahndungsmaßnahmen in Frage kämen, um ein unbekanntes Fahrzeug und dessen Fahrer ausfindig zu machen. Danach erzählte er von der Begegnung mit Gerd Jessen und der Aktion mit den zerkratzten Autos am gestrigen Abend.

»So ein Dummkopf!« Salvatore schlug sich mit der Hand an die Stirn. »Da hat er sich und seiner Bambina keinen Gefallen getan.«

»So, wie ich ihn in der Vernehmung kennengelernt habe, hätte ich ihm das niemals zugetraut.«

»Man sieht in einen Menschen nicht hinein«, sagte Salvatore.

»Das stimmt. Und das macht unsere Arbeit nicht leichter. Gestern war ich mir fast sicher, dass er mit der Sache nichts zu tun hat.«

»Und jetzt?«

Moritz zögerte, bevor er antwortete. »Ich weiß es wirklich nicht. Ich denke nicht, dass er ihr etwas getan hat. Aber vielleicht weiß er mehr, als er sagt.«

»Für diese Aktion muss er garantiert mit einer saftigen Strafe rechnen«, sagte Falcone. »Dazu kommen die Forderungen der Geschädigten. Der hat doch keine Hunderttausend.«

»Bestimmt nicht. Aber das meine ich gar nicht. Ich dachte daran, dass Jessen manchmal gewalttätig wird. Er kann von jetzt auf gleich völlig ausrasten. Dazu der Alkohol. Solche Leute sind gefährlich, vor allem in so einer Situation, in der er sich gerade befindet. Wenn seiner Tochter tatsächlich etwas passiert ist, hätte er nichts mehr zu verlieren.«

Salvatore wurde nachdenklich.

»Corretto, wir müssen ihn auf jeden Fall im Auge behalten.«

»Ja, das sollten wir.«

Eine halbe Stunde später traf sich die gesamte Ermittlungsgruppe im Besprechungsraum. Franziska hatte auf jeden Tisch eine Tageszeitung gelegt. Alle lasen interessiert die Vermisstenanzeige und betrachteten das abgedruckte Bild der Zehnjährigen. Brandstätter schwieg und sah Kepplinger erwartungsvoll an. Nach einem kurzen Zögern ergriff er das Wort, fasste die Ereignisse des vergangenen Tages zusammen und konfrontierte die Kollegen mit seiner Theorie und den geplanten Fahndungsmaßnahmen.

»Wir sollten zwei Leute dafür abstellen.«

Wieder war es Markus Ackermann, der sich sofort anbot, diesen Part zu übernehmen. Nils Schubart nickte ebenfalls, als Kepplinger in die Runde blickte.

Brandstätter würde mit Christian Schwarz, der trotz seiner dick geschwollenen Backe zum Dienst gekommen war, und Wolfgang Herder die Geländedurchsuchung mit der Bereitschaftspolizei begleiten, Franziska und Anja Kober die erwarteten Hinweise aus der Bevölkerung entgegennehmen und an die Kollegen vor Ort weiterleiten. Lea sollte Moritz zum Hubschrauberlandeplatz bringen und mit Salvatore zusammen den Einsatz am Boden begleiten.

Zehn Minuten vor acht war die Besprechung zu Ende. Kepplinger spürte, mit wie viel Zuversicht die Kollegen ihre Sachen zusammenräumten und sich an die Arbeit machten. Alle fiebern einem guten Ende entgegen, dachte er. Am Ende des Tages werden wir hoffentlich wissen, was passiert ist. Seine Zuversicht wurde von dem Gedanken getrübt, dass mittlerweile dreieinhalb Tage vergangen waren, seitdem das Mädchen zuletzt gesehen worden war. Als er aufblickte, bemerkte er, dass

Lea ihn beobachtete. Es war, als ob sie in ihn hineinschauen konnte und sah, was ihn quälte. Ihrem Blick entnahm er, dass sie dieselbe Sorge teilte. Später gingen die beiden schweigend nebeneinander zum Wagen. Nachdem er die Garage geöffnet hatte, ergriff sie seinen Arm.

»Moritz, du musst dir immer vorstellen, dass sie noch lebt«, sagte sie mit leiser Stimme. Ihr Griff wurde fester. »Sonst wirst du verrückt.«

Er nickte, ohne zu antworten. Dann stiegen beide in den Wagen.

Ungeduldig ging er vor der Eingangstür des noch verschlossenen Autozubehörgeschäfts hin und her. Zuvor hatte er einige Telefonate mit Geschäftskunden geführt und sämtliche Termine für den Tag abgesagt. Endlich setzte sich das Rolltor in Bewegung. Er betrat den Laden und betrachtete eine Auswahl von Kindersitzen. Als sich ein Verkäufer näherte, erschrak er und wendete sich ab. Eine Zeitlang schlenderte er scheinbar ziellos durch den Laden, bis er vor einem Regal stehen blieb. Nach einigen Vergleichen entschied er sich für den Sitzbezug, der am besten zu seinem Wagen passte und dessen Farbe nahezu identisch war mit dem bisherigen Polster. Es war aber auch der teuerste. Er bezahlte mit seiner Kreditkarte. Als ihm die Kassiererin den Kassenbon und einen Kugelschreiber für die Unterschrift vorlegte, wurde er zögerlich. Was, wenn die Polizei ihm auf diese Weise auf die Spur käme? Ich möchte doch lieber bar zahlen, sagte er.

Die Angestellte erwiderte, dass dies nun nicht mehr möglich wäre, da der Betrag bereits abgebucht sei. Er schlug mit der Hand auf den Tresen und drohte damit, den Geschäftsführer sprechen zu wollen. Als die Frau prompt zum Telefonhörer griff, lenkte er ein und unterschrieb hastig. Die Kassiererin verglich sorgfältig die beiden Unterschriften auf Kassenbon und Karte und verlangte seinen Personalausweis. Als Reaktion riss er der Angestellten die Plastikkarte aus der Hand und schrie sie an, er habe seinen Ausweis nicht dabei. Dann verließ er wütend das Geschäft.

Im Wagen ärgerte er sich über sein Verhalten und schlug so lange auf das Lenkrad, bis ihm die Hände wehtaten.

Als er auf die Zufahrt zu seinem Versteck einbog, beruhigte er sich mit dem Gedanken, dass er sich zwar gedankenlos verhalten, aber nichts Gesetzeswidriges getan hatte. Eine Überprüfung seiner Kreditkarte würde nichts ans Tageslicht bringen können. Er nahm sich fest vor, sich künftig unauffälliger zu benehmen und seinen Plan gewissenhaft zu Ende zu bringen.

Moritz Kepplinger presste beide Hände schützend vor die Ohren. Die beiden tausend PS starken Triebwerke des Eurocopters der Baureihe 155 fabrizierten einen Höllenlärm, während die Maschine auf dem Boden aufsetzte. Staub und Blätter wirbelten durch die Luft. Er war gezwungen, die Augen zu schließen und sich vom Landeplatz wegzudrehen.

Der Pilot stellte die Rotorblätter in eine waagerechte Position. Schlagartig verebbten der Krach und der enorme Luftwirbel. Eine Schiebetür wurde geöffnet, und ein Flugbegleiter gab ihm zu verstehen, in den Helikopter zu steigen. Im Innenraum waren die Geräusch erträglich. Trotzdem musste er laut sprechen, um sich der Crew vorzustellen. Erst nachdem er einen Helm mit integriertem Hörsprechsystem übergestreift hatte, konnte er sich ungestört mit der Besatzung unterhalten. Vom Getöse der Maschinen hörte er jetzt nur noch ein weit entferntes Brummen. Kepplinger schilderte kurz, worum es ging, und zeigte ein Bild der Vermissten. Auf einer Flugkarte markierte der Co-Pilot den betreffenden Geländeabschnitt und kennzeichnete den Standort der Schule. Kepplinger deutete mit dem Finger auf die Waldgebiete, die seiner Meinung nach in Frage kamen. Beide Piloten nickten. Während sie den Start vorbereiteten, erklärte ihm ein Bordtechniker die Funktionsweise der digitalen Wärmebildkamera. Er war überrascht von den Möglichkeiten des High-Tech-Gerätes. Unabhängig vom Tageslicht konnte das System kleinste Temperaturunterschiede wahrnehmen und auf einem Monitor abbilden.

»Das Gerät funktioniert auch noch bei völliger Dunkelheit.« Der Techniker war sichtlich stolz. Die Maschine hob zitternd vom Boden ab. Auf dem Monitor der Wärmebildkamera erkannte Kepplinger die Umrisse des Dienstwagens. Im Bereich der Motorhaube befand sich ein dunkelroter Fleck, an den sich immer heller werdende Bereiche anschlossen. Neben dem Wagen zeichneten sich die Konturen von Lea Thomann in anderen Farbtönen ab. Der Techniker bemerkte sein Interesse und tippte mit einem Stick auf den wärmsten Punkt an ihrem Körper. Neben ihrem Herz erschien ein Kästchen und zeigte eine Temperatur von 36,4 Grad an. Es war, als könne er in das Innere seiner Kollegin blicken.

Die Maschine neigte sich leicht nach vorne. Es war lange her, seit er das letzte Mal geflogen war. Fasziniert blickte er auf den Landstrich und die angrenzenden Städte. Die vielen Straßen der Region und die unzähligen Fahrzeuge, die sich unaufhörlich in alle Richtungen hin und her bewegten, glichen einem Modell zur Veranschaulichung des Blutkreislaufs. In der Summe wirkte die Region wie ein gewaltiger, pulsierender Organismus.

Das Zittern im Innenraum wurde stärker, als sich die Maschine im Schwebeflug über der Süßener Grundschule einpendelte.

»Da wären wir«, sagte der Co-Pilot. Er drehte sich zu Kepplinger um.

»Womit fangen wir an?«

Moritz blickte nach unten und beobachtete, wie sich eine größere Gruppe von Kindern auf den Schulhof drängte und nach oben starrte.

»Könnten wir zuerst ein paar Übersichtsaufnahmen aus unterschiedlichen Höhen machen?«

»Kein Problem.«

Die Maschine schoss wie ein Aufzug in die Höhe. Nach ungefähr einer Minute erreichten sie eine Position, aus der die Schule und die angrenzenden Wohngebiete nur noch schemenhaft zu erkennen waren. Der Anblick erinnerte Kepplinger an die Darstellung von Städten und Landschaften in Google Earth.

»Achtzig Bilder«, rief der Techniker und deutete auf den schwenkbaren Sucher der Kamera. »Reicht das?«

»Auf jeden Fall. Als Nächstes sollten wir die angrenzenden Waldgebiete abfliegen.«

Als Antwort bewegte der Pilot den Steuerknüppel in Richtung der Armaturen, worauf die Maschine nach vorne kippte und in einer langgezogenen Linkskurve auf einen Waldrand zuraste. Prompt reagierte Kepplingers Magen. Er spreizte die Beine, beugte sich vornüber und atmete tief durch. Früher hatte er solche Spielchen geliebt.

»Keine Angst«, rief ihm der Techniker lächelnd zu. »Er beherrscht die Maschine wie kein Zweiter.«

Nachdem sich der Helikopter wieder in der Waagerechten über einem Mischwald eingependelt hatte, ging es ihm gleich besser. Er griff nach dem Mobiltelefon und beschrieb Salvatore das Waldstück, in dem die Suche beginnen würde. Lea lenkte den Geländewagen in Sichtweite des Helikopters auf einen Feldweg. Für den Fall, dass die Besatzung etwas entdecken würde, sollten die beiden den Fund an Ort und Stelle in Augenschein nehmen. Kepplinger gab dem Piloten ein Zeichen. Die Suche konnte beginnen.

Gitternetzartig überflog die Maschine die Waldgebiete, die sich von Süßen bis zu den Steilabfällen der Schwäbischen Alb im Südwesten der Region erstreckten. Der Pilot steuerte den Hubschrauber knapp über den Baumwipfeln. Der Boden unter ihnen war mit bloßem Auge zu erkennen. Der Techniker verfolgte die Suche auf dem Monitor der Kamera. Immer wieder meldete er Wildtiere, die im Unterholz nach Nahrung suchten oder aufgeschreckt davonrannten. Kepplinger sah Spaziergänger und Forstarbeiter, die im Wald zugange waren. Nach ungefähr zwanzig Minuten zeichnete die Kamera plötzlich eine menschliche Silhouette im Inneren einer einsam gelegenen Hütte auf den Monitor. Moritz rückte unwillkürlich mit geballten Fäusten näher an das Display heran. Die Person verharrte reglos auf der Stelle. Es war nicht zu erkennen, ob es sich um einen Erwachsenen oder ein Kind handelte. Der Körpertemperatur nach zu urteilen war sie am Leben. Kepplinger informierte Salvatore und lotste den Wagen zu der Stelle. Gespannt verfolgten die Insassen das Geschehen am Boden. Nach zwei endlos scheinenden Minuten meldete sich Lea über Funk.

»Moritz, da liegt ein Jäger in der Hütte. Er ist sturzbetrunken. Lallt irgendwas von Luchsen und dass er seit drei Uhr auf der Pirsch liegen würde. Was sollen wir machen?«

»Lasst ihn weiterschlafen«, sagte Kepplinger enttäuscht.

Nach einer weiteren Stunde brachen sie den Einsatz ab. Während die Maschine unweit der Schule landete, beobachtete Kepplinger die endlose Kette der Bereitschaftspolizisten, die sich Schritt für Schritt durch das Gelände arbeiteten. Er bedankte sich bei der Besatzung für die Unterstützung. Der Pilot zuckte mit den Schultern.

»Tut mir leid.«

Nachdem Kepplinger eine CD mit den Luftaufnahmen erhalten hatte, flog die Maschine in Richtung des Stuttgarter Flughafens davon. Er sah ihr hinterher, bis er sie aus den Augen verlor. Erneut kam ihm ein Gespräch mit seiner Ärztin in den Sinn.

*»Ich erinnere mich genau an das Geräusch der Rotoren. Die harten Schläge in der Luft. Ich ließ jedes Mal alles stehen und liegen und starrte nach oben. Es gibt ein lustiges Foto von damals. Ich stehe wie erstarrt da, den Mund weit geöffnet.*

*Die Maschinen sahen von unten aus wie riesige Wale. Ich wusste nur, dass Hubschrauber so etwas Ähnliches wie Flugzeuge waren. Manchmal flogen sie nur wenige Meter über mich hinweg. Ich konnte den Luftwirbel spüren. Auf den Kufen standen Männer mit schwarzen Masken und Stahlhelmen. Mein Vater erklärte mir, dass es sich um Polizisten handelt, die Geiseln befreien und schwer bewaffnete Verbrecher festnehmen. Ich verstand das alles nicht. Aber ich wollte einer von diesen schwarzen Männern werden.«*

Der Geländewagen näherte sich. Salvatore kurbelte das Fenster nach unten.

»War wohl nichts?«

Kepplinger schüttelte den Kopf. »Nein, das war gar nichts. Wir können nur hoffen, dass die was finden«, er deutete auf die Suchmannschaften.

Moritz stieg zu den anderen in den Wagen und bat Lea, nochmals mit ihm in die Schule zu gehen und die Kinder zu befragen.

»Bist du eine richtige Polizistin?« Die Schüler waren sichtbar fasziniert von Lea.

»Ja«, antwortete sie und hielt ihren Dienstausweis in die Höhe.

»Aber du hast ja gar keine Uniform«, rief jemand aus der hintersten Reihe.

»Und keine Pistole«, fügte ein etwas pummeliger Junge altklug hinzu.

»Und ob ich die habe«, sagte Lea schmunzelnd und hob ihre Jacke ein Stückweit über das Gürtelholster. »Außerdem arbeite ich bei der Kriminalpolizei.« Von dem Moment an hingen ihr die Kinder an den Lippen. Es war bemerkenswert, wie sie dabei vorging. In einer Art Fantasiereise führte sie die Viertklässler zurück zum Schulschluss am vergangenen Freitag. Und plötzlich fielen ihnen auch wieder etliche Besonderheiten ein. Sogar wie Manuela erzählt hatte, ihre Mutter würde an diesem Tag Milchreis kochen.

*Das war ihr Lieblingsessen.*

Aber leider gewannen sie keine neuen Erkenntnisse. Man konnte den Eindruck gewinnen, Manuela habe sich in Luft aufgelöst. Sie verabschiedeten sich von den Kindern und verließen das Schulgebäude.

Kepplinger betrachtete den Berg von Fundgegenständen, den die Suchmannschaften, in durchsichtigen Plastiktüten verpackt, im Laderaum eines Mercedes Sprinter aufgeschichtet hatten. Auf jeder Verpackung befand sich ein Klebezettel, auf dem die genaue Fundstelle vermerkt war. Kinderspielzeug, Zigarettenkippen, ein Tierknochen, Arbeitshandschuhe, mehrere Plastikflaschen, Getränkedosen, ein Wanderstiefel und jede Menge anderer Kram.

Er schüttelte missmutig den Kopf. Lea beobachtete ihn.

»Was denkst du?«

»Ich würde eine Wette abschließen, dass unter all den Gegenständen keine einzige brauchbare Spur ist. Ich glaube einfach nicht, dass das Mädchen sich nach der Schule hier irgendwo herumgetrieben hat, schließlich wusste sie, dass ihre Mutter zu Hause mit ihrem Lieblingsessen auf sie wartet.«

Lea dachte an die Ordnung im Kinderzimmer und die Portion verbrannten Milchreis, die sie im Abfalleimer der Küche gefunden hatten. »Das glaube ich auch nicht.«

In der Zwischenzeit waren die Einsatzkräfte der Bereitschaftspolizei hinter einer Anhöhe verschwunden. Während Moritz aus einer Wasserflasche trank, bemerkte er links und rechts der Hügel drei Aussiedlerhöfe, die ihm bislang nicht aufgefallen waren. Mit einem Blick auf seine Uhr wandte er sich an Lea und Salvatore und schlug vor, die Bewohner zu befragen. Kurz entschlossen machten sie sich jeweils alleine zu den Gehöften auf.

Misstrauisch betrachtete die alte Bauersfrau zuerst den Dienstausweis, den ihr Lea Thomann vor die Nase hielt, dann die Fotos der Vermissten. Die Frau hielt sich die Lichtbilder so dicht vor die Augen, dass sie die Vermutung hatte, die Alte stünde kurz vor dem Erblinden. Immer wieder blickte sie von einem Bild zum anderen. Endlich sagte sie mit krächzender Stimme, dass sie das Mädchen kennen würde.

»Die hat bei uns gearbeitet. War eine Tüchtige. Wirklich tüchtig.«

»Das kann nicht sein. Das Kind auf dem Foto ist erst zehn Jahre alt«, rief Lea Thomann laut.

Die Alte deutete an, sie habe nicht verstanden. Lea wiederholte brüllend, woraufhin die Bäuerin verständnisvoll nickte.

»Ja, das könnte zehn Jahre her sein. Weiß ich aber nicht mehr genau.«

Lea gab auf, nahm der Frau die Abzüge aus der Hand und verabschiedete sich freundlich.

Die beiden Kollegen grinsten, als sie ihr Erlebnis schilderte. Es stellte sich heraus, dass Salvatore den Sohn der Alten befragt hatte.

»Sie ist fünfundneunzig, versorgt sich selbst und weigert sich beharrlich, den Erbhof aufzugeben.«

Der Bauer des Gehöftes, den Moritz befragt hatte, kannte Manuela Jessen, da sie hin und wieder mit ihrer Mutter frische Milch bei ihm gekauft hatte. Zuletzt vor einer Woche. Seitdem hatte er das Kind nicht mehr gesehen.

»Hier kommen wir nicht weiter«, sagte Kepplinger. Er schlug vor, zurück zur Dienststelle zu fahren und den Rest des Nachmittags dafür zu verwenden, brauchbaren Hinweisen aus der Bevölkerung nachzugehen.

»In der Hoffnung, dass welche eingegangen sind.«

Er meldete sich über Funk bei Brandstätter ab, der ihm mitteilte, die Suchaktion in Kürze abzubrechen.

Auf der Rückfahrt dachte er über den vergangenen Tag nach. Er kam ihm nutzlos vor. Sie hatten eine Menge Zeit verschwendet und waren keinen Schritt weitergekommen. In seiner Polizeiarbeit hatte er bislang nie erlebt, dass es keine einzige brauchbare Spur in einem Fall gab. Seit dem Zeitpunkt, an dem Manuela Jessen zum letzten Mal gesehen worden war, waren einhundert Stunden vergangen, rechnete er besorgt aus. Ohne ein einziges Lebenszeichen.

Ihm fiel ein, was Lea am Morgen gesagt hatte: *Du musst immer daran denken, dass sie am Leben ist. Sonst wirst du verrückt.* Im Moment ist alles verrückt, dachte er. Für den Abend nahm er sich vor, laufen zu gehen.

Es war fünfzehn Uhr dreißig, am Dienstag, dem 23. Juli 2013. Einem der heißesten Tage des Jahres.

Die Scheune war sein Refugium. Niemand wusste etwas von der Vereinbarung, die er mit dem alten Landwirt getroffen hatte. Es gab auch keine Papiere. Sie hatten sich per Handschlag geeinigt. Hundert Euro im Jahr. Mir ist es egal, was sie da drin machen, hatte der Alte gesagt. Nur keine Schweinereien.

Daran musste er jedes Mal denken, wenn er über den schmalen Weg über eine ehemalige Pferdekoppel zur Scheune fuhr. Das ganze Anwesen sah ungepflegt aus, die Wiesen waren nicht gemäht und die Bäume hoffnungslos verwildert. Gewaltige Mistelbüsche bewucherten die Eschen, Birken, Äpfel-

und Ahornbäume. Aus dem Hof könnte man etwas machen, dachte er immer wieder. Aber dafür fehlten ihm die Zeit und das nötige Kleingeld. Plötzlich erregte etwas anderes seine Aufmerksamkeit. Von Weitem sah er, dass das Schiebetor einen Spaltbreit offen stand. Er stellte den Motor ab und sah sich um. Es war so ruhig wie immer. Von dem Alten war weit und breit nichts zu sehen. Er näherte sich der Scheune und warf einen Blick hinein. Nichts. Im Inneren war alles so, wie er es zwei Tage zuvor verlassen hatte. Er schob das Tor ganz auf und machte sich auf den Weg zurück zu seinem Wagen. Am Ende habe ich das Tor selbst offen gelassen, mutmaßte er. Er nahm sich vor, mit dem Bauern zu sprechen, sobald er ihn zu Gesicht bekäme. Dann lenkte er den Wagen in die Scheune und blätterte in der Anleitung für die Schonbezüge. Er hatte beschlossen, alle Sitze damit auszustatten, und begann mit dem Fahrersitz. Umständlich hantierte er mit den Gummibändern, mit denen die Bezüge unterhalb der Sitze befestigt werden. Anschließend machte er sich im Fond des Wagens zu schaffen. Er tastete nach dem Urinfleck auf der Rückbank, der in der Zwischenzeit vollständig getrocknet war. Mit bloßem Auge war er kaum noch zu erkennen. Nur die Ränder hatten sich weißgrau verfärbt, wie ein salziger Schweißfleck im Achselbereich eines Hemdes. Als er sich bückte, entdeckte er unter der Sitzbank einen rosafarbenen Ballerinaschuh. Das Mädchen musste ihn verloren haben. Die Vorstellung, dass seine Lebensgefährtin den Schuh hätte finden können, ließ ihn erschaudern. Er betrachtete das eingearbeitete Blumenmuster auf der Schuhspitze und überlegte, was er damit tun sollte. Zuerst wollte er den Schuh in einen Mülleimer werfen, beschloss dann aber, ihn zu behalten. Er packte ihn in die Umschlagseite der Tageszeitung und steckte das Päckchen unter das Reserverad im Kofferraum. Dann holte er einen Aktenkoffer hervor, setzte sich auf einen Holzstapel neben der Scheune und überdachte seine Pläne von Neuem. Er nahm ein altes Foto aus dem Koffer, das er lange betrachtete. Auf ihm war der Mann abgebildet, der als Nächstes sterben musste. Er fragte sich, wie alt das Bild wohl war. Vielleicht zwanzig Jahre, schätzte er. In jedem Fall wird er sich verändert haben. Trotzdem war er sicher, dass es ihm leichtfallen würde, ihn wiederzuerkennen und zu töten. Wegen ihm werde ich keine Gewissensbisse bekommen, dachte er. Wütend ballte er die Fäuste. Wenn es jemand verdient hatte zu sterben, dann er. Er dachte an das Mädchen. Er war froh, dass er den Schuh nicht weggeworfen hatte.

Markus Ackermann rannte ihn beinahe um, als Moritz mit Lea und Salvatore in den Flur der Kriminalinspektion trat. Aufgeregt wedelte er mit einem Papierstapel vor seinem Gesicht herum.

»Was ist denn mit dir los?«

»Eine Menge Arbeit, lieber Kollege«, erwiderte Ackermann und winkte ihn in sein Büro.

»Das sind alle Mobiltelefonnummern von den Geräten, die am Freitag nach Schulschluss plus eine Stunde auf unseren Sendemasten eingeloggt waren.«

Kepplinger blätterte überrascht in den Unterlagen, auf denen Hunderte von Telefonnummern abgedruckt waren.

»Und wir sollen jetzt alle Besitzer ermitteln?«

Ackermann zuckte mit den Schultern.

»Wenn du eine bessere Idee hast?«

Er schüttelte den Kopf. »Nein, habe ich nicht. Da könnte schon was dabei rauskommen. Wie viele sind es?«

»Zweitausenddreihundert.«

»Klingt spannend.«

»Ist nicht so dramatisch, wie du denkst. Franzi hat schon über dreihundert Namen ermittelt. Anja jagt sie durch die Fahndungsdateien«, beruhigte ihn der Kollege.

»Dreihundertzwanzig!«, rief es aus einem Büro am Ende des Flurs.

Kepplinger lächelte. Wieder wurde er vom Engagement der Kollegen angesteckt.

»Und rechtlich?«, erkundigte er sich bei seinem Kollegen. »Das ist ja so was Ähnliches wie eine Rasterfahndung. Wir verdächtigen quasi alle Mobiltelefonbesitzer, die in dieser Zeit im Bereich der Funkzelle waren.«

»Brandstätter und der Direktionsleiter haben die Überprüfung abgesegnet«, sagte Markus Ackermann. »Schließlich geht es um ein Menschenleben.«

Lea sah ihn fragend an.

»Datenschutzrechtlich ist so eine Aktion nicht ganz unproblematisch«, versuchte er die unklare Rechtslage zu erläutern.

Sie gingen in das Büro, in dem Franziska die Rufnummern eintippte und wenige Sekunden später die Daten des Eigentümers auf dem Bildschirm erschienen. Der Ausdruck wanderte auf den Tisch von Anja Kober, die Geburtstag und Nachname der Personen in ein Programm eingab, das die Daten mit den polizeilichen Fahndungsdateien abglich.

Die fertigen Ausdrucke bildeten bereits einen gewichtigen Stapel.

»Die sind für euch«, sagte Franziska. Er dachte an den Lauf, den er am Abend geplant hatte. Die Aktion glich der bekannten Nadelsuche im Heuhaufen. Aber da sie bisher noch keine heiße Spur hatten, war es einen Versuch wert. Das Marathontraining musste ausfallen.

»Habt ihr schon was gefunden?«, erkundigte er sich.

»Nein. Wir drucken erst mal alles aus«, antwortete Anja Kober verlegen.

»Wir dachten, es sei dir lieber, wenn du die Listen selbst auswertest und entscheidest, was interessant sein könnte«, fügte Franziska hinzu. Kepplinger nickte.

Das war es tatsächlich. Er musste sich zuerst Gedanken machen, wonach er die Telefoninhaber sortieren wollte.

»Ich helfe dir«, bot sich Lea an.

Kepplinger sah sie nachdenklich an und bereute im selben Moment sein Zögern.

»Vorausgesetzt, du traust mir das zu«, schien sie erneut seine Gedanken lesen zu können.

»Na klar, ich habe gerade an etwas anderes gedacht«, log er und griff rasch nach dem Papierstapel.

»Am besten, wir gehen in den Besprechungsraum«, sagte er und machte sich auf den Weg.

Obwohl durch die Dachfenster ausreichend Tageslicht in den Besprechungsraum fiel, betätigte Kepplinger beim Betreten sämtliche Lichtschalter. Eine ganze Batterie von Neonlampen flammte auf. Er legte den Papierstapel auf einen Tisch und sah seine Kollegin fragend an.

»Hast du eine Idee?«

Lea wirkte noch immer misstrauisch. Moritz spürte, dass er mit seiner Skepsis eine unsichtbare Grenze überschritten und sie gekränkt hatte. Er war im Begriff, etwas Beschwichtigendes zu äußern. Doch sie kam ihm mit ihrer Antwort zuvor.

»Was hältst du davon, wenn wir alle aussortieren, die im Bereich der Funkzelle wohnen oder sich während des gesamten Zeitraums darin aufgehalten haben? Deiner Theorie nach ist Manuela nach der Schule in einen Wagen gestiegen. Alle Fahndungsmaßnahmen im Nahbereich verliefen bislang erfolglos. Ich würde also annehmen, dass der Täter die Funkzelle wieder verlassen hat.«

»Klingt gut. Dann unterscheiden wir für diese Kategorie nur noch diejenigen, die bereits wegen einschlägiger Delikte in Erscheinung getreten sind… Falls es solche gibt.«

Sie kamen schneller voran, als er gedacht hatte. Nach einer halben Stunde lagen alle Ausdrucke auf vier Stapeln sortiert vor ihnen.

Sie verschafften sich zuerst einen Überblick über die Personen mit einer Vorstrafe. Es waren nicht viele.

Zwei Fälle von Autodiebstahl, Steuerhinterziehung, ein Trickbetrüger und drei Männer, die wegen Körperverletzung verurteilt waren.

»Damit können wir nichts anfangen. Wir müssen auf andere Dinge achten.«

»Zum Beispiel?«

»Ich weiß es nicht. Auf die Uhrzeit, die Dauer der Gespräche – keine Ahnung!«

Anja Kober betrat den Raum und brachte einen weiteren Papierstapel.

Ohne ein Wort zu verlieren verschwand sie wieder im Treppenhaus.

Er holte die neuen Listen und drückte ihr die Hälfte in die Hand.

»Danke, Herr Kommissar«, scherzte sie. »Soll ich uns einen Kaffee holen?«

»Gerne, ich mache so lange weiter.«

»Dass du dich nur nicht überarbeitest.«

Alexander Giebel saß im Büro und schrieb seinen Tagesbericht zu Ende. Seine größte Sorge galt immer noch Susanne Jessen. Am Mittag hatte er herausgefunden, dass sie nicht das erste Mal in psychiatrischer Behandlung war. Vor sechs Jahren hatte sie ein Kind im achten Schwangerschaftsmonat verloren. Den Berichten zufolge hatte es bereits damals in der Ehe gekriselt. Die damals vierjährige Manuela war ihr einziger Halt gewesen. Dasselbe Kind, das die Polizei seit Tagen verzweifelt suchte. Nach der Scheidung erfolgte der zweite stationäre Aufenthalt. Seitdem war Susanne Jessen regelmäßig bei einem Kollegen in ambulanter Therapie. Das Schicksal der Frau berührte ihn.

In der Regel gelang es ihm, seinen Patienten mit einer gewissen Distanz und Sachlichkeit zu begegnen. Das war auch gut so. Doch bei ihr versagte dieser Mechanismus. Noch konnte er sich keinen Reim darauf machen, weshalb. Er dachte an das Foto, das sie ihm bei der letzten Visite gezeigt hatte. Das unschuldige Lächeln des Mädchens in die Kamera, das stolz einen kleinen Hasen im Arm hält. Der Kommissar hatte versprochen, sich zu melden, sobald die Polizei einen konkreten Hinweis hätte. Mit jeder Stunde, die ohne Neuigkeiten verging, wuchs seine Sorge.

Er blickte aus dem Bürofenster in den Park der Klinik. Eine Pflegerin unterhielt sich angeregt mit einem älteren Herrn, der im Rollstuhl saß. Dann holte Alexander Giebel die Vergangenheit ein.

*Ihr könnt mich nicht verstehen.*

Auf einmal waren die Worte des Abschiedsbriefes wieder präsent.

*Ihr könnt mir nicht helfen.*

Er erinnerte sich an den Anblick der geöffneten Pulsadern. Die Blutlache unter dem Bett. Den gequälten Gesichtsausdruck seiner Patientin. Ihre weit aufgerissenen Pupillen, die, obwohl sie längst tot war, den Schmerz ihrer Depressionen in den Himmel schrien. Die Bilder vor seinem inneren Auge hatten nichts an Grausamkeit eingebüßt. Und das Gefühl, einen Fehler begangen zu haben, löste dieselbe Ohnmacht aus wie vor einem Jahr. Die Situation war in vielerlei Hinsicht die gleiche. Dieses Mal würde er alles tun, was in seinen Möglichkeiten stand.

Nachdem sie Kaffee getrunken hatten, machten sich Moritz und Lea wieder an die Arbeit. Sorgfältig prüften sie die Daten der ermittelten Anschlussinhaber, die sich im möglichen Tatzeitraum im Bereich der Funkzelle unterhalb der Burg Staufeneck aufgehalten, dort telefoniert oder eine Kurznachricht versandt hatten.

Kepplinger fand heraus, dass man um die Mittagszeit ungefähr sieben Minuten benötigte, um den gesamten Bereich der Funkzelle auf der Ost-West-Achse zu durchqueren. Diese Personen schieden alle aus, da sie nicht die Zeit gehabt hätten, von der Bundesstraße zur Schule und wieder zurück zu fahren. Rund zwanzig Prozent der eingeloggten Geräte, die die Funkzelle wieder verlassen hatten, hielten sich circa fünf Minuten länger darin auf. Hierbei musste es sich um diejenigen handeln, die mit dem Fahrzeug in südlicher oder nördlicher Richtung durch den Sendebereich gefahren waren.

Gemeinsam erweiterten sie ihre Stapel um diese beiden Kategorien. Immer wieder brachten Franziska oder Anja Kober neue Datensätze in den Besprechungsraum. Nachdem sie weitere dreihundert Blätter sortiert und überprüft hatten, schlug Kepplinger eine zweite Pause vor.

»Ich muss was essen«, stöhnte er, während er sich über die Stuhllehne streckte.

Sie beschlossen, sich in der Stadt einen Imbiss zu suchen.

Vor einem Schmuckgeschäft projizierten zwei Laser mit einer Laufschrift, Uhrzeit und Außentemperatur auf den Gehsteig.

»Immer noch fünfundzwanzig Grad«, sagte Kepplinger. »Man kommt sich vor wie auf den Kanaren.«

»Ich finde es klasse. Für mich kann es nicht warm genug sein«, meinte Lea.

Sie entschieden sich für einen Asia-Imbiss. Moritz bestellte Ente mit Erdnusssoße, Lea wollte kein Fleisch und orderte Chop Suey mit Reis. Während sie aßen wagte Lea einen weiteren Versuch, über ihre Absichten zu sprechen, zur Kriminalpolizei wechseln zu wollen.

»Dir ist schon klar, dass du ohne Studium so gut wie keine Chance hast?«, sagte Kepplinger.

»Nichts lieber als nochmals die Schulbank zu drücken. Mir graut es nur vor dieser bescheuerten Zulassungsprüfung. Beziehungsweise davor, schwarz auf weiß bestätigt zu bekommen, wie dämlich ich bin.« Lea dachte dabei an ihren Kollegen, der vor Kurzem eine Absage erhalten hatte und sich vor der Dienstgruppe dafür rechtfertigen musste.

»Ich finde, du solltest es auf jeden Fall probieren«, versuchte er sie zu ermutigten.

»Ich selbst habe drei Anläufe gebraucht und mir jedes Mal geschworen, dass ich mir das nicht mehr antue. Aber es gibt nun mal keinen anderen Weg.«

Sie legte den Kopf zur Seite und schien über seine Worte nachzudenken.

Er ließ nicht locker und erinnerte sich kopfschüttelnd an eine der Fragen. »In meiner letzten Prüfung haben sie nach einem Vulkan auf Island gefragt, dessen Namen ich nicht mal aussprechen konnte. Trotzdem habe ich bestanden.«

»Vatnajökull«, sagte Lea.

»Was?«, fragte er verdutzt.

»Vatnajökull. Der größte Gletscher Europas und zugleich der aktivste Vulkan der Insel.«

»Na also«, erwiderte er. »Wo liegt das Problem?«

»Dass es noch hundertneunundfünfzig andere Fragen gibt und diese eine sicher nicht mehr gestellt wird. Außerdem war das Zufall. Ich hab vor zwei Jahren eine Freundin in Reykjavík besucht, und wir haben auf diesem Gletscher eine Wanderung gemacht.« Sie bezahlten und verließen das Restaurant. Auf dem Rückweg kam ihnen ein Betrunkener entgegen, der lautstark Selbstgespräche führte und die Hälfte des Gehwegs in Anspruch nahm. Kepplinger wich auf die Straße aus und dachte an die Begegnung mit Gerd Jessen am Vorabend.

»Ich würde mich an deiner Stelle trotzdem bewerben. Da werden jedes Jahr so viele Idioten zugelassen«, sagte er, nachdem sie die Dienststelle erreicht hatten.

»Sehr charmant. Danke!« Lea schmunzelte, aber Moritz

konnte erkennen, dass sein unüberlegter Kommentar sie verletzt hatte.

Markus Ackermann erwartete sie bereits.

»Wir sind mit den Listen fertig. Macht ihr heute noch weiter?«

Kepplinger nickte und sah zu Lea, die ebenfalls zustimmte.

»In Ordnung. Ich lese mir die Vernehmung dieser Kegelbrüder nochmal durch und lege sie dir dann auf den Schreibtisch.«

»Habt ihr alle vernommen?«, wollte Kepplinger wissen.

»Salvatore hat vor etwa einer halben Stunde das letzte Protokoll abgeliefert.«

»Und?«

»Wie es aussieht, gibt es keine Zweifel an Jessens Alibi.«

»Du meinst, nicht für den Zeitraum zwischen Freitagnachmittag und Sonntagabend«, korrigierte ihn Kepplinger.

»Das ist richtig.« Bevor Ackermann sich verabschiedete, fiel ihm noch etwas ein.

»Übrigens, Moritz, die Suche nach dem Fahrzeug gestaltet sich schwierig. Wir haben sämtliche Eltern befragt, die ihre Kinder mit dem Auto von der Schule abgeholt haben. Ihnen ist kein fremder Wagen aufgefallen.«

»Und das Kind?«

»Das hätte ich dir wohl gleich gesagt.«

»Habt ihr die Anwohner befragt?«

»Sämtliche Häuser entlang ihres Schulwegs. Eine ältere Frau hat behauptet, sie habe Manuela am Fußgängerüberweg getroffen. Aber sie wusste nicht mehr, ob das am Freitag oder einem anderen Wochentag war.«

»Großartig!«

Moritz und Lea gingen zurück in den Besprechungsraum und betrachteten den Papierstapel. Es waren über tausend

Datensätze. Moritz stöhnte und schnappte sich etwas mehr als die Hälfte der Protokolle.

»Nur keine Müdigkeit vortäuschen, Herr Kommissar«, sagte Lea und langte nach den übrigen. »Wenn wir uns ranhalten, sind wir morgen früh fertig.«

Ihre Motivation wirkte ansteckend. Kepplinger dachte, dass sie es wirklich ernst meinte mit ihrer Absicht, zur Kriminalpolizei zu wechseln. Zumindest schien sie zeigen zu wollen, dass sie für diese Arbeit geeignet war. Während er seinen Stapel mit den Halterdaten auf die verschiedenen Stöße verteilte, wurde ihm bewusst, dass auch er sich auf der neuen Dienststelle beweisen musste. Zwar hatte er in den letzten Wochen nie eine genaue Vorstellung davon gehabt, wie sein Einstand bei der Göppinger Kripo idealerweise verlaufen sollte, aber dass er von der ersten Stunde an für einen so großen und schwierigen Fall verantwortlich sein würde, wäre ihm nicht im Traum eingefallen. Er hielt einen Augenblick in seiner Arbeit inne und dachte an das Kind.

»Woran denkst du?«, unterbrach Lea seine Gedanken.

»Ich wüsste zu gerne, ob sie noch lebt«, sagte er leise. »Ob wir eine reelle Chance haben, sie lebend zu finden.«

»Zweifelst du daran?«

»Es sind viereinhalb Tage vergangen, seitdem sie verschwunden ist.«

Lea starrte kopfschüttelnd auf die Papierstapel.

»Bringt uns das hier wirklich weiter? Sollten wir nicht alle da draußen sein und nach ihr suchen?«

Kepplinger zuckte mit den Schultern.

»Im ganzen Land wird nach ihr gefahndet. Unsere Aufgabe besteht darin, sie auf eine andere Art und Weise ausfindig zu machen. Nach Hinweisen zu suchen, die sie zurückgelassen hat.«

# MITTWOCH
## 24. Juli 2013

Kurz nach Mitternacht sprang Lea plötzlich von ihrem Stuhl auf.

»Moritz … Da!«, rief sie und deutete auf einen der Ausdrucke. Kepplinger ging eilig um den Tisch.

»Was ist denn?«

»Sieh dir das an!« Ihre Stimme bebte.

Er überflog das Schriftstück. Auf der ersten Seite konnte er nichts Ungewöhnliches feststellen. Ein gewisser Lars Kaufmann war dreimal von derselben Rufnummer angewählt worden, hatte die Anrufe aber nicht entgegengenommen, doch dann eine Minute später zurückgerufen. Das Gespräch hatte nur fünfzehn Sekunden gedauert. Moritz' Interesse wuchs, als er den Fahndungseintrag auf der Rückseite des Dokuments las. Kaufmann war wegen sexuellen Missbrauchs von Minderjährigen vorbestraft. Mehrfach hatte er versucht, Kinder in seinen VW-Bus zu locken. Vor einem guten Jahr hatte er einer Siebenjährigen versprochen, sie nach Hause zu fahren. Das Mädchen war zwei Stunden in seiner Gewalt gewesen. Er hatte ihr Pornoheftchen gezeigt und sie unsittlich berührt. Der Polizei war er in die Fänge geraten, als er im Internet Filme von nackten Kindern angeboten hatte, gedreht in Freibädern und an Badeseen.

Auf dem Ausdruck befand sich ein Foto des Fahrzeugs mit Stuttgarter Kennzeichen. Mit Ausnahme der Frontpartie waren sämtliche Scheiben mit schwarzer Folie beklebt. Kepplinger durchfuhr es eiskalt bei der Vorstellung, dass Manuela in diesen Bus gestiegen sein könnte.

»Das ist er!«, sagte Lea, nachdem er den Bericht zu Ende gelesen hatte.

Moritz nickte stillschweigend. Ihm graute bei dem Gedanken an ein Sexualverbrechen.

»Am besten überprüfen wir zuerst, warum er in der Gegend war und mit wem er telefoniert hat«, sagte er nachdenklich.

Kepplinger informierte sofort Brandstätter, der bereits im Bett lag und erst verstand, worum es ging, nachdem er es ihm ein zweites Mal erklärte.

Danach rief er beim Bereitschaftsdienst der Stuttgarter Kriminalpolizei an.

Eine Stunde später meldeten sich die Kollegen zurück und berichteten, der besagte Bus würde in der Hofeinfahrt vor Kaufmanns Wohnhaus stehen. Ein Zivilwagen der Fahndung wurde in einiger Entfernung postiert.

Kepplinger vereinbarte, dass sie sich um fünf auf dem Parkplatz des zuständigen Polizeireviers treffen würden. Die Durchsuchung der Wohnung sollte eine Stunde später erfolgen. Bis dahin versprach der Kollege, die notwendigen Beschlüsse des Bereitschaftsrichters zu besorgen.

Sie beschlossen, die übrigen Datensätze bis zum nächsten Tag ruhen zu lassen und ein paar Stunden schlafen zu gehen. Obwohl es schon sehr spät war, lehnte Moritz das Angebot von Lea ab, ihn nach Hause zu fahren.

»Du kannst mich ja morgen früh abholen«, schlug er stattdessen vor.

»Halb fünf?«

Er nickte.

Lea sah auf die Uhr ihres Mobiltelefons. »Also, bis in drei Stunden. Gute Nacht.«

»Gute Nacht.«

Die Bilder der Mädchenleiche machten ihn beinahe wahnsinnig. Krampfhaft suchte er nach einer Ablenkung, um zur Ruhe zu kommen. Alkohol und Schlafmittel zeigten keine Wirkung, obwohl er von beidem bereits einiges intus hatte. Am Abend hatte ihm seine Lebensgefährtin eröffnet, dass sie sich von ihm trennen würde. Er hatte sich alle Vorwürfe angehört, ohne etwas einzuwenden. Als sie ihn nach längerem Schweigen gedrängt hatte, etwas dazu zu sagen, hatte er nur erklärt, dass er sie verstehen würde und alles so sei, wie sie gesagt hätte. Sie hatte ihm eine schallende Ohrfeige verpasst und wütend das Haus verlassen. Als sie weg war, überkam ihn ein Gefühl des Triumphs. Er hatte ohnehin vorgehabt, sich von ihr zu trennen. Sie war nicht in der Lage gewesen, seinen Kinderwunsch zu erfüllen. Von dem Tag an, als ihm das klar geworden war, hatte er sich ihr gegenüber gleichgültig verhalten. Bereits seit Längerem hatte er verschiedene Möglichkeiten überdacht, wie er sie am besten loswerden könnte, wenn er sie nicht mehr ertragen würde. Dass sie nun von selbst gegangen war, betrachtete er als Glücksfall. Zumal er jetzt alle Kraft benötigte, seinen Plan zu vollenden. Eine Beziehung würde er nicht mehr eingehen. Dafür war es jetzt zu spät. Der Gedanke an das Kind auf dem Foto, das er stets bei sich trug, gab ihm den nötigen Halt.

Doch dann drängten sich die Bilder des anderen Mädchens in seine Gedanken und ließen ihn nicht mehr los.

Mitten in der Nacht setzte er sich in den Wagen und fuhr zur Scheune. Er zitterte, als er den rosafarbenen Schuh aus dem Kofferraum nahm. Die Geräusche aus dem angrenzenden Wald klangen unheimlich und machten ihm Angst. Er holte einen Benzinkanister und schüttete den gesamten Inhalt über den Schuh. Dann warf er ein Streichholz darauf. Es gab eine laute Verpuffung und eine meterhohe Stichflamme. Als das Feuer erloschen war, schrie er wie von Sinnen, bis er vor Erschöpfung nicht mehr konnte. Den Mann, der in einiger Entfernung neben einer Eiche stand und ihn beobachtete, sah er nicht. Anschließend ging er zu seinem Wagen zurück und fuhr nach Hause. Während der Fahrt beruhigte er sich und hatte das Gefühl, sich von einer Last befreit zu haben. Er versuchte, ein Lied mitzusingen, das im Radio gespielt wurde. Das Schreien hatte ihn so heiser gemacht, dass er keinen Ton herausbrachte. Er beschloss, am nächsten Tag zum Arzt zu gehen und sich ein stärkeres Schlafmittel verschreiben zu lassen.

Die klare Nachtluft tat gut. Auf dem Nachhauseweg überkam Moritz erneut das Gefühl, bereits seit Jahren bei der Göppinger Dienststelle zu arbeiten. Dabei war es erst sein zweiter Tag gewesen, der zu Ende ging. Er zählte die Arbeitszeit zusammen und kam auf vierunddreißig Stunden. Fehlen noch sieben, dann hätte ich mein Wochensoll erfüllt. Wenn es so weitergeht, kann ich den Marathon vergessen, dachte er. Zumindest in diesem Jahr.

Unter der Dusche dachte er an Lea. Auch bei ihr hatte er das Gefühl, sie seit Langem zu kennen. Der Gedanke, sie in weniger als drei Stunden wiederzusehen, stimmte ihn heiter.

Im Bett musste er daran denken, was er über Lars Kaufmann gelesen hatte. Was ist das für ein Mensch?, fragte er sich. Und warum wurde ihm der Bus nicht weggenommen? Schließlich hatte er damit eine Straftat verübt. In ein paar Stunden würde er Antworten auf diese Fragen bekommen. Bis dahin musste er seine Neugier unterdrücken. Das Warten machte ihm trotz der Anspannung nichts aus. Einmal hatte er mit seiner Ärztin über seine zwiespältigen Gefühle gesprochen. Den ständigen Kampf seiner Ungeduld gegen seine Entschlossenheit.

*Es war ungewöhnlich, über seine Kindheitserinnerungen zu sprechen. Andererseits war es das erste Mal, dass ihm jemand aufrichtig zuhörte und sich für so viele Details interessierte. Sonst wurde er immer nur gefragt, ob es nicht ein gefährlicher Job sei und was sein schlimmster Einsatz gewesen war.*

*In ihrem Büro gab es keine Uhr. Kein Telefon klingelte. Während der Sitzungen begleitete ihn stets das Gefühl, sie hätten unendlich viel Zeit.*

*»Viele Jahre später sind Sie einer der schwarzen Männer geworden?«*

*Er nickte. »Der Wunsch wurde immer stärker. Manchmal tat es regelrecht weh, so lange warten zu müssen. Niemand konnte mir die Garantie geben, dass ich es schaffen würde.«*

*»Sie mussten zunächst eine Ausbildung bei der Polizei machen.«*

*»Genau. Danach habe ich mich beworben. Auf diesen Tag hatte ich vierzehn Jahre lang gewartet.«*

Es war Mittwoch, der 24. Juli 2013. Eine Stunde, bevor die Morgendämmerung einsetzte.

Kurz vor sechs verteilten sich die Einsatzkräfte um das freistehende Einfamilienhaus. Das Gebäude und der angrenzende Garten waren ungepflegt und verwildert. Aus dem kniehohen Unkraut lugten die Überreste eines zusammengestürzten Gewächshauses. Aus einem Wasserhahn an der Hauswand tropfte eine rostfarbene Brühe auf eine Steinplatte, auf der sich ein hässlicher Fleck gebildet hatte. Auf einem Nachbargrundstück schlug ein Hund an. Der vergammelte Bus stand in einer Zufahrt neben dem Gebäude. Die Stellen, die Kepplinger auf dem Schwarz-Weiß-Foto als Farbkleckse interpretiert hatte, waren riesige Rostflecken. An einem Metallkasten mit der Aufschrift *U.S. Mail*, der neben der Eingangstür auf einen Holzpfahl montiert war, deutete eine hochgeklappte rote Metallfahne an, dass sich Post darin befand. Im Haus schien alles ruhig. Kepplinger warf einen Blick in den Blechkasten und entdeckte die Tageszeitung und ein Werbeprospekt. Als er den Metalldeckel wieder schloss, kippte die Fahne nach hinten und verursachte einen dumpfen Schlag. Er erschrak und warf einen besorgten Blick auf Hauptkommissar Just, den Einsatzleiter der Stuttgarter Kriminalpolizei, der neben ihm stand. Als Reaktion rückte Just näher an die Haustür und presste sein Ohr an das Holz. Dabei blickte er Kepplinger in die Augen, der sich maßlos über sein Missgeschick ärgerte. Im Haus blieb es ruhig. Nach ein paar Sekunden löste sich Just von der Tür und informierte die Kräfte über den Beginn des Einsatzes. Anschließend drückte er auf den Klingelknopf. Ein Dreiklang ertönte. Alles blieb still. Nur der Hund nebenan bellte ununterbrochen. Kepplinger wunderte sich darüber, dass offenbar niemand daran gedacht hatte. Beim SEK war es üblich gewesen, jemanden für so eine Eventualität abzustellen. Aber dafür war es jetzt zu spät. Hoffentlich würde Kaufmann durch diese Nachlässigkeit nicht gewarnt. Auch nach einem zweiten Klingeln blieb es im Inneren des Hauses still.

Das Hundegebell hatte ihn geweckt. Es kam nie vor, dass der Hund so früh anschlug. Nicht einmal, wenn der Zeitungsausträger frühmorgens an den Briefkästen hantierte. Es war Viertel vor sechs. Er ging auf die Toilette. Als er durch das Fenster ins Freie blickte, sah er zwei Männer, die auf das Grundstück zugingen und sich um das Haus verteilten. Dann entdeckte er die Frau neben einem roten Fahrzeug. Er hatte das Gefühl, sie schon einmal gesehen zu haben.

In der Hand hielt sie ein Funkgerät.

Er wusste, was das alles bedeutete. Aber er hatte nicht damit gerechnet, dass die Polizei so schnell sein würde. Und er fragte sich, wie sie in der Kürze der Zeit auf ihn gekommen waren. Er überlegte, ob er einen Fehler gemacht hatte. Jemand musste ihn verraten haben. Anders konnte es nicht gewesen sein. Er hatte dieses Mal keine Spuren hinterlassen. Und das, was die Polizei zu entdecken hoffte, würde sie nicht finden, dafür hatte er gesorgt. Aber jetzt musste er sich darum kümmern, ungeschoren davonzukommen. Er rechnete damit, dass ihm maximal zwei Minuten blieben, um in das Versteck im Keller zu gelangen. Er griff nach der Reisetasche, die er für diesen Moment vorbereitet hatte. Jetzt musste er nur noch unbemerkt nach unten kommen. Das war der gefährlichste Teil der Flucht.

In diesem Augenblick erklang das schrille Läuten der Türklingel.

Nachdem sich im Inneren des Gebäudes nichts rührte, ließ Kepplingers Anspannung nach. Gleichzeitig befand er sich jetzt in einem Zustand höchster Konzentration. Die Situation kam ihm vertraut vor. Er hatte sie Hunderte Male erlebt.

Lars Kaufmann war entweder nicht zu Hause oder er schlief fest. Möglicherweise reagierte er auch bewusst nicht auf den unerwartet frühen Besuch. Vielleicht rechnete er um diese Uhrzeit mit der Polizei. Schließlich war er schon einmal festgenommen worden. In jedem Fall war höchste Vorsicht geboten. Moritz atmete tief durch und löste den Druckknopf des Schulterholsters. Für einen Moment dachte er daran, dass er im Umgang mit Schusswaffen überhaupt nicht mehr geübt war. Sein letztes Schießtraining lag Jahre zurück.

»Wir gehen rein«, informierte der Einsatzleiter über Funk und beorderte einen Techniker zur Eingangstür. Der zog einen langen Draht aus der Innentasche seiner Jacke und hantierte damit unterhalb des Türschlosses. Binnen weniger Sekunden schnappte die Schlossfalle zurück. Kepplinger griff nach seiner Waffe und überzeugte sich mit einem kurzen Blick vom Ladezustand. Dann folgte er den vorauseilenden Kollegen in den Hausflur.

In dem Moment, als er den ersten Treppenabsatz betrat, sah er im Flur einen der Polizisten mit einer Waffe in der Hand. Ihm blieb keine Wahl. Er musste sich ins Obergeschoss zurückziehen und nach einer anderen Möglichkeit suchen. Als er die Schritte der Männer auf der Treppe hörte, schloss er leise die Tür und legte sich rücklings auf den Boden. Mit der rechten Hand griff er nach dem doppelläufigen Gewehr, das er von seinem Vater geerbt hatte. Vorsichtig zog er die beiden Spannvorrichtungen nach hinten und hörte genau auf die Geräusche im Haus.

Alle Zimmer im Erdgeschoss waren leer. Sie gingen leise über die Treppe ins Obergeschoss und postierten sich einzeln vor den verschlossenen Türen. Auf ein Zeichen betraten alle gleichzeitig die Räume. Kepplinger fand sich in völliger Dunkelheit wieder. Vom Flur drang ein schwacher Lichtschein in das Zimmer. Instinktiv trat er aus dem Türrahmen in die Tiefe des Raumes und nahm die Pistole in Anschlag. Langsam gewöhnten sich seine Augen an die Finsternis. Aus den Umrissen der Möbel folgerte er, sich in einem Schlafzimmer zu befinden. Aus den angrenzenden Räumen vernahm er das Poltern seiner Kollegen. Die Geräusche raubten ihm für einen Sekundenbruchteil die Konzentration auf das, was sich unmittelbar vor ihm abspielte.

Später erinnerte er sich daran, dass er vorgehabt hatte, den Lichtschalter zu betätigen. In dem Augenblick, als er mit seiner freien Hand die Wand abtastete, explodierte der Raum. Er nahm das grelle Aufblitzen eines Mündungsfeuers wahr, das von einem ohrenbetäubenden Knall begleitet wurde. Gleichzeitig spürte er einen brennenden Schmerz im linken Oberarm. Es fühlte sich an wie der Stich eines riesigen Insekts. Intuitiv trat er einen Schritt zur Seite und betätigte den Abzug.

*Kein Feuer ohne Bewegung. Keine Bewegung ohne Feuer.*

Dabei stolperte er über ein am Boden liegendes Buch und fiel vornüber. Ein Umstand, der ihm das Leben rettete. Ein zweites Mal erschütterte explosionsartiger Lärm das Zimmer. Am Boden kauernd beobachtete er, wie sich hinter einem Bett eine Person aufrichtete und hinaus auf den Flur rannte. Dann vermischten sich die Geräusche der Schritte im Treppenhaus mit den Schreien seiner Kollegen.

»Er ist nach unten gerannt!«

Es folgte ein Gewirr von Funkgesprächen und Schreien. Das Licht ging an.

»Nicht schießen!«

Erst jetzt bemerkte er, dass er seine Waffe immer noch in Richtung Tür hielt. Das Griffstück war warm. Er wusste nicht, wie oft er abgedrückt hatte. Jemand stieg über ihn hinweg und zog den Rollladen nach oben. Kepplinger blickte in die Augen des Einsatzleiters.

»Ich bin in Ordnung«, sagte er.

»Gut«, erwiderte dieser. »Wir haben ihn draußen festgenommen. Du hast ihm zwei saubere Beintreffer verpasst.«

Kepplinger tastete seinen Arm ab und stöhnte leise auf.

»Ich glaube, er hat mich auch erwischt«, sagte er leise.

Sein Kollege blickte auf den Oberarm und half ihm, vorsichtig die Jacke abzustreifen. Unterhalb der Schulter befand sich eine zehn Zentimeter lange Streifwunde. Die Wundränder klafften ein paar Millimeter auseinander und gaben den Blick auf das weiße Unterhautgewebe frei.

»Scheint nicht besonders tief zu sein«, beurteilte Moritz selbst die Verletzung mit einer gewissen Ironie. »Aber es brennt höllisch.«

»Hab schon einen Notarzt verständigt. Du bleibst einfach so lange ruhig liegen«, erwiderte der Kollege.

»Moritz!« Lea kam in das Schlafzimmer gerannt.

»Nur ein Streifschuss. Halb so wild.«

»Ich hab Todesängste ausgestanden, als es da plötzlich geknallt hat.«

»Ich auch«, er musste lächeln, als ihm bewusst wurde, wie blöd das klingen musste, angesichts der Gefahr, in der er sich befunden hatte.

*Manuela.* Der erste klare Gedanke, den sie fassen konnte, galt ihrer Tochter. Sie war aufgewacht und hatte das Gefühl, langsam aus einem Nebelmeer zu treten. Für einen Moment glaubte sie, am Strand ihrer Ferienwohnung in Dalmatien zu sein. Aber nachdem sich der Nebel aufgelöst hatte, bemerkte sie, dass sie in einem fremden Zimmer lag. Der gesamte Raum wurde vom Licht der Julisonne durchflutet. Die Helligkeit fühlte sich warm und unbeschwert an. Als sie den Schlauch in ihrer Armbeuge bemerkte, der zu einer Plastikflasche über ihrem Kopf führte, kam die Erinnerung zurück.

*Manuela.* Die heisere Stimme, die den Namen ihrer Tochter rief, kam ihr fremd vor. Noch einmal schrie sie den Namen in den sonnendurchfluteten Raum, der so idyllisch schien. Doch diese Idylle gab es nicht mehr. Immer wieder rief sie *Manuela*, bis die Tür aufgerissen wurde und sie von Pflegepersonal umringt war. *Manuela.* Das Schlimmste war, dass niemand sie zu hören schien. Die Menschen in den weißen Kleidern sprachen über Medikamente und wie es sein konnte, dass sie schon wieder wach war. Endlich kam Doktor Giebel, der freundlich auf sie einging und ihr die Hand hielt.

»Ich möchte mich aber nicht beruhigen! Ich möchte wissen, wo meine Tochter ist!«, schrie sie. Zwei Hände hantierten über ihr an der Plastikflasche. »Und ich will keine neuen Medikamente!«

Aus den Augenwinkeln konnte sie beobachten, wie die Flüssigkeit sich rasch in Richtung ihrer Armbeuge bewegte. Heftig riss sie den Zugang aus ihrer Vene. Ein kleiner Blutstropfen bildete sich auf der Wunde, der immer größer wurde und schließlich als schmales Rinnsal über ihren Unterarm lief und auf den Boden tropfte. Verzweifelt wehrte sie sich gegen die Hände, die sie an Armen und Beinen festhielten. Jemand verabreichte ihr eine Injektion. Sie spürte die Nadel nicht. Erst als der Nebel wieder stärker wurde, wusste sie, dass sie ihr erneut ein Beruhigungsmittel verabreicht hatten. Sie hörte eigenartige Stimmen, obwohl sie niemanden mehr sehen konnte. Die Geräusche wurden leiser und entfernten sich. *Manuela.*

Lea und Moritz wurden auf der Dienststelle von den besorgten Gesichtern der Kollegen empfangen. Markus Ackermann nickte Kepplinger aufmunternd zu. Moritz ließ sich in einen Ledersessel in der Ecke fallen und berichtete von dem Einsatz und wie sie in der Nacht auf den Täter aufmerksam geworden waren.

»Und du hast wirklich nur einen Kratzer abbekommen?«, erkundigte sich Franziska.

»Ja, der Notarzt hat die Wunde desinfiziert und ein Zugpflaster draufgeklebt.« Als Beweis hob er sein T-Shirt an, sodass die Umstehenden den bräunlichen Wundverband sehen konnten.

»Da haben Sie aber mächtig Glück gehabt, mein Lieber«, kommentierte Brandstätter das Geschehen. »Was ist denn jetzt mit dem Schützen passiert?«

»Lars Kaufmann ist uns quasi in die Arme gerannt, als wir nach den Schüssen ins Haus gestürmt sind«, erklärte Lea.

»Er wird heute Mittag dem Haftrichter vorgeführt. Anschließend bringen sie ihn nach Stammheim«, führte Kepplinger weiter aus. »Bei der Hausdurchsuchung wurde eine Menge Beweismaterial sichergestellt.«

»Allerdings wenig Interessantes für unseren Fall«, fügte Lea hinzu.

»Stimmt. Einen direkten Hinweis auf Manuela Jessen haben wir leider nicht entdeckt. Kaufmann kopiert offenbar im großen Stil Kinderpornos und verkauft sie an Kunden in ganz Europa. Wir haben einen hochwertigen Videoscanner und ein automatisiertes Kopiersystem für DVDs gefunden. In seiner Garage lagern ungefähr zwanzigtausend DVD-Rohlinge.«

»Außerdem haben wir mithilfe von Spürhunden in seinem Wohnmobil jede Menge Amphetamine und anderes Zeug entdeckt«, ergänzte Lea die Fundliste. »Kaufmann hat nebenbei anscheinend ordentlich gedealt.«

Markus Ackermann nickte. »Also, ein richtig dicker Fisch.«

»Kann man wohl sagen«, fügte Salvatore Falcone hinzu.

»Habt ihr mit ihm gesprochen?«, wollte Markus Ackermann wissen.

»Kaufmann hat sofort einen Anwalt verlangt.«

»Mist!«

»Wir müssen die erste Vernehmung und das Ergebnis der Spurensicherung abwarten, um zu erfahren, ob wir den Richtigen erwischt haben«, sagte Kepplinger und blickte nachdenklich in die Runde. »Und wir müssen herausfinden, warum Kaufmann vergangenen Freitag in Süßen war und mit wem er telefoniert hat.«

»Das mache ich«, rief Salvatore Falcone.

»Außerdem haben wir noch rund vierhundert Telefonnummern, die wir noch nicht überprüft haben.«

»Darum kümmern wir uns«, sagte Markus Ackermann. »Ihr solltet euch vielleicht erst mal von der Aktion erholen.«

Der Inspektionsleiter nickte und bot den beiden an, den Rest des Tages freizunehmen.

Kepplinger lehnte das Angebot ab.

»Was soll das bringen? Ich bin nicht schwer verletzt, und wir haben eine Menge zu tun. Ich möchte nur duschen und mich umziehen.«

Lea Thomann ging es ähnlich. Sie vereinbarten, in einer Stunde wieder auf der Dienststelle zu sein.

»Bevor ich es vergesse«, sagte Franziska. Kepplinger drehte sich um. »Der Arzt vom Christophsbad hat angerufen. Du sollst dringend zurückrufen.«

Er nickte. Dann musste die Dusche eben warten.

Gegen halb drei machte er sich mit Lea auf den Weg ins Christophsbad. Der Arzt wartete bereits an der Pforte des Klinikums. Sie begrüßten sich mit einem festen Händedruck. Moritz Kepplinger stellte seine Kollegin vor. »Lea Thomann, Doktor Giebel.«

Alexander Giebel reichte Lea die Hand und lächelte. »Leider ohne Doktor. Das wird noch eine Weile dauern.«

Kepplinger kam ohne Umschweife direkt zum Thema. »Wie geht es Frau Jessen?«

»Erstaunlich gut für die Menge an Medikamenten, die wir ihr in den letzten Tagen verabreicht haben.«

»Können wir mit ihr sprechen?«

»Sonst hätte ich Sie nicht angerufen. Heute Vormittag mussten wir ihr nochmals ein Beruhigungsmittel verabreichen. Aber jetzt ist sie bei vollem Bewusstsein, kann klare Gedanken fassen und scheint sich an alles zu erinnern. Ihre größte Sorge gilt verständlicherweise ihrer Tochter. Ich hoffe, Sie haben gute Nachrichten mitgebracht.«

»Ich fürchte, nein«, sagte Kepplinger. »Wir wissen immer noch nicht, was passiert ist.«

Alexander Giebel verlangsamte seinen Schritt und deutete mit einem Kopfnicken in Richtung eines Patientenzimmers.

»Wir haben uns dazu entschieden, ihr keine starken Medikamente mehr zu verabreichen. Susanne Jessen muss mit der Realität konfrontiert werden.« Er zog die Augenbrauen nach oben. »Natürlich nicht jetzt sofort, aber ich hätte mir gewünscht, Sie könnten ihr etwas sagen, das ihre Zuversicht weckt.«

»Vielleicht kommen wir einen Schritt vorwärts, wenn wir mit ihr gesprochen haben. Sie ist unsere wichtigste Zeugin.«

Der Arzt nickte und bat darum, bei dem Gespräch anwesend sein zu dürfen. »Falls es zu irgendwelchen Komplikationen kommen sollte.«

»Kein Problem«, erwiderte Kepplinger. »Ich hätte Sie ohnehin darum gebeten.« Dann betraten sie zu dritt das Zimmer von Susanne Jessen.

An der Wand gegenüber dem Krankenbett hing ein Kunstdruck von Monet. Eines der Motive der bekannten Seerosen-Serie. Kepplinger erinnerte sich daran, dass der Maler beinahe blind gewesen war, als er dieses Bild gemalt hatte. Die dicken, strudelartigen Strukturen wiesen darauf hin. Zudem war der Künstler in dieser Phase bereits hochgradig depressiv gewesen und hatte zahlreiche seiner Bilder zerstört. Monet wollte nicht, dass die unfertigen Werke nach seinem Tod in den Kunsthandel gelangten. Kepplinger zweifelte daran, dass sich so ein Werk positiv auf die Genesung eines Patienten in diesem Krankenhaus auswirken konnte.

Susanne Jessen war wach und starrte ihn und Lea feindselig an.

»Wer sind diese Leute?«

»Frau Thomann und Herr Kepplinger sind von der Polizei und wollen mit Ihnen über Ihre Tochter sprechen«, erklärte der Arzt.

Sie ignorierte den Gruß der beiden. »Wo ist sie?«

»Das wissen wir nicht, Frau Jessen. Aber wir hoffen, dass Sie uns dabei helfen können, sie zu finden«, sagte Kepplinger.

»Gerd«, sagte sie. »Er hätte am Wochenende auf sie aufpassen sollen.«

Moritz ignorierte den Vorwurf und lenkte das Gespräch behutsam auf die Tage vor dem Verschwinden des Mädchens. Es funktionierte. Sie erzählte, wie sie ihre Tochter bei ihren Hausaufgaben unterstützt, Manuela zur Musikschule gebracht hatte und von dem Kroatienurlaub, den sie mit ihrer Freundin und den Kindern geplant hatte.

Moritz fiel auf, dass sie dabei häufig die Wochentage verwechselte. Vorsichtig tastete er sich an die Erinnerungen an das vergangene Wochenende heran, bis zu dem Augenblick am frühen Montagmorgen, als sie das Bewusstsein verloren hatte.

»Glauben Sie, dass Ihr Exmann Manuela etwas angetan hat?«

Er musste die Frage stellen.

»Gerd ist ein aggressiver Mensch geworden, und manchmal war er auch grob zu ihr. Nach der Scheidung wurde das immer schlimmer«, sagte sie und begann zu schluchzen. »Sie liebt ihren Vater trotzdem über alles. Das habe ich nie verstanden.«

Er blickte nachdenklich zu Lea Thomann, die betroffen auf den Boden starrte. Sie hatten einen Einblick davon bekommen, wie tief die Gräben in dieser zerrissenen Familie tatsächlich waren. Aber kam Gerd Jessen wirklich als Täter in Frage? Wenn ja, was hatte er mit dem Kind angestellt? Und wo war sie? Lea schien seine Gedanken zu erraten und wandte sich an die Patientin.

»Frau Jessen, können Sie uns sagen, inwiefern er gegenüber Manuela gewalttätig geworden ist?«

»Nun ja, er hat sie ab und zu angebrüllt. Manchmal ist ihm auch die Hand ausgerutscht. Wenn sie zum Beispiel eine schlechte Note mit nach Hause gebracht hat. Manuela hat das akzeptiert und sich die Schuld daran gegeben, wenn er ausgerastet ist«, erklärte Susanne Jessen. »Das konnte ich ihr nicht ausreden.«

»Vielleicht, weil Sie sich selber hin und wieder die Schuld an der gesamten Situation geben?«, mischte sich Alexander Giebel in das Gespräch ein.

»Das kann schon sein«, schluchzte sie und griff nach einem Taschentuch.

Moritz deutete Lea an, dass sie das Gespräch mit Frau Jessen im Moment nicht weiterbringen würde. Aber sie stellte trotzdem eine weitere Frage.

»Haben Sie nichts dagegen unternommen?«

»Doch, natürlich«, antwortete Susanne Jessen energisch. »Ich habe oft mit ihm darüber gesprochen. Aber das ist sinnlos. Er ist der Meinung, dass ich Manuela nicht richtig erziehen würde.«

»Aber das ist doch Blödsinn«, unterbrach Lea sie unsanft.

Kepplinger war im Begriff, das Gespräch abzubrechen, als Susanne Jessen erneut zu sprechen begann.

»Sie haben recht, und es wäre auch bald vorbei gewesen.«

»Wie meinen Sie das?«

»Mein Anwalt hat darauf gedrängt, ihm das Sorgerecht zu entziehen. Vor ungefähr drei Monaten habe ich eingewilligt. Anfang Oktober entscheidet das Vormundschaftsgericht darüber. Er hat so gut wie keine Chance.«

»Das bedeutet, dieses Wochenende wäre eines der letzten gewesen, das Manuela mit ihrem Vater gehabt hätte?«, folgerte Lea.

»Das stimmt. Normalerweise hätte sie die Hälfte der Sommerferien bei ihm verbracht. Aber sie war bereits in den Osterferien und an Pfingsten mit ihm zusammen gewesen. Das hatten wir so abgesprochen.«

Jetzt deutete Alexander Giebel mit einem Blick auf die Uhr an, das Gespräch zu beenden. Kepplinger nickte. Doch plötzlich fiel ihm noch etwas ein, das ihn im Gespräch zuvor stutzig gemacht hatte.

»Bitte entschuldigen Sie, wenn ich Ihnen noch eine letzte

Frage stelle.« Der Arzt schüttelte energisch den Kopf und sah ihn verärgert an. Susanne Jessen bemerkte seine Reaktion.

»Fragen Sie doch.«

»Sie sagten vorhin, Ihr Mann sei ein aggressiver Mensch *geworden*. Wie haben Sie das gemeint?«

Susanne Jessen legte den Kopf zur Seite und sah aus dem Fenster.

»Als ich ihn kennengelernt habe, war er so anders als all die Männer, die ich davor gekannt hatte. Er hat mir Gedichte geschrieben und sich die verrücktesten Überraschungen einfallen lassen. Einmal sind wir samstagabends nach Venedig gefahren. Nur um auf dem Markusplatz zu frühstücken, eine Gondelfahrt zu machen und wieder aufzubrechen, damit wir am Montag pünktlich bei der Arbeit waren.« Sie redete, ohne den Blick vom Fenster zu nehmen. »Ein paar Jahre bevor Manu geboren wurde, passierte etwas, worüber ich nicht sprechen möchte. Verstehen Sie mich nicht falsch, Gerd hat nichts Böses getan, aber von da an war er wie ausgewechselt. Er begann zu trinken. Immer mehr. Immer öfter. Ich hatte die ganze Zeit gehofft, es würde eines Tages wieder so sein wie früher.«

Sie begann zu schluchzen. Alexander Giebel reichte ihr ein Taschentuch.

»Ich glaube, jetzt ist es genug. Sie müssen sich ausruhen.« Susanne Jessen nickte.

Sie verabschiedeten sich. Nachdem sie den Raum beinahe verlassen hatten, begann Susanne Jessen erneut zu weinen.

»Bitte finden Sie meine Tochter.«

Kepplinger drehte sich um und sah ihr in die Augen. »Ich verspreche Ihnen, dass wir alles dafür tun werden.«

Später dachte er oft an diesen Satz. Dabei hatte er immer das Bild von Monet vor Augen, der nach den beiden Staroperationen sein Augenlicht zurückerlangt hatte und wieder malen konnte.

Auf der Dienststelle überreicht ihm Franziska ein Fax der Stuttgarter Kriminalpolizei. Wie erwartet hatte das Gericht Untersuchungshaft angeordnet. Lars Kaufmann war in die Justizvollzugsanstalt Stammheim überführt worden und lag dort in der Krankenabteilung. Die Schussverletzungen am Oberschenkel hatten sich als unkompliziert erwiesen, und die Ärzte hatten einer Vernehmung am nächsten Tag zugestimmt. Dem Schreiben nach schwieg er bislang zu allen Vorwürfen und hatte zwei namhafte Rechtsanwälte mit seiner Verteidigung beauftragt.

Lea und Moritz sollten am nächsten Tag zu einer Zeugenvernehmung erscheinen. Außerdem baten die Kollegen darum, den Vorfall bis zum Abschluss der Spurenauswertung nicht an die Presse weiterzugeben. Moritz reichte Lea das Schreiben, griff nach einer Tasse und drückte auf den Knopf der Kaffeemaschine. Er musste gähnen. Die Müdigkeit breitete sich in seinem Körper aus wie ein Gift. Außerdem hatte er Hunger. So wenig wie in den vergangenen drei Tagen hatte er lange nicht gegessen.

Er ging auf die Toilette und betrachtete sich im Spiegel. Dann ließ er kaltes Wasser über sein Gesicht laufen. Er hoffte, dass man ihm die Strapazen nicht anmerkte. Mit dem Kaffee machte er sich auf den Weg ins Besprechungszimmer. Dort erkundigte er sich nach den restlichen Telefonlisten.

Die Kollegen hatten am Nachmittag keine weiteren Auffälligkeiten festgestellt. Die Rufnummer, mit der Lars Kaufmann telefoniert hatte, gehörte einem Anschlussinhaber in Leipzig. Die zuständige Polizeidienststelle war informiert. Der Mann würde im Laufe des Tages vernommen werden. Anschließend wurde eine Besprechung einberufen. Kepplinger hielt es für angebracht, das gesamte Kollegium auf den aktuellen Stand zu bringen. Nachdem alle Platz genommen hatten, richteten sich die Blicke auf ihn. Brandstätter saß teilnahmslos auf seinem

Stuhl. Kepplinger war unsicher. Als Neuling die Sonderkommission zu leiten, fiel ihm immer noch schwer. Doch schließlich berichtete er von seiner Begegnung mit Susanne Jessen und welchen Wert er ihrer Aussage zurechnete. Anschließend sah er sich genötigt, ein Zugeständnis zu machen. »Ich habe mich in Gerd Jessen getäuscht. Nach unserem ersten Gespräch war ich der Überzeugung, dass er nichts mit dem Verschwinden seiner Tochter zu tun hat. Jetzt weiß ich, dass er ein Mann mit vielen Gesichtern ist. Mir gegenüber hat er geschworen, er habe Manuela nie Gewalt angetan. Seine Exfrau konnte uns glaubhaft vom Gegenteil überzeugen. Also lügt er. Ich weiß nicht, ob er es tut, um sich zu entlasten oder nur, um einen letzten Rest von Würde zu bewahren. Aber wir wissen, dass er trinkt und im Suff gewalttätig wird, unbeherrscht auf andere einprügelt und Autos zerkratzt.«

Im Raum war es still geworden. Wolfgang Herder räusperte sich.

»Soll das heißen, dass du ihn jetzt für den Täter hältst?«

»Das habe ich nicht gesagt. Aber er ist nicht der, für den ich ihn gehalten habe. Er könnte der Täter sein. Genauso gut könnte er nicht der Täter sein. Aber er ist unberechenbar. Deshalb sollten wir ihn im Auge behalten.«

»Wie wäre es, wenn wir seiner Freundin erneut einen Besuch abstatten?«, erkundigte sich Markus Ackermann. »Bisher haben wir nur die Aussagen seiner Kegelfreunde, und wir wissen nicht, ob sie sich abgesprochen haben.«

»Das halte ich für eine gute Idee«, sagte Kepplinger. »Wobei ich nicht glaube, dass es eine Absprache gab. Jessen war in den Bergen, und zwar ohne seine Tochter. Unklar ist nach wie vor, wo er sich am Freitagmittag vor der Abreise aufgehalten hat. Darum kümmere ich mich als Nächstes. Wir müssen ihn im Auge behalten, dürfen uns aber auch noch nicht zu sehr auf ihn fokussieren. Noch sollten wir für alle Möglichkeiten offen sein.«

»Lars Kaufmann?«, sagte Salvatore.

»Zum Beispiel. Oder einen unbekannten Dritten, von dem wir bisher nichts wissen.«

Lea betrat den Raum und verteilte Kopien der Faxnachricht.

Es entbrannte eine hitzige Diskussion darüber, warum Lars Kaufmann in dem Fall mit dem siebenjährigen Mädchen lediglich eine Bewährungsstrafe erhalten hatte.

»So einer hat in unserer Gesellschaft nichts verloren«, brummte Wolfgang Herder. Brandstätter pflichtete ihm bei. »Sieht man ja jetzt, wozu der fähig ist.«

Moritz Kepplinger ärgerte sich darüber, wie das Thema abzudriften drohte und lenkte die Debatte wieder auf die wesentliche Frage zurück.

»Entscheidend ist doch im Moment, ob Kaufmann etwas mit dem Verschwinden von Manuela Jessen zu tun hat«, sagte er energisch. »Darüber sollten wir sprechen.«

Die Diskussion brach augenblicklich ab.

»Accidenti! Kaufmann ist die einzige heiße Spur, die wir bislang haben«, sagte Salvatore.

Wieder trat eine betretene Stille ein.

»Ich hab auch noch was.« Christian Schwarz, dessen rechte Wange immer noch so geschwollen war, als hätte ein ganzer Bienenschwarm hineingestochen, legte eine Plastiktüte in die Tischmitte. Darin befand sich ein Gegenstand, der wie ein verkohltes Steak aussah. Die Kollegen sahen ihn fragend an.

»Das hat heute Morgen ein Bauer vorbeigebracht und eine seltsame Geschichte dazu erzählt«, sagte er sichtlich bemüht, die Lippen wegen der Zahnschmerzen nicht allzu weit zu öffnen.

»Hat es etwas mit unserem Fall zu tun?«, erkundigte sich Markus Ackermann.

»Ich weiß es nicht. Der Mann hat eine Landwirtschaft in einem der Seitentäler von Geislingen. Er heißt Karl Herrmann

Molnar. Er sagte, er hätte eine Scheune verpachtet an einen gewissen Erich Sander.« Christian Schwarz blätterte in seinem Notizbuch. »Sander wohnt in Geislingen und handelt mit Industriekaffeemaschinen. Molnar sagte, Sander würde sich in letzter Zeit verdächtig verhalten.«

»Inwiefern?«, wollte Kepplinger wissen.

»Er würde seit ein paar Wochen beinahe jeden Tag in der Scheune aufkreuzen und sich darin zu schaffen machen. Das hätte er zuvor nie getan.«

»Was tut dieser Sander denn dort?«, fragte Salvatore Falcone.

»Er weiß es nicht. Molnar sagt, dass er sich Anfang der Woche einmal umgesehen habe. Er hatte sich deswegen gewundert, weil in der Scheune nichts sei. Gar nichts.«

»Für mich klingt das nicht besonders verdächtig«, sagte Wolfgang Herder verächtlich. »Was hat es mit dem verkohlten Teil auf sich?«

»Jetzt wartet doch und lasst mich ausreden. Letzte Nacht hat Molnar beobachtet, wie Sander gegen zwei plötzlich vor der Scheune auftauchte, etwas mit Benzin übergoss und anzündete. Dabei habe er wie ein Verrückter geschrien. Heute Morgen dann hat er diesen Gegenstand gefunden.«

Kepplinger griff nach der Tüte und musterte den Inhalt. »Was soll das sein?«

»Molnars Frau glaubt, es könnte etwas mit dem vermissten Kind zu tun haben, deswegen hat sie ihn hergeschickt.«

»Hast du diesen Sander überprüft?«

»Ja! Er ist ein unbeschriebenes Blatt. Aber ich muss hinzufügen, dass Molnars Frau offenbar immer wieder bei der Polizei anruft und sich über irgendjemanden beschwert oder verdächtige Vorgänge beobachtet haben will. Das habe ich vom Leiter des Streifendienstes erfahren.«

Kepplinger blickte in die Runde.

»Was haltet ihr von dieser Geschichte?«

»Manche Leute hören das Gras wachsen«, sagte Wolfgang Herder. »Das ist doch Mist!«

Die Mehrheit der Kollegen pflichtete ihm bei. Kepplinger war unschlüssig. Mittlerweile gab es Dutzende solcher Hinweise, und sie konnten unmöglich allen nachgehen. Trotzdem fand er die Beobachtungen des Bauern sehr ungewöhnlich. »Wir geben den Gegenstand ins Labor. Wenn wir Zeit haben, nehmen wir uns diesen Sander und seine Scheune vor«, entschied Kepplinger. »Möchte noch jemand etwas sagen?«

Lea meldete sich zu Wort und gab zu bedenken, dass Kaufmann das vermisste Kind an einem unbekannten Ort versteckt halten könnte und es nach dessen Verhaftung auf sich alleine gestellt war. Sie nannte drei vergleichbare Fälle von Kindesentführungen der vergangenen zehn Jahre in Europa, in denen es so gewesen war.

»Das wäre eine Katastrophe«, seufzte Brandstätter und nestelte aufgeregt an seiner Krawatte. »Dazu noch bei dieser Hitze.«

Wolfgang Herder nickte zustimmend. Die anderen ignorierten die Bemerkungen ihres Vorgesetzten. Salvatore bot sich an, sämtliche Fälle in Deutschland und dem angrenzenden Ausland zu überprüfen. Möglicherweise gab es Parallelen in der Vorgehensweise.

»Auf jeden Fall sollten wir die Kollegen in Stuttgart nochmal für unseren Fall sensibilisieren. Sie müssen in ihren Vernehmungen unbedingt herausfinden, ob Kaufmann für *unseren* Fall in Frage kommt«, sagte Kepplinger.

»Vielleicht solltest du dabei sein«, schlug Markus Ackermann vor.

Es stimmte, Kaufmann war im Moment ihre einzige brauchbare Spur, und die Kollegen waren mit dem Fall nicht vertraut. Es könnte leicht passieren, dass ein entscheidender Hinweis verloren ging. Kepplinger entschied, am nächsten Morgen nach Stuttgart zu fahren, um der Vernehmung von Lars Kaufmann beizuwohnen. Damit war die Besprechung zu Ende.

Als er sich gegen halb neun auf den Nachhauseweg machte, war er so hungrig, dass er an einer Frittenbude hielt und sich zwei Hamburger und Pommes bestellte. Dazu trank er eine eiskalte Cola. Danach war ihm beinahe schlecht, weil er so hastig gegessen und getrunken hatte. In der Wohnung angekommen, sehnte er sich nach Schlaf. Er beschloss, gleich ins Bett zu gehen, obwohl es draußen noch taghell war. Im Badezimmer betrachtete er sein Gesicht im Spiegel. Es hatte wenig Ähnlichkeit mit dem, das er kannte, und er gewann den Eindruck, während der letzten Tage um Jahre gealtert zu sein.

Er stellte den Wecker und drehte sich auf die Seite. Zuerst wusste er nicht, woher das Geräusch kam. Erst nachdem er sich die Decke über den Kopf gezogen hatte, bemerkte er, dass der Piepton von seinem rechten Ohr ausging. Die hohe Frequenz erinnerte ihn an einen Hörtest. Vermutlich waren die Schüsse in Kaufmanns Haus die Ursache. Die Erinnerung an die Situation und die Vorstellung, dass das Ganze nur mit viel Glück so harmlos für ihn ausgegangen war, ließen ihn nicht zur Ruhe kommen. Unruhig wälzte er sich im Bett hin und her. Dabei kamen ihm die Albträume in den Sinn, die ihn während seiner sechsmonatigen Ausbildungszeit beim SEK regelmäßig geplagt hatten.

*Sie hatten Spaghetti gekocht. In der Praxis gab es eine Küchenzeile und einen kleinen Esstisch.*

*»Mittags koche ich mir immer eine Kleinigkeit.«*

*Sie aßen schweigend.*

*Nach dem Essen fragte sie, ob er noch dableiben wollte, sie hätte bis vier Uhr Zeit.*

*»Wenn es für Sie in Ordnung ist?«*

*»Sonst hätte ich nicht gefragt.«*

*Sie setzten sich wieder in ihr Büro, und er wagte einen erneuten Versuch, über seine Ängste zu sprechen.*

*»In dieser Zeit habe ich jede Nacht vom Turm des Müllheizkraftwerks geträumt. Wir sollten ihn am Ende der Ausbildung besteigen. Einhundert Meter hoch. Ungesichert. Im Traum rutsche ich auf einer der eingemauerten Eisenklammern aus, die als Trittstufen dienen, und falle in die Tiefe. Eines Morgens war es dann so weit. Ich hatte wahnsinnig Respekt. Mit jedem Meter, den ich nach oben stieg, verpuffte die Angst, und als ich oben war, habe ich mich frei gefühlt. Ohne jeden Zweifel. Es war so, als ob ich mich selbst besiegt hätte und mich nichts mehr aufhalten könnte.«*

*»Aber so war es doch, Moritz. Sie haben Ihren Traum realisiert. Darauf können Sie stolz sein.«*

*»Damals dachte ich dasselbe. Und … ja … ich war stolz auf mich. Sechs Jahre lang.«*

*»Möchten Sie darüber sprechen?«*

*»Nein.«*

Je mehr er sich danach sehnte, endlich einschlafen zu können, umso lauter wurde das Geräusch in seinem Ohr. Schließlich gesellte sich ein dumpfer Kopfschmerz hinzu. Gegen dreiundzwanzig Uhr hielt er es nicht mehr aus. Er schlüpfte in seine Laufklamotten und rannte kreuz und quer durch die Stadt. Die Straßen waren um diese Zeit wie leergefegt. Als er an einer Reihe von Bäumen in einem Park entlanglief, hörte er plötzlich ein Geräusch. Als Kepplinger sich umdrehte, sah er einen Hund auf sich zurennen. Er blieb keuchend stehen und versuchte, Ruhe zu bewahren. Der Setter sprang an ihm hoch und bellte wie verrückt. Er kam ihm so nahe, dass er den strengen Atem des Tiers roch und ihm erneut übel wurde. In dem Moment erklang die scharfe Stimme eines Mannes, der aus dem Schatten eines Gebüsches trat. Der Rüde gehorchte augenblicklich und rannte aufgeregt zu seinem Herrchen. Kepplinger schlug das Herz bis zum Hals. Die Schussverletzung an seinem Arm begann schmerzhaft zu pochen.

»Sorry«, rief ihm der Hundebesitzer von Weitem zu.

Zu mehr als einem gemurmelten »schon gut« war ihm nicht zumute. An einem anderen Abend hätte er dem Mann erklärt, wie man sich fühlte, wenn einem ein ausgewachsener Hund gegen die Brust sprang. Doch heute setzte er, ohne sich noch einmal umzudrehen, seinen Nachtlauf fort.

Eine Stunde später lag er frisch geduscht im Bett und drehte sich erneut von einer Seite auf die andere, bis er endlich in einen unruhigen, traumlosen Schlaf fiel.

# DONNERSTAG
25. Juli 2013

Am nächsten Morgen fand Kepplinger den Bericht von Salvatore auf seinem Schreibtisch. Sein Kollege hatte ausführlich recherchiert und vergleichbare Kindesentführungen kurz zusammengefasst.

In keinem einzigen Fall gab es Parallelen zum Verschwinden von Manuela Jessen, die ihnen weiterhelfen konnten. Er legte die Akte zur Seite und holte sich einen Kaffee.

Während die Maschine vorheizte, dachte er wieder an seine Theorie. Manuela musste zu jemandem in den Wagen gestiegen sein, davon war er überzeugt. Aber wieso hatte das niemand bemerkt? Und was war danach passiert?

Kepplinger drückte auf den Bedienknopf des Automaten.

Was, wenn seine Annahme falsch war, und es sich um eine Zufallstat handelte? Den »Worst Case« aller Ermittlungen bei einem Kapitalverbrechen.

Hatte Gerd Jessen doch etwas mit dem Verschwinden seiner Tochter zu tun? Lea Thomann betrachtete den Vater wesentlich kritischer als er. Allerdings hatte auch sie zwischenzeitlich eher Lars Kaufmann in Verdacht gehabt. Im Flur hörte er, wie jemand ein Büro aufschloss. Anhand der Lautstärke, mit der die Tür zugeschlagen wurde, nahm er an, dass es sich um seinen Chef handelte. Kepplinger ging zurück ins Büro. Hoffentlich kam Brandstätter nicht auf die Idee, ihm einen Besuch abzustatten. Es blieb ruhig, und er nippte an seiner Tasse. Der Kaffee war lauwarm geworden. Trotzdem trank er ihn leer.

Ihm wurde immer klarer, dass er sich entgegen der Tendenzen im Kollegenkreis nicht festlegen wollte. Sie mussten weiterhin in alle Richtungen ermitteln. Es gab keinen einzigen konkreten Hinweis. Jessen war ein gewalttätiger Mann. War er auch ein Mörder, oder verschwieg er etwas?

Kaufmann war ein Schwein. Einmal hatte er ein Mädchen für zwei Stunden in seiner Gewalt gehabt. Reichte ihm das nicht mehr? Kepplinger rätselte, ob es bei Pädophilen eine Analogie zu Serientätern gab, die in immer kürzeren Abständen zuschlugen, eine Art Steigerung suchten. Vielleicht genügten Kaufmann keine zwei Stunden mehr, um seine Fantasien zu befriedigen.

Gegen Susanne Jessen ergaben sich keinerlei Verdachtsmomente. Sie schien völlig ahnungslos.

Wer kam sonst noch in Betracht? Mittlerweile hatten sie sämtliche Bezugspersonen ohne einen brauchbaren Hinweis befragt. Manuelas Oma litt an Alzheimer und verbrachte ihren Lebensabend in einem Feierabendheim. In ihrer E-Mail teilten die Hamburger Kollegen mit, dass sie sich in der Befragung nicht an ihr Enkelkind erinnerte.

Es war zum Verrücktwerden. Sie hatten mit einer einzigen Ausnahme nichts in der Hand. Und diese Ausnahme hieß Lars Kaufmann.

Im Augenblick kam nur er in Betracht, da er sich im relevanten Zeitraum in Süßen aufgehalten und möglicherweise ein Motiv hatte. Wenn er in den Fall verwickelt war, würden die Stuttgarter Kollegen das sicher bald herausgefunden haben. Der VW-Bus war in der Spurensicherung. Das Wohnhaus von Kaufmann wurde von oben bis unten durchsucht. Sollte er etwas mit dem Fall zu tun haben, würde es eine Menge brauchbarer Spuren geben, die mit der DNA von Manuela verglichen werden konnten. Kaufmann würde keine Chance haben. *Wenn.*

In ihm brodelte eine Mischung aus Ungeduld und Wut. Oder war es Hilflosigkeit? Seit dem Verschwinden von Manuela war beinahe eine Woche vergangen, und die bisherigen Erkenntnisse waren mehr als dürftig. Aufgrund der Zeitspanne mussten sie von einem Verbrechen ausgehen. Aber von welchem? Und wenn es ein Tötungsdelikt war, warum gab es dann keine Leiche? Keinen Spaziergänger oder Bauarbeiter, der die Tote irgendwo fand?

Moritz hatte das Gefühl, langsam aber sicher die Nerven zu verlieren. Es gab Tausende von Fragen, die ihm durch den Kopf gingen, aber nicht eine einzige Antwort. Oder hatte er etwas übersehen?

*Man sieht nur, was man weiß.*

Er griff nach der Ermittlungsakte und las zum wiederholten Mal jedes Detail. Manchmal machte er eine Notiz am Rand oder unterstrich eine Aussage, die ihm bislang nicht aufgefallen war, um später ihre Bedeutung im Zusammenhang zu hinterfragen. Nach einer Stunde war er fertig und lehnte sich erschöpft zurück. Er hatte den Eindruck, ein Stück weitergekommen zu sein, obwohl er nichts wirklich Neues in der Hand hatte. Aber er verfügte jetzt über ein klareres Bild. Sein Gespür sagte ihm, dass sie einen Großteil möglicher Szenarien ausschließen konnten.

Dennoch, irgendetwas übersah er, das spürte er. Aber sosehr er sich bemühte, es fiel ihm nicht ein. Es war, als ob er eine Melodie im Kopf hatte und krampfhaft versuchte, sich an den Namen des Interpreten oder des Titels zu erinnern.

Irgendwann wird es mir einfallen, dachte er. Hoffentlich nicht dann, wenn es zu spät ist.

Überall stand verschmutztes Geschirr. Auf einem Pappkarton lag ein Rest Pizza. Der Belag war bereits mit grünlichem Schimmel überzogen. Aus dem Mülleimer drang der beißende Geruch einer halbleeren Fischkonserve. Die Küche war nicht sein Revier. Das war die Arbeit seiner Lebensgefährtin gewesen. Der Teufel soll sie holen, fluchte er, angesichts des Drecks. Davon abgesehen war er froh, dass sie ihn verlassen und sich seitdem nicht mehr gemeldet hatte. Am Morgen hatte er überlegt, ob er eine Putzhilfe einstellen sollte. Jetzt verwarf er den Gedanken wieder. Er wollte keine Frau mehr im Haus haben. Nachdem er keine saubere Tasse fand, beschloss er, in dem Bistro um die Ecke zu frühstücken.

Dort entschied er sich für ein Wurstbrötchen und Kaffee. In einem Wandregal steckten Zeitungen und Magazine. Er griff nach dem Stadtanzeiger, während die Bedienung seine Bestellung brachte. Der Kaffee war so heiß, dass er sich die Zunge verbrannte. Er stieß einen lauten Fluch aus. Das Mädchen kam erschrocken zu seinem Tisch gerannt. Er entschuldigte sich und bat um ein Glas kaltes Wasser. Als er den Lokalteil aufschlug und sein Blick auf die Überschrift des Leitartikels fiel, stieß er vor Schreck das Wasserglas vom Tisch. Wie gebannt starrte er auf das Foto, das fast die halbe Seite einnahm. Das Kind sah ihm direkt in die Augen. Er rannte, ohne zu bezahlen, aus dem Lokal, die Zeitung noch immer in seiner geballten Faust. Das Mädchen starrte ihm fassungslos hinterher. Sie war unschlüssig, ob sie ihren Chef oder die Polizei über den Vorfall informieren sollte. Doch dann legte sie das Brötchen zurück in die Auslage, leerte den Kaffee in den Ausguss und machte sich auf die Suche nach einer Kehrschaufel.

Wie an jedem Werktag drängte sich eine zähfließende, kilometerlange Blechlawine auf der Bundesstraße zehn in Richtung Stuttgart. Moritz Kepplinger trommelte nervös mit den Fingern auf das Lenkrad, Lea und er würden viel zu spät zu dem vereinbarten Treffen in der Justizvollzugsanstalt in Stammheim kommen.

»Wir hätten den Zug nehmen sollen«, brummte er missmutig.

»Oder den kleinen Umweg über die Autobahn in Kauf nehmen«, wiederholte Lea ihren Vorschlag.

»Kann schon sein.«

»Hey, schlecht gelaunt heute?«

»Eigentlich nicht. Heute Morgen hatte ich das Gefühl, in dem Fall etwas klarer zu sehen.«

»Inwiefern?«

Er erzählte ihr von den Gedanken, die er sich zu den laufenden Ermittlungen gemacht hatte.

»Das würde aber bedeuten, dass wir von vorne beginnen können, wenn Kaufmann als Tatverdächtiger ausscheidet.«

»Nicht ganz«, erwiderte er. »Vielleicht können wir aufgrund der Fakten ein Täterprofil erstellen lassen. Möglicherweise haben wir bislang einen entsprechenden Personenkreis außer Acht gelassen.«

»Damit habe ich keine Erfahrung. Ich bin trotzdem der Meinung, dass wir bei Gerd Jessen tiefer nachforschen sollten.«

»Vielleicht hast du recht. Schaden kann es nicht. Ich traue ihm jedenfalls keinen Mord zu, wenn du darauf anspielst. Schon gar nicht etwas von langer Hand Geplantes, falls wir es damit zu tun hätten. Dafür ist er mir zu einfach strukturiert.«

Im Radio lief Greenday.

*Summer has come and passed. The innocent can never last, wake me up when September ends.*

Er drehte den Lautstärkeregler ein paar Millimeter nach rechts.

»Dass er ab und an gewalttätig wird, passt für mich dazu.«

»Oder völlig sinnlos Autos zerkratzt«, sagte sie mit einem provokanten Unterton.

»Das halte ich für eine Verzweiflungstat. Er war an dem Abend betrunken. Ich weiß nicht, wie es sich anfühlt, wenn man erfährt, dass die eigene Tochter seit Tagen als vermisst gilt und es keinerlei Hinweise oder Lebenszeichen von ihr gibt.«

»Ich würde mich selbst auf die Suche machen. Und zwar mit allen Mitteln, die mir zur Verfügung stünden«, sagte Lea entschlossen.

»Ich auch, aber er scheint zu denken, Probleme mit Gewalt lösen zu können. Möglicherweise hat er aus seiner Sicht auch hin und wieder Erfolg damit. Oder seine Ausraster sind reine Hilflosigkeit.«

Lea blickte nachdenklich aus dem Seitenfenster. Wenige Meter neben der Straße erstreckte sich die braun-gelbe Wasseroberfläche des Neckar. Am gegenüberliegenden Ufer hielt jemand eine Angel in den gemächlich dahinkriechenden Fluss. Sie erinnerte sich an die Auseinandersetzung mit ihrem Exfreund. Wie sie verzweifelt um sich geschlagen und ihn dabei schwer verletzt hatte. Die Erinnerung erzeugte einen bitteren Geschmack auf ihrer Zunge.

»Kann gut sein«, sagte sie leise.

Lea war kurz davor, die Geschichte zu erzählen. Sie blickte schweigend einem Kohlefrachter hinterher, der langsam in die entgegengesetzte Richtung tuckerte, und suchte vergeblich nach einem passenden Einstieg.

Vierzig Minuten später sahen sie von Weitem die drei Gebäudekomplexe der Vollzugsanstalt.

Er fuhr wie ein wahnsinniger, mahnte sich dann aber zur Ruhe und lenkte den Wagen auf den Parkplatz eines Möbelhauses. Als er den Artikel zum zweiten Mal aufschlug, wurde ihm klar, dass er sich erneut wie ein Idiot benommen hatte. Die Überschrift lautete: *Keine heiße Spur bei Suche nach vermisstem Kind.*

Im Bistro hatte er den Text nur überflogen und befürchtet, die Polizei wäre ihm auf die Schliche gekommen. Dem Bericht nach liefen die Fahndungsmaßnahmen zwar auf Hochtouren, wie der Leiter der Kriminalpolizei zitiert wurde, aber der entscheidende Hinweis sei bislang nicht eingegangen. Unter normalen Umständen hätte ihm diese Nachricht gelegen kommen müssen. Aber sein Plan war ein anderer. Wütend schleuderte er die Zeitung auf den Beifahrersitz. Als er den Wagen startete, kam ihm eine Idee. Er beschloss, in die Scheune zu fahren und in Ruhe darüber nachzudenken.

Die Vernehmung wirkte befremdlich. Sie verfolgten das Geschehen auf einem Monitor im angrenzenden Zimmer. Die Stimmen der Beteiligten wurden über einen Lautsprecher übertragen. Immer wieder wurde die Befragung von den Anwälten unterbrochen. Kepplinger zog seine Jacke aus. Er war froh, dass sie vor dem Verhör noch ausreichend Zeit gefunden hatten, mit den Kollegen über die gesamte Tragweite des Falls zu sprechen. Die Verteidiger waren eine Stunde zu spät gekommen.

Bislang war kein Wort über die vermisste Manuela Jessen gefallen. Kaufmann wollte unbedingt wissen, wie die Ermittler auf ihn gekommen waren. Seine Anwälte unterstützten ihn bei seiner Forderung.

»Unser Mandant hat ein Recht darauf zu erfahren, weshalb sein Wohnhaus durchsucht wurde.«

Die Kollegen machten einige Andeutungen und ließen ihn in dem Glauben, der Hinweis stamme von einem seiner Kunden, der regelmäßig Amphetamine bei ihm gekauft hatte.

Nach jeder Frage wiesen die Anwälte ihren Mandanten darauf hin, dass er sich nicht selbst belasten musste. Trotzdem gab er den einen oder anderen Verstoß zu. Kepplinger gewann den Eindruck, dass er mit dieser Taktik von anderen Straftaten ablenken wollte.

Als es um den Schusswaffengebrauch ging, unterlief Kaufmann ein großer Fehler. Offensichtlich und ohne sich mit seinen Anwälten abgesprochen zu haben, tischte er den Beamten eine Geschichte auf, nach der er in Notwehr gehandelt haben wollte.

»Ich dachte, das sei ein Überfall.«

Er gab an, ein paar Leuten Geld zu schulden. »Die fackeln nicht lange.«

»Wer sind diese Leute?«

Kaufmann schwieg. Einer der Kripobeamten klappte ein Laptop auf und konfrontierte ihn mit dem Einsatzvideo. Deutlich waren die Klingelgeräusche und die wiederholten Aufforderungen der Einsatzbeamten zu hören, mit denen Kaufmann auf das Betreten seines Hauses durch die Polizei vorbereitet wurde.

Kaufmann bestritt, diese Appelle gehört zu haben. Die Kollegen sagten, dass er damit vor Gericht keine Chance haben würde, und zeigten ihm die Konsequenzen seines Mordversuches in Kombination mit den anderen Straftaten auf, die ihm zweifelsfrei nachgewiesen werden konnten. Als der Begriff *lebenslänglich* fiel, schien Kaufmann für einen Augenblick den Boden unter den Füßen zu verlieren.

»Das muss nicht sein«, warf einer der Kollegen ein und klärte ihn über die gängigen Verfahrensweisen vor Gericht auf, wenn sich ein Angeklagter in vollem Umfang geständig zeigte.

»Darüber wollen wir alleine mit unserem Mandanten sprechen«, ließ einer der Anwälte verlauten.

Die Übertragung in das Nebenzimmer wurde unterbrochen. Die beiden Kollegen betraten den Raum.

»Läuft ganz gut«, sagte der ältere der beiden.

»Wir wollten ihn erst mal mit dem konfrontieren, was ihn mit dem bisherigen Mist erwartet, den er angestellt hat.«

»Ich habe den Eindruck, dass er einiges verschweigt«, sagte Kepplinger.

»Wir auch«, antwortete der Jüngere. »Aber gerade deshalb wird es jetzt spannend, wie er auf das Angebot reagiert.«

»Das verstehe ich nicht«, hakte Lea Thomann nach.

»Nun, Kaufmann vertreibt Kinderpornos, offensichtlich in großem Stil. Er handelt mit diversen Rauschmitteln und hat auf einen Polizisten geschossen. Wenn er jetzt alles zugibt, ist die Wahrscheinlichkeit groß, dass er von einem weiteren Verbrechen ablenken will ...«

Sie wurden durch ein lautes Klopfen gegen die Metalltür unterbrochen. Offenbar hatte Kaufmann einen Entschluss gefasst. Die beiden Kollegen standen auf und gingen in Richtung Tür.

»... Schweigt er, was ihm seine Anwälte bestimmt geraten haben, können wir davon ausgehen, dass er darauf hofft, bis zur Hauptverhandlung mit einer anderen Verteidigungsstrategie ein geringeres Strafmaß zu bekommen.«

»In jedem Fall konfrontieren wir ihn im passenden Moment mit dem Vorwurf der Kindesentführung«, sagte der ältere Kollege. Sie verließen den Raum, und die Übertragungsanlage wurde wieder eingeschaltet.

Kaufmann wirkte nervös. Er wolle sich nicht mehr zu den Vorwürfen äußern, erklärte er verhalten. Kepplinger bekam den Eindruck, dass er unsicher war, ob ihm dieses Recht zustand.

Beiläufig schob einer der Kriminalbeamten das Fahndungsfoto von Manuela über den Tisch. Kaufmann warf einen Blick darauf, und starrte anschließend abwechselnd auf seine Verteidiger, die beiden Kriminalbeamten und das Lichtbild. Die beiden Anwälte verstanden offensichtlich nicht, worum es jetzt ging. Plötzlich sprang Kaufmann auf und begann zu schreien.

»Ich wusste, dass ihr Scheißbullen deshalb gekommen seid. Aber damit habe ich nichts zu tun.«

Kaufmann trat wieder vor den Tisch und deutete abwehrend auf das Bild.

»*Das* könnt ihr mir nicht anhängen!«

Die Kriminalbeamten klärten die Anwälte auf. Sie hatten tatsächlich nicht die leiseste Ahnung von dem Vorwurf. Kepplinger beobachtete Kaufmann, der sich in die hinterste Ecke des Raumes verzogen hatte. Er hielt zitternd beide Hände vor den Körper und beteuerte seine Unschuld.

Der ältere Kriminalbeamte zog die Telefonprotokolle aus seinem Aktenkoffer und erklärte den Anwälten den Zusammenhang. Gespannt lauschte Kaufmann den Ausführungen, schließlich brach es aus ihm heraus.

»Verdammt. Es stimmt, dass ich in dem Kaff war und mit dem Typen telefoniert habe. Der wollte Filme kaufen. Sonst nichts. Das hat aber nichts mit diesem Kind zu tun. Ich kenne sie nicht mal. Den ganzen anderen Scheiß gebe ich zu. Aber mit dem Mädchen habe ich nichts zu tun.«

Kaufmanns Stimme überschlug sich bei seinen Ausführungen.

»Liefern Sie uns einen Beweis«, sagte der jüngere Kriminalbeamte eiskalt.

»Was soll ich denn beweisen?«, schrie ihn Kaufmann an. »Gott, ich war dort. Und ja, ich hab einem Kumpel in Süßen ein paar Pillen vercheckt. Dann hat der Typ angerufen und wollte sich nach den Filmen erkundigen. Was die kosten und so weiter. Aber das wissen Sie ja sowieso alles. Was zur Hölle soll ich denn noch sagen?«

Die Kriminalbeamten warteten ab, bis sich Kaufmann einigermaßen beruhigt hatte. Jetzt waren sie es, die einen Trumpf in den Händen hielten. Der Jüngere blätterte in einem Bericht der Spurensicherung.

»Erzählen Sie uns etwas darüber, was Sie bisher verschwiegen haben. Vielleicht etwas über die Versteckmöglichkeiten, die sie eingerichtet haben.«

Kaufmann kniff ungläubig die Augen zusammen. Er dachte krampfhaft nach. Auf seiner Stirn glänzte eine ganze Armee Schweißperlen. Das Ganze wirkte wie das Ende einer Pokerrunde. Kaufmann hatte sich verzockt und war gezwungen, seine Karten auf den zu Tisch legen.

Er erzählte von einem alten Gewölbekeller unter seinem Haus. Die Beamten vermittelten ihm den Eindruck, als ob sie nichts Neues hören würden. Er gab zu, dass er vorhatte, dort Fotografien und Filme in eigener Produktion herzustellen. Auf die Idee hätten ihn seine Kunden gebracht, die immer ausgefallenere Wünsche vorbrachten.

»Filme welcher Art?«, erkundigte sich der ältere Kriminalbeamte.

»Erotikfilme.«

»Mit Kindern?«

Kaufmann starrte auf den Boden. »Auch.«

»Wie wollten Sie die Kinder dazu bewegen, in Ihren Keller zu gehen und bei den Aufnahmen mitzumachen?«

»Keine Ahnung.«

»Vielleicht mit Gewalt oder indem Sie Ihnen Drogen verabreicht hätten?«

Kaufmann zögerte.

»Ja, vielleicht.«

Kepplinger wurde beinahe schlecht vom Zuhören.

»Haben Sie dieses Kind entführt?«

»Scheiße, nein. Das schwöre ich bei Gott. Ich kenne das Bild nur von der Vermisstenanzeige in der Zeitung.«

»Gehört Sie nicht zu dem Typ von Mädchen, die Ihre Kunden wünschen?«

»Das schon.«

»Und?«

»Was und? Mein Gott, die wollen …«

»Was?«

»Na, die wollen die Kinder nackt sehen. Das Aussehen spielt keine Rolle.«

Kepplinger war im Begriff, aufzustehen und den Raum zu

verlassen. Lea hielt ihn zurück. Während Kaufmann weitere Details schilderte, überkam ihn der blanke Hass. Mit einem Mal wünschte er sich, er hätte Kaufmann am gestrigen Morgen erschossen.

»Ich frage Sie zum letzten Mal, haben Sie dieses Mädchen in Ihrer Gewalt?«

»Nein.« Kaufmann war jetzt mit den Nerven völlig am Ende und schluchzte wie ein kleines Kind. »Nein, nein, nein!«

Nach einer kurzen Pause wurde das Verhör fortgesetzt. Kaufmann wirkte gebrochen. Auf die Fragen der Ermittler antwortete er nur noch mit wirren und zusammenhanglosen Phrasen. Die Anwälte drängten darauf, die Befragung zu beenden und vereinbarten einen weiteren Termin. Kaufmann wurde von zwei Justizangestellten abgeführt. Auf dem Flur drehte er sich noch einmal zu den Kriminalbeamten um.

»Wie geht es Ihrem Kollegen?«

»Das dürfen wir Ihnen nicht sagen.«

»Sagen Sie ihm, dass es mir leidtut.«

Kepplinger fuhr mit halsbrecherischer Geschwindigkeit durch die Stuttgarter Innenstadt. Im Grunde war es nicht nötig, dass er sich beeilte, da die Kollegen der zuständigen Kriminalpolizei längst verständigt waren. Aber er wollte unbedingt wissen, was es mit dem angeblichen Gewölbekeller auf sich hatte. Lea Thomann schien die Raserei nichts auszumachen. Aufmerksam presste sie den Hörer des Funkgeräts an ihr Ohr, um die Gespräche, trotz des schrillen Signals des Martinshorns, mithören zu können.

»Und?«

»Bisher nichts«, rief sie zurück.

Kepplinger nutzte seine Ortskenntnisse und vermied die Hauptverkehrsstraßen. Sie erreichten das Wohnhaus kurz nach dem Eintreffen der ersten Streife. Während er den Motor abstellte, bemerkte er das Zittern seiner rechten Hand. Lea sah, wie schwer es ihm fiel, den Zündschlüssel abzuziehen.

»Was ist mit dir?«

»Keine Ahnung, das hatte ich noch nie.«

Er versuchte, die Hand festzuhalten. Als er den Griff löste, begann das Zittern von Neuem. Seine Kollegin schaute ihn besorgt an.

»Das kommt bestimmt von dem Schusswechsel gestern. Ich glaube, mir hängt das ganz schön nach.«

»Das glaube ich gern. Möchtest du im Wagen bleiben?«

»Auf gar keinen Fall!«

Nach und nach trafen Hundeführer, Spurensicherung, zwei weitere Streifenwagen und etliche Fahrzeuge der örtlichen Kripo ein. Just, der die Wohnungsdurchsuchung am Vortag koordiniert hatte, begrüßte sie.

Es dauerte lange, bis sie die schwere Metalltür hinter einem Werkzeugschrank in der Remise fanden. Der Zugang zu dem Gewölbe erinnerte an einen Luftschutzbunker aus dem Zweiten Weltkrieg. Die Tür war mit dicken Vorhängeschlössern gesichert. Während sich zwei Techniker mit den Verschlüssen abmühten, entdeckte Kepplinger einen elektrischen Winkelschleifer in der Schublade einer Werkbank.

»Damit könnte es schneller gehen«, er reichte ihnen die Maschine. Binnen weniger Sekunden waren die Bügel durchtrennt. Eine schmale Treppe führte mehrere Meter in die Tiefe. Das fahle Licht des Schuppens beleuchtete lediglich einen Teil des Treppenschachtes. Ein Lichtschalter war nicht zu finden. Nachdem sie Taschenlampen aus den Fahrzeugen geholt hatten, drangen die Einsatzkräfte zu einer weiteren Metalltür vor. Wieder hingen kräftige Bügelschlösser davor. Die Prozedur wiederholte sich. Jetzt standen die Beamten in einem Gewölbekeller, der mit vielerlei technischen Geräten ausgestattet war. Neuwertige Computer und Monitore. Ein Kopiergerät, Farbdrucker, Fotoapparate und Videokameras. Eine Akkuladestation, daneben einige Tausend Blatt Papier. Am Ende des Raumes führte ein Durchgang in einen weitläufigen Flur. Links und rechts des Ganges befanden sich mehrere Zimmer und ein Aufenthaltsraum. Außerdem gab es eine Küche, ein Bad und zwei Vorratsräume, die mit allen erdenklichen Nahrungsmitteln gefüllt waren. Konservendosen und verschiedene vakuumverpackte Lebensmittel in Aluminiumbeuteln waren sorgfältig bis unter die Decke gestapelt. Kepplinger sah sich in den Schlafräumen um. Alle waren mit mehreren Doppelstockbetten ausgestattet. In den Schränken befanden sich unzählige Decken und Bettwäsche, die alt und muffig roch. Alles wirkte unbewohnt. Bei näherem Betrachten fiel auf, dass alle Räume vor Kurzem aufwendig renoviert worden waren. Wie es aussah, hatte Lars Kaufmann keine Kosten und Mühen gescheut, seinen teuflischen Plan in die Tat umzusetzen. Lea entdeckte ein weiteres Zimmer, in dem ein Doppelbett und mehrere Lampenschirme standen, wie man sie aus Fotostudios kannte.

»Hier sollten also die Filme gedreht werden«, sagte er angewidert.

»Nicht auszudenken, was hier passiert wäre«, erwiderte Lea.

In einem Raum, der wahrscheinlich als eine Art Büro dienen sollte, fanden die Ermittler ein Regal voller Ordner, in denen steckbriefartig Hunderte Mädchen und Jungen abgebildet waren. Teilweise mit Angaben über Schule und Wohnort. Sie blätterten die Ordner eilig durch. Einen Hinweis auf Manuela Jessen konnten sie nicht entdecken.

Anschließend machten sich die Fachleute der Spurensicherung an die Arbeit. Sie wurden aufgefordert, nach draußen zu gehen. Moritz war froh, diesen Ort verlassen zu dürfen. Lea wirkte ähnlich erleichtert. Vor dem Haus wechselten sie ein paar Worte mit Just und den beiden Kollegen, die sie bei der Vernehmung von Kaufmann kennengelernt hatten. Alle standen unter Schock von den Eindrücken in den Kellerräumen. Keiner hatte jemals zuvor etwas Vergleichbares gesehen. Die Vorstellung, was in diesen Räumen hätte passieren sollen, belastete auch die erfahrenen Kollegen. Kepplinger bemerkte eine Kollegin der Kripo, die zusammengekauert am Boden saß und keinen Hehl aus ihren Tränen machte. Als sich ihre Blicke trafen, wandte er sich rasch wieder seinen Gesprächspartnern zu.

Sie vereinbarten, die Zeugenvernehmung auf die kommende Woche zu verschieben.

»Das eilt nicht. Ihr habt selbst einen Riesenfall zu bearbeiten. Wenn ihr Zeit habt, könnt ihr ein kurzes Gedächtnisprotokoll schreiben«, sagte Just.

»Wir halten euch in jedem Fall auf dem Laufenden.«

Nachdem sie sich verabschiedet hatten, bat Moritz Lea, den Wagen zu fahren.

»Alles in Ordnung bei dir?«, erkundigte sie sich.

»Ja. Es ist nur wegen der Hand. Das macht mir ein wenig Sorgen.«

In Wahrheit litt er unter den Eindrücken, die er bei der Begehung des Gewölbekellers gewonnen hatte. Zum wiederholten Male hatte ihn sein Beruf mit einer Realität konfrontiert, die er einfach nicht begreifen konnte. Inmitten einer idyllisch anmutenden Wohnsiedlung und hinter der scheinbar bürgerlichen Fassade eines Einfamilienhauses hatte jemand einen Vorhof der Hölle errichtet. Einen Ort, an dem die menschenverachtendsten Verbrechen hätten stattfinden sollen, die man sich nur vorstellen konnte. Wie viele Keller dieser Art gab es noch auf der Welt? Wie viele Kinder wurden in diesem Augenblick missbraucht oder in einem vergleichbaren Verlies gefangen gehalten? Er würde diese Bilder nie wieder vergessen können. Und zugleich fürchtete er auch, dass ihn solche Erlebnisse krank machen würden. Auf Dauer konnte er so etwas nicht aushalten. Nachdenklich sah er aus dem Fenster.

*In der nächsten Sitzung sprachen sie über seine Einsätze beim SEK.*

*»Das hört sich alles so unglaublich an, Moritz. Hatten Sie nie Angst?«*

*»Im Einsatz nie. Wenn, dann dachten wir danach, dass es unter anderen Umständen hätte böse ausgehen können. Wissen Sie, man trainiert das ja alles, und jeder weiß, was er zu tun hat. Man lebt quasi vierundzwanzig Stunden zusammen in der Gruppe und kennt sich.«*

*»Sie meinen, dass Sie ein eingespieltes Team waren?«*

*»Definitiv. Und man entwickelt ein Gespür für Gefahren. Einmal hat jemand mit einer Pistole auf mich gezielt. Sie denken bestimmt, ich bin verrückt. Aber ich wusste, dass er nicht schießen würde.«*

*»Und dann?«*

*»Ich bin auf ihn zugegangen, habe mit ihm gesprochen, und er hat mir seine Waffe gegeben.«*

*Es machte ihm nichts aus, über solche Erlebnisse zu sprechen. Für ihn gab es ein Leben vor und eines nach dem Inferno. Über beide Zeiträume konnte er reden. Und er spürte, wann sie sich der Gefahrenzone näherten. Er hatte gelernt, sich zu schützen. Die Erinnerungen an den Höllentrip waren in einem Tresor eingesperrt. Verschlossen.*

*Er würde ihn nie wieder aufmachen.*

Das Klingeln seines Mobiltelefons riss ihn aus seiner Gedankenwelt. Er griff in die Innentasche seiner Jacke. Das Zittern der rechten Hand war stärker geworden. Rasch nahm er das Telefon in die linke.

»Ja?«

Am anderen Ende hörte er die aufgeregte Stimme von Franziska.

»Moritz, wo seid ihr?«

»Auf der Rückfahrt. Ist etwas passiert?«

»Ihr müsst so schnell wie möglich zurück zur Dienststelle kommen.«

»Was ist denn los?«

»Wir ...«, die Stimme der Sekretärin stockte, »... haben eine Kinderleiche gefunden.«

Die Nachricht traf ihn wie ein unerwarteter Fausthieb in die Magengrube. Seine schlimmsten Befürchtungen waren wahr geworden. Am liebsten wäre er aus dem fahrenden Wagen gesprungen und davongelaufen.

»Zehn Minuten«, stammelte er. »In zehn Minuten sind wir da.«

Lea wechselte ohne nachzufragen auf die Überholspur und drückte das Gaspedal durch.

Die Stimme von Franziska überschlug sich beinahe, als sie von den Vorfällen berichtete, die sich seit dem späten Vormittag auf der Dienststelle ereignet hatten. Erst nachdem Kepplinger sie darum bat, die Geschichte noch einmal und nur halb so schnell zu erzählen, verstanden sie, wie die Leiche entdeckt worden war.

Gegen elf hatte eine Mitarbeiterin der Poststelle einen großen Umschlag im Briefkasten der Polizeidirektion gefunden. Ohne Adresse und Absender. In dem Kuvert hatte sich der Ausschnitt einer Wanderkarte befunden, mit dem zunächst niemand etwas hatte anfangen können. Eine Stunde war vergangen, bis die Landkarte bei der zuständigen Kriminalinspektion angekommen war.

Der Kartenausschnitt zeigte ein Waldgebiet zwischen Süßen und Schlat. In der Nähe eines Wanderparkplatzes war mit Rotstift eine Stelle markiert.

»Ackermann und der Chef sind sofort aufgebrochen, um sich die Stelle anzusehen, konnten aber nichts Außergewöhnliches feststellen. Markus wollte die Sache nicht auf sich beruhen lassen und hat nach allen verfügbaren Hundeführern verlangt. Dreißig Minuten später hat dann eines der Tiere die Kinderleiche gefunden.«

Franziska führte die beiden zu einem Tisch, auf dem eine Kopie der Wanderkarte lag. Es war die gleiche, die Moritz bei den Vorbereitungen für die Hubschrauberaktion verwendet hatte.

»Das Original und der Umschlag sind bereits im Labor«, sagte sie. »Das gesamte Team und die Spurensicherung sind an der Fundstelle. Brandstätter lässt ausrichten, dass du unbedingt nachkommen sollst.«

»Weiß man, ob es sich bei der Leiche um ein Mädchen oder einen Jungen handelt?«

»Nein«, antwortete sie. »Die Leiche sieht angeblich nicht gut aus. Tierfraß, Madenbefall und deutliche Verwesungsspuren. Diese Hitze …«

Lea Thomann sah die beiden ungläubig an.

»Wenn es sich tatsächlich um Manuela handeln sollte und sie seit einer Woche dort liegt, wird nicht mehr viel von ihr übrig sein«, sagte Kepplinger.

»Das ist ja grauenhaft!«

Er bot ihr an, auf der Dienststelle zu bleiben. Sie lehnte entschieden ab. »Nein. Ich komme mit!«

Der Waldparkplatz war zugeparkt mit Polizeifahrzeugen. Ein Streifenbeamter kontrollierte die Zufahrt. Obwohl bereits Dutzende Kollegen vor Ort waren, herrschte eine gespenstische Stille. Die Bewegungen der Ermittler wirkten roboterhaft. Nur hin und wieder hörte man ein respektvolles Flüstern. Im Wald war es angenehm kühl. Schon von Weitem sah Kepplinger den Fundort, der mit Markierungsbändern weiträumig abgesperrt war. Mit demselben Band war ein Korridor gekennzeichnet, der bis auf wenige Meter an den Fundort heranführte. In unmittelbarer Nähe war eine weitere Absperrzone eingerichtet in der die Kollegen der Spurensicherung zugange waren. Unter dem hellen Tuch vermutete Moritz die Leiche. Brandstätter stand daneben und winkte ihn zu sich. Kepplinger zwängte sich in einen Schutzanzug und passierte die Absperrung. Brandstätter hob die Plane an. Der Anblick war furchtbar. Das Fleisch war größtenteils bis auf das Skelett abgenagt. Auf dem Boden unterhalb des Körpers wimmelte es von Maden. Der Geruch, der von der Leiche ausging, war unerträglich. Kepplinger unterdrückte krampfhaft einen aufkommenden Brechreiz.

Eine Hand war beinahe vollständig erhalten. Darauf krabbelten Tausende kleiner Fliegenpuppen. Kopf und Gesicht waren von Biss- und Fraßspuren entstellt. Die angetrockneten Hautreste ließen nicht mehr auf das ursprüngliche Aussehen der Person schließen. Waren das die Überreste von Manuela Jessen? Wie lange würde es dauern, bis die Rechtsmedizin die Identität festgestellt hatte?

»Nicht einmal das Geschlecht kann man mehr erkennen«, sagte er leise. Brandstätter nickte und deckte den Leichnam wieder zu. Sie gingen zurück hinter die Absperrung.

»Wir haben ein paar Kleiderreste gefunden«, erklärte Markus Ackermann, nachdem Kepplinger sich aus dem Schutzanzug gezwängt hatte. Sein T-Shirt war klatschnass.

»Vielleicht können wir die Eltern einen Blick auf die Kleiderfetzen werfen lassen.«

»Der Mutter möchte ich das nicht zumuten«, sagte Kepplinger. »Aber einen Versuch bei Gerd Jessen wäre es wert. Zumindest hätten wir dann einen Anhaltspunkt. Die Rechtsmedizin wird bestimmt ein paar Tage brauchen.«

»Schwarz und Schubart sind schon auf dem Weg zu ihrem Zahnarzt. So haben wir noch eine weitere Möglichkeit, die Leiche zu identifizieren.«

Er dachte an das seltsame Kuvert und die Wanderkarte.

»Was meinst du, wer hat diesen Umschlag bei uns abgegeben?«

»Darüber zerbreche ich mir den Kopf, seit wir ihn bekommen haben.« Markus Ackermann zuckte mit den Schultern. »Vielleicht der Täter selbst.«

Kepplinger dachte über die Vermutung seines Kollegen nach und beobachtete unterdessen Lea, die alleine am Rand der Absperrung stand und auf den Fundort starrte. Sie schien sich unwohl zu fühlen. Er gab ihr ein Handzeichen, aber sie bemerkte ihn nicht.

»Ziemlich selten, dass ein Täter selbst zur Aufklärung beiträgt«, sagte er schließlich. »Wann wurde der Umschlag eingeworfen?«

»Zwischen neun und elf. Tagsüber wird die Post alle zwei Stunden geleert.«

Kepplinger überlegte, welche Möglichkeiten in Betracht kamen. »Nehmen wir an, dass es sich um Manuela Jessen handelt und die Karte tatsächlich von ihrem Mörder stammt. Warum möchte er, dass wir die Leiche finden?«

»Um beispielsweise den Verdacht von sich abzulenken.«

Er verstand, worauf sein Kollege anspielte. »Du denkst an Lars Kaufmann?«

»Ja, daran dachte ich. Andererseits hatte er wohl kaum die Möglichkeit, einen Abstecher nach Göppingen zu machen.«

»Nein, aber jemand könnte in seinem Auftrag gehandelt haben«, warf Kepplinger ein.

»Das stimmt natürlich. Meinst du, er hatte für den Fall seiner Festnahme bereits die entsprechenden Vorbereitungen getroffen?«

»Ich würde es ihm zutrauen, nach dem, was ich heute Morgen alles erfahren habe. Aber das erzähle ich dir später. Lass uns jetzt damit weitermachen.«

Kepplinger kam noch eine andere Idee. »Was, wenn ein Unbeteiligter die Leiche gefunden hat, und nichts mit der Polizei zu tun haben will?«

»Daran dachten wir auch. Aber es gibt offenbar keine brauchbaren Spuren am Fundort. Wenn, dann müsste derjenige mit einem Fernglas unterwegs gewesen sein und die Leiche zufällig entdeckt haben.« Diese Theorie fanden beide abwegig.

»Es gibt einfach zu viele Möglichkeiten, die uns im Moment nicht weiter bringen.« Kepplinger schüttelte den Kopf. »Wir müssen viel tiefer graben als bisher.«

*Man sieht nur, was man weiß.*

»Was war dein erster Gedanke, als du den Leichnam entdeckt hast?«

Markus Ackermann überlegte lange, bevor er antwortete. »Ich weiß es nicht mehr genau. Auf der Hinfahrt dachte ich, jemand hat sich einen Scherz erlaubt, um zu sehen, ob wir dem Hinweis nachgehen. Wir wussten ja nicht, nach was wir suchen sollten, und haben den Leichnam nicht sofort gefunden. Ohne die Hunde hätten wir ihn niemals entdeckt. Als ich schließlich selbst an der Fundstelle war, dachte ich, dass es nicht richtig ist, wenn ein Mensch einfach so im Wald liegt und langsam verfault. Und dann noch ein Kind. Der Anblick war – wie soll ich sagen – vulgär. Ja, so würde ich das beschreiben. Und ich hatte eine Ahnung, dass der Täter vor Kurzem an derselben Stelle stand und etwas Ähnliches gedacht hat. Hört sich blöd an, ich weiß, aber vielleicht ist das der Grund, warum er wollte, dass wir die Leiche finden.«

Kepplinger versuchte sich einen Reim auf das Gesagte und seine eigenen Eindrücke am Fundort zu machen. Dass der Täter Mitleid empfand, glaubte er nicht. Es musste einen anderen Beweggrund für den Hinweis an die Polizei geben.

Die Zeiger der Wanduhr in Gerd Jessens Wohnzimmer rückten auf fünf Uhr am Nachmittag vor, als Moritz Kepplinger und Lea Thomann eintraten.

»Möchten Sie etwas trinken?«

Sie lehnten ab. Moritz berichtete von dem Leichenfund.

»Dann ist sie also tot?« Die Stimme des Vaters klang gleichgültig. Als ob er jeden Augenblick mit dieser Nachricht gerechnet hätte.

Kepplinger widersprach, obwohl er dasselbe dachte. »Das wissen wir nicht, Herr Jessen. Wir haben lediglich eine Kindsleiche in der Nähe von Süßen gefunden.«

»Weiß ihre Mutter davon?«

»Nein, wir haben noch nicht mit ihr gesprochen.«

»Und was wollen Sie von mir?«

»Wir haben ein paar Kleidungsstücke dabei, die wir Ihnen zeigen möchten. Vielleicht können Sie uns sagen, ob sie Ihrer Tochter gehören.«

Gerd Jessen griff nach einer Bierflasche. Unter dem Wohnzimmertisch stand eine halbleere Kiste. Kepplinger fiel auf, dass in der Wohnung der Geruch von abgestandenem Bier hing.

»Gut, zeigen Sie her.«

Lea Thomann legte die beiden zerrissenen Stoffreste auf den Tisch. Gerd Jessen setzte eine Lesebrille auf und betrachtete sie eingehend.

Anschließend lehnte er sich zurück und schüttelte den Kopf.

»Nein. Mit diesen Kleidern habe ich Manu nie gesehen. Sie gehören ihr nicht.«

»Können Sie es vollkommen ausschließen?«

Er machte eine abfällige Handbewegung. »Was weiß ich, was meine Exfrau ihr alles gekauft hat. Wenn Manuela bei mir war, hatte sie so etwas nie an.«

Moritz sah zu Lea. Er glaubte ihm und wollte wissen, ob sie dasselbe dachte. Sie verstand und nickte ihm unauffällig zu.

»Ist Ihnen sonst noch irgendetwas eingefallen, Herr Jessen?«, setzte er das Gespräch fort.

»Nein, nichts.«

»Würden Sie mir nochmals sagen, um wie viel Uhr Sie mit Ihren Kegelfreunden am vergangenen Freitag losgefahren sind?«

Jessen starrte ihn angriffslustig an.

»Wieso, verdächtigen Sie etwa mich?«

»Beantworten Sie einfach die Frage.«

»Beantworten Sie *meine* Frage. Ich will wissen, ob Sie mir jetzt die Schuld in die Schuhe schieben wollen?«

»Die Schuld an was?«

Er sprang vom Sessel auf.

»Verdammt noch mal, stellen Sie sich nicht so blöd an. Sie wissen genau, was ich meine.«

»Beruhigen Sie sich.«

»Ich muss nicht antworten.«

»Damit machen Sie sich verdächtig, das ist Ihnen hoffentlich klar.«

Jessen ließ sich in den Sessel zurückfallen und dachte nach.

»Ich möchte mit einem Anwalt sprechen, bevor ich mit Ihnen weiterrede.« Demonstrativ verschränkte er die Arme vor dem Körper.

»Das können Sie gerne.« Kepplinger bemühte sich, ruhig zu bleiben. »Aber im Moment befrage ich Sie als Zeugen, verstehen Sie? Wenn ich einen Verdacht gegen Sie hätte, würde ich Ihnen das rechtzeitig sagen.«

Wieder überlegte Jessen, bevor er antwortete.

»Gut. Wir haben uns um halb vier getroffen. Dann haben wir den Bus beladen und sind kurz vor vier losgefahren. In Geislingen haben wir getankt. Da gibt es sicherlich einen Beleg. Reicht Ihnen das?«

»Ja, wir werden das überprüfen. Wissen Sie, wann Ihre Tochter freitags Schulschluss hat?«

»Nein. Das heißt, nicht genau. Ich glaube um halb eins.«

Kepplinger blätterte in seinem Notizbuch. Der Unterricht endete um zwölf Uhr fünfunddreißig. Wenn seine Angaben richtig waren, hätte er drei Stunden Zeit gehabt. Sollte Jessen etwas mit dem Verschwinden zu tun haben, hatte er sich sicher bereits ein plausibles Alibi ausgedacht.

»Fällt Ihnen noch etwas ein, das uns weiterhelfen könnte?«

Die Antwort kam schnell. »Nein.« Jessen schüttelte den Kopf. »Wirklich nicht.«

»Hätte jemand einen Grund, Ihrer Tochter etwas anzutun?«

»Nein. Beim besten Willen nicht!«

Kepplinger überlegte, ob er von der Festnahme erzählen sollte.

Jessen entschuldigte sich auf die Toilette.

Die Zeit nutzte Moritz, um sich im Wohnzimmer umzusehen. Er bemerkte eine Glasvitrine, die mit Pokalen und Urkunden gefüllt war. Es handelte sich um Ehrungen für diverse Erfolge bei Kegelturnieren. Kepplinger trat näher heran. Der Schaukasten war gespickt mit Erinnerungsfotos. Auf einigen erkannte er Susanne Jessen. Die meisten der Aufnahmen stammten von Turnieren, Vereinsausflügen oder Weihnachtsfeiern. Auf einer der Abbildungen hielt Manuela stolz eine Kegelkugel in die Luft. Sie strahlte. Laut der Jahreszahl am Bildrand war das Foto zwei Jahre alt. Sollte das die Person sein, die er vor weniger als einer Stunde im Wald gesehen hatte?

Gerd Jessen kehrte in das Wohnzimmer zurück.

»Wie lange kegeln Sie schon?«

»Über dreißig Jahre«, antwortete Gerd Jessen desinteressiert.

»Aber Sie hatten eine Menge Erfolg?«

»Ach, das sind doch alles nur Staubfänger. Zu mehr als einer württembergischen Meisterschaft hat es nicht gereicht. Und einem Bahnrekord mit fünfhundertneun Holz, der seit zwei Jahrzehnten Bestand hat.«

Kepplinger nickte anerkennend, obwohl er vom Kegeln keine Ahnung hatte. Er warf einen letzten Blick auf die Fotografien.

»Eine Frage hätte ich noch. Sagt Ihnen der Name Lars Kaufmann etwas?«

Kepplinger sah Jessen prüfend in die Augen.

»Nein.« Jessens Verwunderung wirkte echt. »Sollte ich ihn kennen?«

»Diese Frage können nur Sie beantworten.«

»Ich höre den Namen zum ersten Mal. Wer soll das sein?«

Kepplinger ging nicht mehr auf die Frage ein und wandte sich zum Gehen. Lea folgte ihm zur Tür.

»Wir geben Ihnen Bescheid, sobald wir etwas herausgefunden haben.«

»Tun Sie das.«

Punkt halb sieben schloss Kepplinger die Tür seiner neuen Wohnung auf. Seit den Tapezierarbeiten am vergangen Samstag hatte sich nichts darin verändert. Die Räume wirkten kühl und leer. Ich brauche dringend einen freien Tag, dachte er. Dann fiel ihm die Abmachung ein, die er mit seiner Exfreundin getroffen hatte. Moritz stöhnte laut auf. Er beschloss, den Termin zu verschieben, und griff nach dem Telefon. Zuerst musste der Fall aufgeklärt werden, dachte er sich, während er ihre Nummer wählte.

»Was möchtest du?«

Am liebsten hätte er gleich wieder aufgelegt. Wie konnte sich ein Mensch nur so verändern. »Ich rufe bestimmt nicht ohne Grund an.«

Valerie hatte kein Verständnis für seine Bitte, die restlichen Umzugskartons erst in der kommenden Woche abzuholen.

»Bei dir gibt es immer irgendetwas«, hielt sie ihm vor.

»Verstehst du denn nicht, dass es um einen Mordfall geht?«, schrie er ins Telefon. Anschließend ließ er sich zu der provokanten Frage hinreißen, ob sie den Platz für ihren neuen Freund bräuchte. Prompt antwortete sie mit einem herausfordernden *Vielleicht*.

Wütend brach er das Gespräch ab und warf das Mobiltelefon in Richtung Couch. Das Gerät prallte von der Sitzfläche zurück und krachte auf den Boden.

»Verdammt!« Das Display hatte zwar einen Sprung bekommen, aber das Ding schien immer noch zu funktionieren. Im selben Moment klingelte es an der Wohnungstür. Hätte er sich nur nicht auf die Verabredung eingelassen. Er drückte auf den Türöffner. Wenige Augenblicke später betrat Lea im Laufdress den Flur. Sie sah großartig aus.

»Du siehst fit aus«, sagte er. Ein Teil seines Ärgers war bereits verflogen.

»Danke. Das kann man von dir nicht gerade behaupten.« Sie lachte. »Oder möchtest du in Jeans und deinem verschwitzten T-Shirt laufen gehen?«

»Sorry, ich habe gerade noch telefoniert.«

»Schon in Ordnung«, sagte sie. »War wohl kein so schönes Gespräch?«

»Nein, nicht wirklich. Meine Exfreundin.« Er erzählte ihr von dem Telefonat mit Valerie.

»Vielleicht solltest du nochmal mit ihr sprechen.«

»Wozu? Im Grunde kann sie ja tun und lassen, was sie will. Es liegt einfach daran, dass ich die Trennung nicht akzeptieren kann, solange ich den Grund nicht kenne.«

Sie fuhren in einen nahegelegenen Wald. Lea wollte Moritz ihre Lieblingsstrecke zeigen. Die abwechslungsreiche Runde führte kreuz und quer durch die Wälder unterhalb des Hohenstaufens.

Nach eineinhalb Stunden kamen sie erschöpft am Ausgangspunkt an. Lea war eine gute Läuferin. Ihr Trainingstempo war wenig langsamer als sein eigenes. Vor allem bei längeren Läufen wäre sie eine gute Trainingspartnerin, dachte er. Alleine rannte er meistens viel zu schnell.

»Das war klasse«, sagte er begeistert, nachdem sich sein Puls erholt hatte.

»Fand ich auch. Zu zweit macht das Laufen einfach mehr Spaß.«

»Also?« Er grinste sie an.

»Also was?«

»Gehst du mit nach Athen?«

Lea blickte verlegen auf den Boden.

»Nee du, ich lauf wirklich keinen Marathon. Das ist mir zu weit.«

Ihre Stimme war ernst geworden, und er war nicht sicher, was sie ihm wirklich sagen wollte.

Leas Reaktion beschäftigte ihn bis weit nach Mitternacht.

Er saß alleine in seiner Wohnung und starrte an die Wand. Es ist seltsam, dachte er. Wenn ich eine Frau kennenlerne, mit der ich mich gut verstehe, stelle ich mir regelmäßig vor, wie es wäre, mit ihr zusammen zu sein. Abgesehen von den wenigen Abenteuern, auf die er sich eingelassen hatte, konnte man seine Beziehungen an einer Hand abzählen. Warum konnte es nicht einmal zu einer normalen Freundschaft kommen?

Während seine Gedanken zwischen Valerie, Lea und den Ereignissen der vergangenen Tage hin und her wechselten, fiel er in einen unruhigen Schlaf.

# FREITAG
26. Juli 2013

Er war wieder durch die Nacht gelaufen. Plötzlich stand er vor dem Haus von Lars Kaufmann. Im Schlafzimmer brannte Licht, und die Fenster standen weit offen. Von Weitem hörte er Schüsse aus einem doppelläufigen Gewehr. Jemand lachte höhnisch. Ein Hund bellte. Aus dem Gebäudeinneren drangen Hilferufe an sein Ohr. Moritz wusste, dass er das Haus nicht alleine betreten sollte. Er bemerkte, dass die Haustür einen Spaltbreit offen stand. Im Schloss steckte ein Draht. Als er in den Flur trat, hörte er die Schreie schon deutlicher. Sie kamen aus den Bunkerräumen. Vorsichtig stieg er die Kellertreppen hinunter. Die schweren Metalltüren waren nicht versperrt. Er öffnete sie geräuschlos. Überall brannte Licht. Die Schreie wurden immer lauter. Unter dem Türspalt des Schlafzimmers gleißte grelles Licht hervor. Beim Versuch, einen Blick durch das Schlüsselloch zu erhaschen, wurde er von der Helligkeit der Scheinwerfer geblendet. Für einen Augenblick konnte er nichts mehr sehen. Dann ging er hinein. Der Anblick war grässlich. Am Boden lag der verweste Leichnam eines Kindes. Er wusste, dass es die gesuchte Manuela Jessen war. Plötzlich wurde ihm bewusst, dass der leblose Körper vor ihm immer noch vor Schmerz und Scham zu wimmern schien. Er bemerkte Kaufmann, der hinter einer Kamera stand und diese grauenhafte Szene filmte. Wütend ging er auf ihn zu und wollte ihn zu Boden reißen. Kaufmann brüllte, er solle verschwinden. Seine Anwälte hätten ihm all das erlaubt.

Verzweifelt suchte er nach einem Ausgang, um Verstärkung zu rufen. Dabei geriet er immer tiefer in das Labyrinth aus verzweigten Gängen und Räumen. Die Schreie der Kinder hallten durch die Korridore. Plötzlich stand er in einem Raum mit einer Kegelbahn. Schwarze Kugeln donnerten mit ohrenbetäubendem Lärm über den Parkettboden. Er hielt sich die Ohren zu. Ein Betrunkener kam auf ihn zu. Er erkannte Gerd Jessen, der ihm etwas zurief. *Fünfhundertneun Holz*, sagte er immer wieder. *Fünfhundertneun Holz.*

Erschrocken fuhr er auf und rieb sich die Augen. Es dauerte einige Zeit, bis ihm klar war, wo er sich befand. Es war vier Uhr zweiunddreißig. Er ging auf die Toilette, duschte und zog frische Kleider an. Anschließend wechselte er den verschwitzten Bettbezug und legte sich wieder hin. Doch er drehte sich nur unruhig von einer Seite auf die andere. Er erinnerte sich an sein Gefühl, dass es eine Wende in dem Fall geben würde. Seine Vorahnung hatte sich bestätigt. Aber er war sich nicht sicher, ob er die Anspannung noch lange aushalten würde. Der Traum war eine Warnung. Er durfte eine bestimmte Grenze nicht überschreiten. Er fühlte sich wie ein Behälter, der bald platzen würde. Irgendwann wird es einen Riss geben, und das Gefäß wird in tausend Stücke zerspringen, stellte er sich vor. Eines Tages stehe ich da und blicke auf einen Scherbenhaufen aus all dem, was im Laufe der Jahre in mir kaputt gegangen ist.

Gegen halb sechs riss ihn das Klingeln des Mobiltelefons aus seinem Halbschlaf. Auf dem Display stand *Nummer unterdrückt*. Verschlafen nahm er das Gespräch an.

»Mensch Kepplinger, haben Sie schon die Zeitung gelesen«, plärrte sein Inspektionsleiter in den Apparat.

»Äh … nein, wieso denn?«

»Die schreiben, dass wir einen Tatverdächtigen gefasst haben. Einen Perversen, der das Mädchen entführt haben soll, und so weiter.«

Kepplinger traute seinen Ohren nicht und war mit einem Mal hellwach.

»Wie? Wer schreibt das?«

»Dreimal dürfen Sie raten! Woher haben die denn die Info? Dachte, die Festnahme sei nicht pressefrei?«

»Ist sie auch nicht. Keine Ahnung, wer da geplaudert hat. Das ist auf jeden Fall nicht gut für unsere Ermittlungen.«

»Selbstverständlich nicht!«

Sie vereinbarten für acht Uhr eine Krisensitzung mit dem gesamten Ermittlerteam.

Kepplinger wollte sich zuvor mit den Kollegen aus Stuttgart in Verbindung setzen. Er glaubte nicht, dass jemand aus ihrer Mordkommission etwas ausgeplaudert hatte.

»Übrigens, Kepplinger. Ich hoffe, dass ich Sie nicht geweckt habe.«

»Nein, ich war schon wach«, log er und legte auf.

Er zog den Rollladen hoch. Am Horizont erblickte er grauweiße Wolkenbänder, die in mosaikartigen Schollen in den darüberliegenden blauen Himmel hineinragten. Wie diese Wolken sich wohl auf das Wetter auswirkten? Vielleicht würde es endlich wieder Regen geben.

Er dachte an das Szenario, das Lea beschrieben hatte. Die Vorstellung, dass es sich bei der Leiche nicht um Manuela handelte und das Mädchen irgendwo in einem Versteck auf sich alleine gestellt wäre, war grausam. Andererseits würde sie dann noch leben, dachte er.

Er stand auf und suchte in seinen Reisetaschen nach frischen Kleidern. Aus einer Hosentasche fiel das Bild von Valerie auf den Boden. Er hob es auf und erinnerte sich an das Gespräch mit ihr. Hatte sie wirklich einen neuen Freund? Die Vorstellung, dass jemand anderes seinen Platz eingenommen hatte, machte ihn rasend. Verbittert warf er das Foto in den Mülleimer.

Auf dem Weg zur Dienststelle besorgte er sich an einem Kiosk die Boulevardzeitung. Die reißerische Schlagzeile auf dem Titelblatt war nicht zu übersehen. Das Bild des Mädchens nahm die halbe Seite ein. Er kannte das Foto nicht und fragte sich, wer es der Redaktion zugespielt hatte. Daneben befand sich eine ältere Schwarz-Weiß-Aufnahme von Lars Kaufmann. Kepplinger überflog den Text. Nirgendwo stand, dass Kaufmann die Gesuchte entführt oder getötet hatte. Aber der Artikel war so verfasst, dass der Leser genau das denken musste.

»Idioten!« Die Verärgerung hielt an, bis er das Bürogebäude betrat.

Kurz nach sieben klopfte es an der Bürotür. Er befürchtete, es könne sein Chef sein. Stattdessen trat Franziska in den Raum und hielt ihm einen Bußgeldbescheid unter die Nase.

»Guten Morgen. Schönes Foto. Findest du nicht?«

Er erwiderte ihren Gruß und warf einen Blick auf das Schreiben. Kepplinger fand sich generell nicht fotogen, aber auf dem Bild der Überwachungskamera sah er wirklich vollkommen dämlich aus. Er blickte geistesabwesend, beinahe verwirrt. So, als ob er die Einrichtung zwar wahrgenommen hätte, aber in Gedanken kilometerweit vom Verkehrsgeschehen entfernt wäre.

Im Endeffekt war es so gewesen, dachte er, während er auf dem Schriftstück nach der Höhe des Bußgeldes suchte. Er erinnerte sich daran, dass er in diesem Moment an die Worte seines Dozenten gedacht hatte: *Man sieht nur, was man weiß.*

»Ich erledige das. Mach dir keinen Kopf deswegen«, sagte Franziska. »Ist nicht der erste Verkehrsverstoß unserer lieben Kollegen. Salvatore parkt oft im Halteverbot. Der Chef findet das nicht besonders witzig.«

»Kann ich mir vorstellen.«

»Salvatore sagt immer, dass er die Deutschen in der Hinsicht nie verstehen wird. In Italien könnte er sein Auto überall abstellen, ohne einen Strafzettel zu kassieren. Die würden nur Touristen bekommen.«

Franziska schmunzelte und fragte, ob er Kaffee wolle. Er nickte dankbar.

»Übrigens, Moritz, Salvatore fährt heute Morgen mit Ackermann zu einer Zeugin, die angeblich etwas ganz Wichtiges gesehen haben will. Die Dame rief gestern von einer Telefonzelle aus an, da ihr Festnetzanschluss vom Geheimdienst abgehört werde.«

Er zog die Augenbrauen nach oben und lehnte sich zurück.

»Prima. Dann erfahren wir ja nachher, wer der Täter ist.«

Franziska lachte, während sie hinausging. »Bestimmt.«

Moritz machte sich an den Bericht der Spurensicherung. Die Lichtbildmappe vom Fundort der Leiche legte er beiseite. Dabei erinnerte er sich an den Albtraum, an die schrecklichen Bilder der verwesten Leiche, die am Boden lag.

Nach einer Weile klopfte es erneut an die Tür.

Franziska brachte ihm eine Tasse Kaffee und legte den Bußgeldbescheid auf den Tisch.

»Die Sache ist aus der Welt«, sagte sie. »Kannst du wegwerfen oder zur Erinnerung behalten.«

Er bedankte sich und konzentrierte sich wieder auf den Bericht. Später betrachtete er die Lichtbildmappe. Sorgfältig studierte er die Gesichter der Schaulustigen hinter den Absperrbändern. Dass Täter zurück an den Tatort kamen, hatte er lange Zeit für die Idee schlechter Drehbuchautoren gehalten. Während eines Vortrags an der Hochschule war er eines Besseren belehrt worden. Tatsächlich kehrten Verbrecher häufiger als gedacht an den Ort des Geschehens zurück. Oder versuchten auf jede nur mögliche Art, die Arbeit der Polizei zu verfolgen.

Auf dem Bild waren lediglich Rentner und ein jüngeres Paar

in Joggingklamotten zu sehen. Er schloss aus, dass sie etwas mit dem Verbrechen zu tun hatten, und legte die Fotografien beiseite.

Plötzlich wurde Moritz von dem bedrückenden Gefühl überwältigt, dass sie trotz der vielen Ereignisse der Woche keinen entscheidenden Schritt nach vorne gemacht hatten. Eine Vorahnung hatte ihm von Beginn an signalisiert, das Mädchen wäre nicht einfach nur von zu Hause weggelaufen. Aber was hätten sie anderes tun können? Wie sollten die Ermittlungen jetzt weitergehen?

Entscheidend war das Ergebnis der Gerichtsmediziner. Handelte es sich bei der Leiche um Manuela Jessen oder um eine andere Person? Was war die Todesursache? Kam ein Sexualdelikt in Frage? Hatte der Täter einen genetischen Fingerabdruck an der Leiche hinterlassen? Alles Fragen, auf die er sich eine rasche Antwort von den Spezialisten am gerichtsmedizinischen Institut in Ulm erhoffte. Die Tatsache, dass es Freitag war, bereitete ihm große Sorgen. Ohne ein pathologisches Gutachten wären sie am Wochenende zum Nichtstun verurteilt.

Der mürrische Wolfgang Herder und Anja Kober würden am Morgen nach Ulm fahren, um bei der Obduktion dabei zu sein. Sein Blick fiel wieder auf den Bußgeldbescheid. Zweihundert Euro hätte der Spaß gekostet, wäre es Franziska nicht gelungen, die Rotlichtfahrt gegenüber der Behörde als Einsatzfahrt zu begründen. Kepplinger musste an eine der Lebensweisheiten seiner Großmutter denken.

*Man muss immer den Kopf bei der Sache haben.*

Gedanklich versuchte er die Situation zu rekonstruieren. Er hatte sich auf dem Rückweg von der Klinik zur Dienststelle befunden. Kurz zuvor war er von Franziska am Telefon informiert worden, dass Gerd Jessen dort auf ihn warten würde. Die Ampel, die dem Bescheid nach bereits seit mehreren Sekunden Rot gezeigt hatte, hatte er einfach nicht wahrgenommen. Er erinnerte sich nicht einmal mehr daran, über eine Kreuzung gefahren zu sein. Wie befremdlich, ein Fahrzeug gefahren zu haben, ohne auf den Straßenverkehr geachtet zu haben, dachte er. Es hätte alles Mögliche passieren können. Plötzlich drängte sich ein anderer Gedanke in sein Bewusstsein. Moritz sprang vom Stuhl auf und ballte die Fäuste.

»Verdammt«, rief er. »Warum bin ich nicht gleich darauf gekommen?«

Manfred Brandstätter blickte erschrocken auf, als Moritz Kepplinger in sein Büro stürmte.

»Was ist denn los?«

Kepplinger hielt ihm den Bußgeldbescheid vor die Nase. »Der Täter könnte nach der Tat irgendwo geblitzt worden sein. Sicher war er vollkommen aufgewühlt und mit den Gedanken nicht bei der Sache.« Er steigerte sich geradezu in seine Theorie hinein.

»Immer mit der Ruhe, Kepplinger. Setzen Sie sich erst mal hin.«

»Ich will mich nicht hinsetzen. Uns läuft die Zeit davon.«

Brandstätter warf ihm einen missbilligenden Blick zu, stand dann aber selbst auf und lief verunsichert hinter seinem Schreibtisch auf und ab.

»Aber wir wissen doch überhaupt nicht, ob wir nach einem Mörder suchen«, stellte der großgewachsene Vorgesetzte seine Theorie in Frage. »Wir haben eine Kinderleiche gefunden, gut. Noch ist uns nicht bekannt, ob es sich dabei um Manuela Jessen handelt. Vielleicht haben wir es mit einem Suizid zu tun oder weiß Gott was. Falls nicht, woher wissen wir, ob die Tat in Süßen verübt wurde und wann?«

Die Tatsache, dass Brandstätter seinen Einfall derart pragmatisch hinterfragte, machte Moritz wütend. »Das ist alles richtig, und ich habe mir ebenso über alle möglichen Szenarien den Kopf zerbrochen. Abgesehen davon, habe ich nicht von einem Mörder gesprochen. Dennoch besteht die Möglichkeit, dass sich in irgendeiner der Überwachungskameras, meinetwegen im Umkreis von zehn Kilometern, das Bild von jemandem befindet, der mit dem Verschwinden des Mädchens zu tun hat. Vielleicht sitzt sie sogar daneben, wer weiß!«

»Sie haben recht, Kepplinger. Es *könnte* sein. Wie stellen Sie sich das vor?«

»Wir lassen uns so schnell wie möglich alle Daten der in Frage kommenden Kameras schicken. Wenn es sein muss, hole ich die Auszüge selbst ab.«

»Heute ist Freitag, mein lieber Herr Kommissar«, gab Brandstätter zu bedenken.

»Und wenn schon.« Er rang um seine Beherrschung. »Dann müssen die Damen und Herren des Ordnungsamtes eben Überstunden machen.«

Brandstätter blickte auf die Wanduhr. Es war zwanzig Minuten nach zehn. »Gut, Kepplinger. Ich kümmere mich darum.«

Er hatte den Wagen in Sichtweite des Wohnhauses abgestellt und beobachtete den Eingangsbereich und die beiden Fenster, die er von seiner Position aus sehen konnte. Alles war ruhig. Einmal fuhr ein Lieferwagen mit hoher Geschwindigkeit an ihm vorbei. In der Ferne vernahm er Kindergeschrei. Vermutlich befand sich hinter der Lärmschutzwand auf der gegenüberliegenden Straßenseite ein Spielplatz. Er streifte sich den grauen Arbeitskittel über, auf den er das Logo eines Versandhauses hatte nähen lassen. Die dazugehörige Schildmütze hatte er vor längerer Zeit bei einem Bekannten mitgehen lassen. Er setzte eine Sonnenbrille auf und betrachtete sich im Rückspiegel. Die Verkleidung war perfekt. Niemand würde ihn erkennen. Auch nicht der Mann in der Wohnung, für den Fall, dass er zu Hause war. Er griff nach dem Paket auf dem Beifahrersitz und machte sich auf den Weg. Im Schutz einer Doppelgarage blieb er kurz stehen.

Er erschrak, als hinter ihm erneut ein Fahrzeug die Straße entlangfuhr. Du bist zu ängstlich. Du möchtest nur ein Paket zustellen, versuchte er sich zu beruhigen. Zu Hause hatte er alles sorgfältig geplant. Sogar einige Sätze einstudiert, für den Fall, dass er angesprochen wurde.

Als er sich beruhigt hatte, trat er aus seiner Deckung hervor und machte sich auf den Weg zum Eingang des Mehrfamilienhauses. Beruhigt las er den Namen auf einem Briefkastendeckel. Alles lief wie geplant. Trotzdem stand ihm der schwierigste Teil noch bevor. Er verspürte den Wunsch, die Klingel zu betätigen und sofort mit seinem Vorhaben zu beginnen. Aber dann beherrschte er sich und warf einen letzten Blick auf die Eingangstür. Rasch ging er zu seinem Wagen zurück. Erleichtert ließ er sich in den Sitz fallen und spürte, wie sich sein Pulsschlag beruhigte. Er griff nach seinem Notizbuch und ging die weiteren Vorbereitungen durch, die er noch treffen musste. In weniger als vierundzwanzig Stunden würde er seinen Plan in die Tat umsetzen.

*Morgen werde ich ihn für alles bestrafen, was er mir angetan hat.*

Kepplinger hasste es, stundenlang zu telefonieren. Überhaupt war ihm die Arbeit an einem Tatort oder eine anstrengende Vernehmung lieber, als den ganzen Tag im Büro zu sitzen. Das Einzige, was er dort gerne tat, war, sich gedanklich in einen Fall zu vertiefen und verschiedene Konstruktionen zu entwickeln.

Nachdem er beinahe den gesamten Vormittag am Telefon verbracht hatte, lehnte er sich in seinen Stuhl zurück und tastete nach der Verletzung an seinem Arm. Sie schmerzte kaum noch. Dann las er sich nochmal seine Notizen durch. Mit Alexander Giebel hatte er vereinbart, Susanne Jessen nicht mit dem Leichenfund zu konfrontieren, bis sie Gewissheit hatten, ob es sich um ihre Tochter handelte.

»Dann ist es früh genug, ihr die Wahrheit zu sagen. Wussten Sie, dass Sie schon einmal ein Kind verloren hat?«

Kepplinger war schockiert über die Neuigkeit.

Danach hatte er mit einem der Kollegen aus Stuttgart gesprochen. Lars Kaufmann verweigerte nach wie vor jede Aussage. Am Morgen hatten ihm die Ermittler erneut eine Tatbeteiligung im Fall Manuela Jessen vorgehalten, doch seine Anwälte bestritten beharrlich seine Täterschaft.

»Wir können keine Aussage aus ihm herausprügeln«, hatte der Kollege mit einem Anflug von Resignation gesagt.

»Leider«, war Moritz am Telefon herausgerutscht. Eigentlich stand er hinter den Rechten, die einem Beschuldigten zustanden. Dazu gehört auch, dass sich niemand selbst belasten musste. Egal, was ihm vorgeworfen wurde. Für jeden galt zuallererst eine allgemeine Unschuldsvermutung. Es war Sache der Polizei und der Staatsanwaltschaft, Beweise wie Entlastendes gleichermaßen zu sammeln, um einen Täter zu überführen und das Gericht von seiner Schuld zu überzeugen. Natürlich war es hilfreich, wenn der Verdächtige dabei ein Geständnis ablegte oder wenigstens eine Aussage machte. Aber dies war der Idealfall. Es würde schwierig werden, Lars Kaufmann eine Tatbeteiligung nachzuweisen, wenn keine eindeutigen Spuren gefunden wurden. Möglicherweise würden die Gerichtsmediziner genetisches Spurenmaterial von Kaufmann an der Leiche finden. Wenn es nur endlich einen entscheidenden Hinweis geben würde. Er griff erneut zum Telefonhörer und wählte die Nummer von Anja Kobers Mobiltelefon. Nachdem das Freizeichen ertönte, wurde das Gespräch weggedrückt. Verärgert legte er auf. Kurze Zeit später klingelte der Apparat. Am anderen Ende meldete sich Anja.

»Entschuldige, bitte, ich wollte das Gespräch nicht im Sektionsraum annehmen.«

»Kein Problem. Wisst ihr schon Näheres?«

»Ein wenig. Einer der Pathologen ist sich sicher, dass das Kind, übrigens ein Mädchen, erstickt wurde. Die Lunge wird gerade zum zweiten Mal untersucht, um letzte Zweifel auszuräumen. Außerdem wird das Gebiss mit den Röntgenaufnahmen des Zahnarztes von Manuela verglichen.«

»Meinst du, die Mediziner kommen heute noch zu einem Ergebnis?«

»Bestimmt«, sagte Anja. »Ich rufe dich auf jeden Fall an, sobald wir mehr wissen.«

Moritz machte sich auf den Weg zu seinem Vorgesetzten.

»Ach, übrigens, Kepplinger«, sagte Brandstätter, nachdem er von Moritz über den Fortschritt der gerichtsmedizinischen Untersuchung aufgeklärt worden war. »Das mit den Überwachungskameras funktioniert.«

»Was heißt das?«

»Na, dass wir heute Nachmittag sämtliche Vorgänge der letzten zehn Tage auf dem Tisch haben.«

»Wie haben Sie denn das geschafft?«.

Der Chef grinste wie ein kleiner Junge nach einer bestandenen Mutprobe.

»Einer der Vorteile, wenn man mit dem Leiter des Ordnungsamtes am Stammtisch sitzt«, erklärte er stolz.

Das Gespräch mit den beiden Kriminalbeamten ging ihm nicht aus dem Kopf.

*Hätte jemand einen Grund, Ihrer Tochter etwas anzutun?*

Die Frage des jungen Kommissars beschäftigte ihn. Die Vorstellung, die ihn dabei quälte, war so abwegig, dass Jessen sich selbst für verrückt erklärte. Der Mann, an den er dachte, konnte Manuela nicht kennen. Er hatte sie nie zu Gesicht bekommen und konnte nichts von ihrer Existenz wissen. Seine Befürchtungen waren reiner Wahnsinn. Raserei. Völlig unmöglich.

Je mehr er sich bemühte, den Verdacht abzuschütteln, umso größer wurde sein Argwohn.

Er schraubte die Whiskyflasche auf, goss sich ein Wasserglas halb voll und hoffte so, auf andere Gedanken zu kommen. Aber die Erinnerung an das, was passiert war, und die damit verbundenen Schuldgefühle waren stärker als die Wirkung des Alkohols.

Wenig später übergab er sich das erste Mal. Er betrachtete sich im Spiegel und erschrak.

Du hast Angst, sagte er zu seinem Spiegelbild. Die nackte Angst, dass deine Albträume wahr werden könnten.

Vielmehr: schon wahr geworden sind, verbesserte er sich.

Anschließend setzte er sich in die Küche und goss sich erneut das Glas ein, diesmal randvoll. Den Schatten, der für den Bruchteil einer Sekunde am Küchenfenster vorbeihuschte, nahm er nicht wahr.

Der Eingang zur Bußgeldstelle des Ordnungsamts befand sich versteckt in einem engen Hinterhof der Göppinger Altstadt. Soll wohl so sein, dachte Kepplinger. Schließlich waren Bußgeldverfahren an sich schon etwas Unangenehmes. Jemand, der sich persönlich über einen entsprechenden Bescheid beschwerte, war sicherlich der Albtraum der Angestellten. Nach längerem Suchen fand er endlich die Eingangstür. Der Behördenleiter überreichte ihm einen großen Umschlag.

»Bestellen Sie Ihrem Chef die besten Grüße und richten Sie ihm aus, dass ich jetzt bei ihm was gut habe.«

Kepplinger bedankte sich.

»Vielleicht haben Sie ja Glück«, verabschiedete sich der Amtsleiter und schloss die Tür, bevor Moritz etwas darauf erwidern konnte.

»Hoffen wir es«, murmelte er und machte sich auf den

Rückweg zur Dienststelle. Unterwegs kaufte er sich ein Fischbrötchen in einem Feinkostladen.

In seinem Büro riss er den Umschlag auf, biss hastig in das Brötchen und sah sich die Unterlagen durch. Er zählte vierundsechzig Geschwindigkeitsüberschreitungen, die von fünf Überwachungskameras angefertigt worden waren. Nur sieben Verstöße passten in den Zeitraum von elf bis sechzehn Uhr. Eifrig studierte er die Protokolle und Lichtbilder.

Nach einer Weile, schob er den Stapel enttäuscht in die Tischmitte.

Mist, dachte er.

Keine der Anzeigen passte zu seiner Theorie. Verblüffend war nur die Tatsache, dass offenbar mehr Frauen als Männer zu schnell fuhren. Routinemäßig blätterte er die restlichen Unterlagen durch. Er wusste nicht, an welchen Kriterien er festmachen sollte, weshalb einer der Abgebildeten als Täter in Frage kam. Sollte er Frauen generell ausschließen? Die Abbildungen waren zumeist unscharf, und die Gesichter wirkten größtenteils genauso verwirrt wie sein eigenes auf der Anzeige ausgesehen hatte. Noch einmal blätterte er den gesamten Stapel durch.

Plötzlich war er hellwach. Das Foto eines Mannes erregte sein Misstrauen. Er war von einer Kamera am Ortsausgang von Süßen geblitzt worden.

Sechzehn Uhr siebenunddreißig.

Kepplinger musterte das Gesicht des Mannes, der argwöhnisch in die Kamera blickte. Als wüsste er von der Überwachungseinrichtung. Er glaubte, den Mann zu kennen. Krampfhaft überlegte er, woher. Der Name des achtundvierzigjährigen sagte ihm nichts. Von dem Wagen, einem weißen Smart, war nur der kleine Ausschnitt rund um den Fahrer zu erkennen. Er trat an das Fenster des Büroraumes, blickte in Richtung des alten Göppinger Schlosses und beobachtete den Verkehr vor dem Bürogebäude. Er erinnerte sich an eine Situation, in der er sich ähnlich gefühlt hatte wie in diesem Augenblick. An den Tipp, den sie ihm damals mit auf den Weg gegeben hatte: *Der nächste Schritt ist der richtige.*

*Die Sitzungen taten ihm gut. Sie gaben ihm die Möglichkeit, sein Leben von außen zu betrachten. Erlebnisse in Zusammenhänge zu bringen und einzuordnen. Gedanken zuzulassen oder abzulehnen. Letztendlich sich selbst zu verstehen.*

*Anfang Mai sagte sie am Ende eines Gesprächs, dass sie für einige Zeit in ein Krisengebiet nach Bangladesch musste. Im ersten Moment dachte er, dass er alleine nicht weiterkommen würde.*

*Sie las seine Gedanken.*

*»Sie schaffen das, Moritz. Ich komme wieder, und dann setzen wir unsere Gespräche fort«, sagte sie. »Vorausgesetzt, Sie wollen es.«*

*Er wollte.*

*Als sie sich verabschiedeten, sah sie ihm in die Augen.*

*»Denken Sie immer dran, Moritz, der nächste Schritt ist der richtige.«*

Er ging zurück zum Schreibtisch und betrachtete erneut das Foto. Er war sicher, den Mann schon einmal gesehen zu haben. Er loggte sich am Computer in das polizeiliche Datensystem ein und gab Namen und Geburtsdatum ein. Die Überprüfung dauerte eine halbe Minute. Endlich erschien das Ergebnis auf dem Monitor: Kein Datenbestand.

Kepplinger schlug mit der Hand auf den Tisch. Dann überprüfte er seine Eingaben, aber er hatte keinen Fehler gemacht. Niedergeschlagen stützte er den Kopf auf seine Hände und rieb sich die Augen. Wieder ein Ermittlungsansatz, der anscheinend ins Nichts führte. In diesem Augenblick klingelte das Telefon.

Als er den Hörer abnahm, traten Salvatore und Lea in das Büro. Am anderen Ende meldete sich Anja Kober. Kepplinger schaltete den Außenlautsprecher ein und legte den Hörer auf die Seite.

»Seid ihr fertig?«

»Ja, die Obduktion wurde gerade beendet.« Ihre Stimme klang erschöpft und zugleich gefasst. Moritz beschlich eine böse Vorahnung. Er atmete tief durch und bemühte sich krampfhaft darum, seine Anspannung zu verbergen.

»Gibt es Neuigkeiten?«

»Eine ganze Menge. Hast du was zum Schreiben?«

Kepplinger griff hastig nach einem Stift und nahm ein Stück Papier aus dem Drucker.

»Schieß los.«

»Also, bei der Leiche handelt es sich zweifelsfrei um Manuela Jessen.« Der Redefluss seiner Kollegin geriet für einen Moment ins Stocken. »Das Zahnbild ist identisch mit den Röntgenaufnahmen des Dentallabors. Außerdem gibt es eine Übereinstimmung mit der sichergestellten DNA.«

Kepplinger musste heftig schlucken. Obwohl er seit dem Leichenfund im Wald mit dieser Nachricht gerechnet hatte, traf sie ihn härter, als er gedacht hatte. Der Knoten in seinem Bauch zog sich spürbar enger zusammen.

»Die Todesursache ist mittlerweile auch geklärt«, fuhr Anja Kober fort. »Ob sie in irgendeiner Form missbraucht wurde, konnte man nicht mehr feststellen. Du hast die Leiche selbst gesehen. Aber was sicher nachgewiesen werden konnte, ist, dass sie erstickt wurde.«

Alle starrten betroffen auf den Telefonapparat.

»Da ist noch etwas, Moritz.«

»Ja?«

»Trotz des Wildfraßes und der Verwesung wurden in einigen Organen Spuren eines Medikaments gefunden. Eine Art

Antidepressivum. Der Leiter der Rechtsmedizin tippt nach den ersten Untersuchungsergebnissen auf ein sogenanntes hochpotentes Neuroleptikum.«

»Wo wird so etwas verwendet?«, erkundigte sich Kepplinger.

»Meistens in der Psychiatrie. Man behandelt damit Schizophrenie, Manie oder organische Psychosen. Der Gehirnstoffwechsel des Patienten wird damit völlig aus der Bahn geknüppelt, wie sich die Ärzte hier ausdrücken. Außerdem haben solche Medikamente eine Menge übler Nebenwirkungen.«

Kepplinger dachte lange nach.

»Was könnte das für unseren Fall bedeuten?«

»Solche Medikamente sind für Kinder unter zwölf Jahren völlig ungeeignet. Zumal die Dosierung sehr schwierig einzuschätzen ist und nur vom Facharzt bestimmt werden kann. Es lässt sich kaum feststellen, welche Menge der Getöteten verabreicht wurde. Fest steht jedoch, dass sie von ihrem Tod nichts mehr mitbekommen hat. Wir haben einen Spezialbehälter mitbekommen und sollen mehrere Zentimeter der Erde abgraben, auf dem die Leiche gelegen hat. In den abgesonderten Körperflüssigkeiten, die im Erdreich versickert sind, können die Pathologen das Medikament nachweisen und möglicherweise genauere Angaben zur Dosierung machen.«

Nach ihrer Rückkehr aus Ulm informierten Anja Kober und Wolfgang Herder die Kollegen im Besprechungsraum über die Ergebnisse der pathologischen Untersuchung. Jetzt, nachdem klar war, dass es sich bei der Toten um Manuela Jessen handelte, mussten beide Eltern so bald wie möglich mit der Wahrheit konfrontiert werden. Das war keine leichte Aufgabe. Moritz beschloss, das am Ende der Sitzung zu klären.

»Wie gehen wir mit den Medien um?«, erkundigte er sich stattdessen.

»Können wir eine Pressemitteilung nicht zurückstellen?«, schlug Salvatore vor. »Aus ermittlungstaktischen Gründen?«

»Wohl kaum«, warf Wolfgang Herder ein. »Da standen zu viele Leute im Wald herum.«

»Man kann ja ruhig schreiben, dass eine Leiche gefunden wurde. Aber dass es sich dabei um Manuela Jessen handelt, könnte man doch wenigstens bis Montag zurückhalten«, fügte Salvatore hinzu.

Kepplinger beobachtete seinen Vorgesetzten. Manfred Brandstätter wirkte verunsichert.

»Ich kann mit unserem Pressesprecher reden. Aber vorher sollten wir uns genau abstimmen, was wir rausgeben möchten und was nicht. Dass mir aber dann ja niemand auf die Idee kommt, etwas auszuplaudern«, sagte er schließlich.

»Das ist ja wohl eine Selbstverständlichkeit.« Kepplinger blickte in die Runde. »Wichtig wäre auch ein Hinweis an die Journalisten, sich mit Spekulationen zurückzuhalten. Nochmal so eine Schlagzeile wie heute Morgen, und die Bevölkerung dreht vollends durch.«

»Verhindern können wir das leider nicht«, meinte Markus Ackermann.

»Mich würde interessieren, woher die das mit Kaufmann haben«, sagte Wolfgang Herder provokant.

»Die Kollegen in Stuttgart behaupten, sie wüssten von nichts.«

»Schon klar. Das gibt doch niemand freiwillig zu.«

»Vielleicht war es jemand von uns!«

Wolfgang Herders Aussage entfachte eine heftige Debatte. Alle riefen empört durcheinander. Kepplinger platzte der Kragen. Er schlug vor Empörung mit der Hand auf den Tisch und stand auf.

»Jetzt hört auf mit dem Quatsch! Das führt doch zu nichts. Wir können den Artikel von heute Morgen nicht zurücknehmen. Woher die Informationen kamen, können wir untersuchen, wenn wir den Täter gefasst haben. Und außerdem glaube ich nicht, dass es jemand von uns war!«

Es war so ruhig geworden, dass man den Sekundenzeiger der Wanduhr hören konnte. Kepplinger fuhr fort.

»Wir sollten uns jetzt wieder um *unseren* Fall kümmern. Was die Presseveröffentlichung angeht, schlage ich vor, dass wir die Informationen über das Wochenende zurückhalten. Den Arzt von Frau Jessen verständige ich im Anschluss an unsere Besprechung. Er soll selbst entscheiden, wann und wie er es der Mutter beibringen möchte. Danach fahre ich mit Lea persönlich zu Gerd Jessen und überbringe ihm die Todesnachricht.«

Es gab keine Einwände. Anschließend bat Kepplinger darum, die gesamten Ermittlungsergebnisse von Beginn an durchzusprechen.

»Vielleicht haben wir etwas Wichtiges übersehen.«

Nach drei Stunden kamen sie zu einem zermürbenden Ergebnis. Es gab so gut wie keine neuen Erkenntnisse. Die Mehrheit war der Meinung, Lars Kaufmann habe, wenngleich nicht alleine, etwas mit dem Mord zu tun. Kepplinger wollte sich dieser Theorie noch nicht anschließen.

»Mir scheinen die Puzzlestücke nicht sauber zusammenzupassen«, meinte er.

Die überwiegende Meinung seiner Kollegen kam ihm wie ein gewaltsames Ineinanderpressen scheinbar passender Formen gleich. Aber er behielt den Gedanken für sich und erinnerte sich an die Vernehmung von Kaufmann.

»Ich traue Kaufmann durchaus zu, jemanden damit beauftragt zu haben, das Kuvert bei der Polizei einzuwerfen, um den Verdacht von sich abzulenken. Aber in Bezug auf Manuela Jessen haben wir mit Ausnahme seiner pädophilen Neigungen nichts gegen ihn in der Hand.«

Wolfgang Herder war im Begriff zu widersprechen.

»Außerdem«, fiel Kepplinger ihm ins Wort, »hätten die Stuttgarter Kollegen längst entsprechendes Beweismaterial gefunden.«

Die Fahnder der Landeshauptstadt waren zwar sicher, dass er alle möglichen Vorbereitungen getroffen, aber seine grausigen Pläne noch nicht in die Tat umgesetzt hatte. Herder verschränkte die Arme und suchte den Blickkontakt zu Brandstätter. Kepplinger hatte die Reaktion aus dem Augenwinkel beobachtet. Er würde mich am liebsten loswerden und selbst die Verantwortung übernehmen, dachte er.

Salvatore stellte eine Theorie auf, in der Kaufmann eine Gruppe von Menschenhändlern beauftragt haben könnte, gezielt Kinder zu entführen, und Manuela bei einer solchen Aktion ungeplant getötet worden war.

Markus Ackermann widersprach. »Es gibt zwar einige solcher Fälle in Deutschland. Aber bei den Opfern handelte es sich bislang meist um junge Frauen, die aus Osteuropa nach Deutschland entführt und zur Prostitution gezwungen werden sollten.«

»Ich stimme Markus zu. Einen vergleichbaren Fall mit Kindern gab es in der Bundesrepublik bislang nicht«, brachte sich Anja Kober in die Diskussion ein.

»Bene, schon gut – man wird doch wohl noch etwas sagen dürfen«, brummelte Salvatore sichtlich verärgert.

Das anfängliche Klima im Besprechungsraum war spürbar am Kippen. Kepplinger öffnete ein Fenster und versuchte zu schlichten.

»Wir müssen alle Möglichkeiten in Betracht ziehen und entscheiden, welchen Überlegungen wir auf den Grund gehen«, sagte er. »Was wir bislang nicht weiterverfolgt haben, ist, dass es sich um eine Zufallstat handeln könnte.«

»Das ist doch Blödsinn«, widersprach Wolfgang Herder prompt. »Wie kommst du denn da drauf?«

»Vieles spricht dafür«, hielt Markus Ackermann sofort dagegen. »Wie es scheint, können wir eine Beziehungstat ausschließen. Das Mädchen ist mit großer Wahrscheinlichkeit auf dem Schulweg verschwunden. Sie wusste, dass ihre Mutter zu Hause auf sie wartet, es gibt keine brauchbaren Spuren. Die Hunde haben ihren Geruch auf einem Parkplatz vor der Schule verloren. Daraus schließen wir, dass sie in ein Fahrzeug gestiegen ist oder hineingezerrt wurde. Es könnte durchaus sein, dass jemand sie zufällig ausgewählt, in seine Gewalt gebracht und getötet hat. Anschließend hat er die Leiche im Wald versteckt.«

Wolfgang Herder zuckte mit den Schultern. »Alles richtig. Ich glaube trotzdem nicht an den großen Unbekannten. Denkt ihr, was ihr wollt.«

»Es ist einfach zu viel Zeit vergangen zwischen der Tat und der Meldung bei der Polizei. Es wäre leichter gewesen, wenn wir bereits am Freitagmittag davon erfahren hätten«, sagte Manfred Brandstätter.

Die Stimmung im Besprechungsraum sank immer weiter auf einen beklemmenden Tiefpunkt zu.

Kepplinger blickte auf die Uhr. Er spürte, dass sie so nicht weiterkamen.

»Wie sollen wir weitermachen?«, fragte er in die Runde. »Wo seht ihr einen vernünftigen Ansatz?«

Anja Kober schlug vor, das Umfeld der Familie noch einmal genauer unter die Lupe zu nehmen.

»Irgendwo muss es einen Hinweis geben, den wir bisher übersehen haben.«

Der Vorschlag erhielt allgemeine Zustimmung, und sie beratschlagten, wie sie nun weiter vorgehen wollten. Kepplinger fiel das Bild der Radarfalle wieder ein. Er las den Namen des Mannes vor und reichte das Foto herum. Niemand kannte den Smart-Fahrer oder konnte etwas mit dessen Namen anfangen.

»Wo wohnt er?«, erkundigte sich Markus Ackermann.

»In Göppingen.«

»Dann fahr doch einfach bei ihm vorbei. Wenn er leibhaftig vor dir steht, erinnerst du dich vielleicht daran, woher du ihn kennst«, schlug Markus Ackermann vor.

»Schaden kann es nicht«, gab Moritz ihm recht.

Sie vereinbarten für den nächsten Morgen einen Besprechungstermin. Die Aussicht, dass sich die Ermittlungsarbeit über das gesamte Wochenende ziehen würde, wurde gelassen aufgenommen.

Es war Freitagabend, der 26. Juli 2013.

Der Wetterdienst kündigte schwere Gewitter für die nächsten Tage an.

Das Dienstgebäude wirkte wie ausgestorben, als Moritz Kepplinger und Lea Thomann gegen sieben Uhr von ihren Ermittlungen zurückkehrten. Kepplinger war frustriert, weil sie nichts erreicht hatten und ihm seiner Meinung nach zwei unverzeihliche Fehler passiert waren. Gerd Jessen war weder daheim noch auf seinem Mobiltelefon zu erreichen gewesen. Lea schlug vor, zu seiner Freundin nach Donzdorf zu fahren. Claudia Behrens war zu Hause, wusste aber nicht, wo er sich aufhielt. Sie lehnte mit verschränkten Armen im Türrahmen und antwortete widerwillig auf Leas Fragen. Kepplinger gewann den Eindruck, dass es ihr unangenehm war, die Polizei im Haus zu haben. Ihre selbstgefällige Art nervte ihn von Beginn an.

»Wir haben uns gestritten, und? Was geht Sie das an? Er wird schon irgendwann wieder aufkreuzen.«

Lea gab ihr eine Karte mit ihrer Telefonnummer.

»Bitte rufen Sie mich an, wenn er sich bei Ihnen meldet.«

»Wenn ich es nicht vergesse!«

Daraufhin verlor Moritz für einen Moment die Fassung.

»Wenn Sie es vergessen, lasse ich Sie festnehmen«, drohte er ihr.

Claudia Behrens zeigte ihm provokativ den Vogel.

»Sie spinnen ja! Das dürfen Sie doch gar nicht!«

»Und ob ich das kann!« Jetzt wurde er richtig laut. »Wenn Sie es nicht vergessen, lesen Sie mal im Internet Paragraf 164 der Strafprozessordnung durch!«

»Jetzt spielen Sie sich doch nicht so auf.«

Moritz war außer sich vor Wut, doch bevor er etwas darauf erwidern konnte, nahm ihn Lea am Arm und drängte ihn zurück zum Wagen. Als er sich erneut über Claudia Behrens auslassen wollte, drückte sie ihm sanft ihren Zeigefinger auf die Lippen und sah ihm in die Augen.

»Sie ist es nicht wert!«

Er erwiderte ihren Blick.

»Hörst du?«

Moritz atmete tief durch. Dann ließ die Anspannung nach.

Später dachte er daran, dass er Lea in diesem Moment am liebsten geküsst hätte.

Auf der Rückfahrt fuhren sie nochmal bei Jessen vorbei. Da er immer noch nicht zu Hause war, beschlossen sie, ihm eine Nachricht auf seinen Anrufbeantworter zu sprechen. Moritz suchte nach den richtigen Worten. Dabei wählte er eine so unglückliche Formulierung, dass es ersichtlich war, dass Manuela nicht mehr am Leben war. Er bemerkte den Fauxpas und bat Gerd Jessen um einen sofortigen Rückruf.

»Ich hasse es, Anrufbeantworter zu besprechen«, sagte er, nachdem er aufgelegt hatte.

»Klar ist das blöd«, erwiderte Lea. »Aber was hätten wir sonst tun sollen?«

Er war anderer Meinung, sagte aber nichts.

Danach fuhren sie schweigend zurück zur Dienststelle. Gerade als er Lea fragen wollte, ob er sie zum Essen einladen dürfte, kam sie ihm zuvor.

»Ich gehe heute Abend zum Training. Ich brauche etwas

Abstand. Ist das in Ordnung?« So gut es ging unterdrückte er seine Enttäuschung.

»Na klar. Ich werde mir nochmal alle Zeugenaussagen durchlesen.«

»Du solltest dich ausruhen«, sagte sie zum Abschied. »Hast schon mal besser ausgesehen.«

»Vielen Dank für das Kompliment«, antwortete Moritz und grinste.

Nachdem sie gegangen war, blickte er in einen Wandspiegel im Flur. Lea hat recht, dachte er. Mein Aussehen verrät, wie sehr mich dieser Fall beschäftigt. Er beschloss, am Abend wieder früh ins Bett zu gehen und am Wochenende auszuschlafen. So gut es die Ermittlungen zulassen würden. Dann beschäftigte er sich nochmal ausgiebig mit den Aussagen der Kegelbrüder. Nichts deutete darauf hin, dass Gerd Jessen gelogen oder sich mit den anderen abgesprochen hatte.

Schließlich zwang ihn sein hungriger Magen, die Arbeit zu beenden.

Alexandros begrüßte ihn mit der gewohnten Herzlichkeit.

»Moritz, der neue Göppinger. Willkommen in meine Haus.«

Im Hintergrund tönten Sirtakiklänge. Er fühlte sich erneut vom Charisma des Griechen überwältigt. Die fröhliche Musik tat ihr Übriges. Er lächelte, während Alexandros ihn an denselben Tisch dirigierte, an dem er vergangenen Samstag gesessen hatte. Er bestellte einen Vorspeisenteller und Mineralwasser. Der Grieche zeigte sich überrascht, dann zwinkerte er ihm zu.

»Ich verstehe. Wegen Marathontraining.«

Kepplinger schüttelte resigniert den Kopf.

»Wegen meiner Arbeit. Ich komme gar nicht zum Laufen.«

Alexandros setzte sich neben ihn auf die Bank und legte ihm die Hand auf die Schulter.

»Jetzt bist du erst einmal hier. Vergiss die Arbeit. Du kannst nicht zwei Dinge auf einmal tun. Und du musst etwas Richtiges essen. In Griechenland sagen wir, ein hungriger Bär tanzt nicht. Verstehst du, was das bedeutet?«

Lea Thomann saß auf der Couch und beobachtete die Reflexionen des Wetterleuchtens, die die Jalousien an die Decke des Wohnzimmers warfen. Bald würde das Gewitter näher kommen und die ersehnte Abkühlung bringen. Sie dachte an das Telefonat mit der Lebensgefährtin von Gerd Jessen, das sie gerade geführt hatte. Seitdem hantierte sie unruhig mit ihrem Mobiltelefon und wusste nicht, ob sie Moritz noch anrufen sollte. Was sie erfahren hatte, war durchaus aufschlussreich und würde ihn sicher interessieren. Aber war es so dringend? Es war beinahe Mitternacht. Bestimmt schlief er bereits. Sie legte das Telefon beiseite und beschloss, ihn am nächsten Morgen zu informieren.

Die schwülwarme Luft im Schlafzimmer machte Moritz beinahe wahnsinnig. Die angekündigten Sommergewitter waren bislang ausgeblieben. Immer wieder wendete er die Decke und genoss für ein paar Augenblicke die Abkühlung. Es war schon halb zwei, und er hatte noch keine Minute geschlafen. Der Fall ließ ihm keine Ruhe. Immer wieder mischten sich neue Einfälle in die Gedankenkonstruktionen, gerieten in Vergessenheit oder endeten in einer Sackgasse aus offenen Fragen.

Obwohl er bei Alexandros entgegen seines Vorhabens ein Viertel Rotwein getrunken hatte, stellte sich keine Müdigkeit ein. Er musste an die griechische Redensart denken, die der Wirt zitiert hatte, nachdem er ihm einen kleinen Einblick in seine Ermittlungen eröffnet hatte.

*Von Kindern und von Verrückten erfährst du die Wahrheit.*

Er musste an die Befragung der Mitschüler von Manuela denken. Hatte er dort etwas Wichtiges übersehen oder überhört? Suchten sie einen Verrückten? Möglich war alles. Jemand, der ein Kind in seinen Wagen zerrte und anschließend tötete, musste verrückt sein.

Psychisch krank. Was auch immer.

Er zweifelte daran, jemand Unbescholtenes könnte zu so einer Tat fähig sein. Wer so etwas tut, muss vorher in irgendeiner Form auffällig gewesen sein oder etwas Vergleichbares getan haben, stellte er sich vor.

War der Mord der Beginn einer Serie? Er beschloss, mit einem Fallanalytiker des Landeskriminalamtes darüber zu sprechen. Wieder fielen ihm Täschlers Worte ein: *Man sieht nur, was man weiß.*

Moritz war verzweifelt. Was sah er nicht? Was wusste er nicht?

Am Vortag, nachdem er alle Akten sorgfältig studiert hatte, war er sicher gewesen, nichts übersehen zu haben. Doch es gab eine entscheidende Sache, die er noch nicht erkannt hatte.

Etwas raubte ihm die Sicht auf das Wesentliche.

Auf das, worum es in diesem Fall ging.

Ein Motiv.

Kurz vor elf hatte ihr Telefon geklingelt. Im ersten Moment hatte sie gedacht, es wäre ihre Mutter, die die Woche über immer wieder versucht hatte, sie zu erreichen. Lea hatte sich auf eine Standpauke eingestellt und das Gespräch angenommen.

»Ja!«

Keine Antwort.

»Hallo, wer ist am Apparat?«

Jemand atmete kurz hintereinander ein und aus.

»Haben Sie ihn gefunden?«

Lea erkannte die Stimme der Lebensgefährtin von Gerd Jessen.

»Frau Behrens, sind Sie es?«

»Ich mache mir große Sorgen.«

»Was denken Sie, wo er sein könnte?«

»Wenn ich es wüsste, würde ich Sie nicht anrufen.«

»Wann hatten Sie zum letzten Mal Kontakt?«

»Gestern. Er hat mir erzählt, dass Sie eine Kindsleiche gefunden hätten.«

»Und dann? Hatten sie vereinbart, sich zu treffen? Oder warum machen Sie sich nun Sorgen?«

»Gerd sagte, er würde im Laufe des Tages vorbeikommen.«

Claudia Behrens Stimme klang ernst. Geradezu verängstigt. Fünf Stunden zuvor hatte dieselbe Frau den Eindruck erweckt, ihr Lebensgefährte und die Arbeit der Polizei wären ihr völlig gleichgültig. Wie verzweifelt sie war, wurde Lea mehr und mehr bewusst.

»Ich habe Angst, dass er etwas Unüberlegtes tut!«

»Wieso sollte er das machen?«

»Sie haben ihn doch kennengelernt. Er trinkt viel und tickt manchmal völlig aus. Und jetzt das mit seiner Tochter. Was wollten Sie eigentlich heute Abend von ihm?«

Lea zögerte einen Moment. Sollte sie ihr die Wahrheit sagen?

»Mit ihm sprechen!«

»Jetzt tun Sie doch nicht so geheimnisvoll! Menschenskind, ich mache mir doch genauso Sorgen wie alle anderen. Seitdem Manuela verschwunden ist, denke ich an nichts anderes mehr. Sie ist für mich beinahe so wie meine eigene Tochter.«

Lea atmete tief durch.

»Sie ist tot. Man hat sie identifiziert.«

»Reden Sie keinen Unsinn!«

»Es ist leider wahr.«

Claudia Behrens begann zu schluchzen. »Warum?«

»Ich weiß es nicht.«

Lea wartete, bis sie sich einigermaßen beruhigt hatte.

»Möchten Sie, dass wir das Gespräch beenden?«

»Nein! Bitte legen Sie nicht auf.«

Lea erinnerte sich daran, wie Susanne Jessen vor Monaten darauf bestanden hatte, dass sie in ihrer Nähe blieb. Manuelas Mutter hatte sich auf dem Sofa wie ein kleines Kind an sie geklammert, bis sie vor Erschöpfung eingeschlafen war. Jetzt war sie die Seelsorgerin einer anderen Frau, und es ging dabei um dasselbe Kind. Karma, dachte Lea. Alles begegnet einem so lange wieder, bis man es gut macht.

»Gerd hat es nicht getan. Er liebt seine Tochter über alles.«

»Das glaube ich Ihnen.«

»Er hatte immer Angst, dass ihr etwas zustößt. Manchmal ist er richtig wütend geworden, wenn ich das nicht ernst genommen habe.«

Lea wurde hellhörig.

»Wovor hatte er denn Angst?«

»Das kann ich Ihnen gar nicht genau sagen. Er war einfach immer in Sorge um sie.«

Lea dachte an das Kind von Susanne Jessen, das im achten Schwangerschaftsmonat gestorben war.

»Ich glaube, dass Gerd irgendwann einmal etwas Furchtbares erlebt hat.«

»Wie kommen Sie darauf?«

»Das habe ich Ihnen doch bereits gesagt. Er war immer so besorgt, wenn es um Manuela ging. Außerdem hat er manchmal so Andeutungen gemacht, vor allem, wenn er wieder einen seiner Ausraster hatte.«

»Was hat er denn gesagt?«

»Nichts Genaues, nur Andeutungen, dass ich keine Ahnung hätte, was er alles durchgemacht hat und solche Dinge eben.«

»Was glauben Sie, was er durchgemacht hat?«

»Ich weiß es nicht. Ich weiß es wirklich nicht! Und bitte: Er darf nicht erfahren, dass ich Ihnen das erzählt habe.«

»Manuela wurde ermordet! Sie müssen doch verstehen, dass wir allen Hinweisen nachgehen müssen.«

»Dann schlägt er mich wieder zusammen«, schluchzte sie ins Telefon.

»Das müssen Sie sich nicht gefallen lassen.«

Claudia Behrens reagierte wütend. »Sie haben doch überhaupt keine Ahnung.«

Oh, doch. Die habe ich leider, dachte Lea, behielt den Gedanken aber bei sich.

»Ich verspreche Ihnen, Sie so gut es geht aus der Sache herauszuhalten. Wir könnten den Hinweis auch von einer anderen Person erhalten haben.«

Es folgte eine längere Pause.

»Gut, dann sagen Sie, dass Sie das von jemand anderem haben«, sagte sie schroff und beendete das Gespräch, bevor Lea darauf antworten konnte.

Moritz war von der Müdigkeit überwältigt worden. In den Morgenstunden träumte er davon, auf einen Turm zu steigen, bis die darunterliegende Landschaft nicht mehr zu erkennen war. Nur in der Ferne konnte er noch die Spitze eines Berges erahnen, die über einem Nebelmeer hinausragte. Am Horizont tobte ein heftiges Wetterleuchten. Plötzlich trat jemand neben ihn und sagte, dass es bald ein Gewitter geben würde.

*Darauf müssen Sie sich gefasst machen.*

Als er sich umdrehte, war die Person verschwunden. Er begann zu frieren und machte sich auf den Rückweg.

Fröstelnd erwachte er aus dem Traum und ging zur Toilette. Als er wieder ins Schlafzimmer zurückkehrte, blickte er aus dem Fenster. In der Ferne sah er plötzlich einen grellen Blitz. Gespannt wartete er auf das Donnern. Aber er hörte es nicht. Zu weit weg, dachte er und versuchte, sich an den Traum zu erinnern. Die Bilder waren unscharf. Er wusste nur noch, dass er von einem Unwetter geträumt hatte. Einer Gefahr, die sich unaufhaltsam näherte.

# SAMSTAG
27. Juli 2013

Als er am frühen Samstagmorgen aufwachte, fühlte er sich wie gerädert. In der Wohnung herrschte eine drückende Schwüle. Moritz Kepplinger quälte sich aus dem Bett und riss die Fenster auf. Trotz der starken Bewölkung zeigte das Außenthermometer dreiundzwanzig Grad. Noch hatte es keinen Tropfen geregnet.

Als er wenig später gedankenverloren in sein Büro trat, erschrak er.

Auf dem Platz gegenüber saß Lea Thomann und blätterte in der Tageszeitung.

»Guten Morgen, da bist du ja endlich!«

Kepplinger sah seine Kollegin verwundert an. Sie lachte.

»Jetzt schau nicht so verwundert. Es ist Samstag. Wir müssen arbeiten, und ich lade dich zum Frühstück ein.« Sie zog eine Tüte mit Croissants aus ihrer Tasche.

»Gute Idee. Vielen Dank.«

Als sie sich aus dem Büro der Sekretärin einen Kaffee genommen hatten, erzählte Lea von dem Telefonat, das sie am Vorabend mit der Lebensgefährtin von Gerd Jessen geführt hatte.

Aufmerksam hörte er ihr zu.

»Erinnerst du dich daran, dass Susanne Jessen ein Ereignis erwähnt hat, über das sie nicht sprechen wollte, das ihrer Ansicht nach aber der Auslöser für die Veränderungen ihres Mannes war?«, fragte Moritz.

»Stimmt. Damals hatte er angefangen zu trinken.«

»Die Frage ist, ob beide Frauen dasselbe meinen.«

»Als Claudia Behrens davon anfing, dachte ich sofort an das Kind, das die Jessens während der Schwangerschaft verloren haben.«

»Susanne Jessen sprach von einem Vorfall vor Manuelas Geburt.«

»Du hast recht. Ich erinnere mich.«

»Wir fahren nach der Besprechung zu Jessen und reden mit ihm.«

Lea griff nach einem Marmeladenglas und schraubte den Deckel ab. »Und woher haben wir die Information? Ich meine, können wir die Behrens zunächst mal raushalten?«

»Ich glaube, es wird Jessen überhaupt nicht interessieren, woher wir das wissen.«

Allmählich kam er zu sich. Nach und nach wurde ihm klar, dass er die ganze Nacht auf dem Küchenboden geschlafen hatte. Als er sich aufrichtete, überkam ihn die Übelkeit. Gerd Jessen schleppte sich ins Bad und übergab sich. Als er in die Küche zurückkehrte, fühlte er sich besser. Ungläubig betrachtete er die Flaschen, die auf dem Küchentisch standen und auf dem Boden verteilt lagen. Er verstaute das Leergut in einem Schrank unter der Spüle und setzte Wasser auf. Danach ging er nach draußen und holte die Tageszeitung aus dem Briefkasten. Als er zurückkam, bemerkte er das Blinklicht des Anrufbeantworters. Im Vorbeigehen drückte er auf die Wiedergabetaste. Die Stimme des Kommissars klang besorgt. Jessen kauerte auf dem Stuhl neben der Telefonkommode und hörte zu.

*Guten Abend, Herr Jessen, hier spricht Kepplinger von der Kriminalpolizei. Wir haben bereits mehrfach versucht, Sie zu erreichen. Es geht um die Mädchenleiche … vielmehr das tote Kind, das im Wald gefunden wurde.* Längere Pause. *Bitte rufen Sie mich umgehend zurück. Danke!*

Die Nachricht erschütterte ihn. Der Anruf konnte nichts anderes bedeuten, als dass Manuela identifiziert worden war. Die Vorstellung, seine Tochter nie wiederzusehen, war unfassbarer und schmerzhafter als alles andere zuvor. Wie in Trance drückte er die Resettaste des Geräts. Als ob der Löschvorgang das Ereignis ungeschehen machen könnte. Er setzte sich an den Küchentisch und jammerte wie ein krankes Tier.

Das Pfeifen des kochenden Wassers holte ihn in die Wirklichkeit zurück. Umständlich goss er sich eine Tasse Instantkaffee ein und verbrannte sich beim ersten Schluck den Rachen. Hastig spülte er seinen Mund mit kaltem Leitungswasser aus. Nachdem die Schmerzen nachließen, übermannte ihn erneut die Trauer. Er erinnerte sich, wie seine Exfrau vor dem Wagen zusammengebrochen war. Sie hatte es von Anfang an gewusst, dachte er. Einen Moment lang verspürte er das Bedürfnis, zu ihr in die Klinik zu fahren. Aber dann beschlich ihn dieselbe Angst wie am Vorabend. Eine Befürchtung, die ihm zunehmend den Verstand raubte. Er ging zurück in die Küche und füllte die Kaffeetasse bis an den obersten Rand mit Rum. Hastig trank er die Mischung in großen Schlucken leer.

Der Alkohol verstärkte seine Angst. Es gab nur eine Möglichkeit herauszufinden, ob seine Befürchtungen zutrafen. Während er darüber nachdachte, wie er vorgehen sollte, steigerte er sich in eine grenzenlose Wut hinein. Er ging in das Wohnzimmer, griff nach einem Pokal auf dem Sideboard und warf ihn mit voller Wucht in die Glasvitrine. Anschließend schlug er wie ein Besessener mit einem Stuhl auf den Schaukasten ein. Erst als er sich an einer zerbrochenen Scheibe eine Schnittwunde an der Hand zuzog, hörte er auf. Dann fing er laut fluchend damit an, die Fotografien zu zerreißen. Bevor er zum Telefonhörer griff, setzte er die halbvolle Rumflasche an den Mund und trank sie ohne abzusetzen leer. Dann tippte er mit hasserfülltem Blick die Zahlenfolge ein. Nach dem Telefonat riss er das Anschlusskabel aus der Steckdose. Anschließend ging er in die Küche und öffnete eine weitere Flasche.

Das Telefonat, das Lea Thomann am Abend zuvor mit Claudia Behrens geführt hatte, war das Hauptthema der Frühbesprechung. Brandstätter sah darin sogar den entscheidenden Hinweis.

»Wenn wir herausbekommen, was damals war, wissen wir, warum er es getan hat.« Kepplinger warnte entschieden davor, Jessen vorschnell als Täter zu verurteilen. Die Mehrheit der Ermittler schloss sich seiner Meinung an und maß dem Ereignis weniger Bedeutung zu. Schließlich brach Kepplinger die immer gewagteren Spekulationen seiner Kollegen ab und forderte sie auf, konkrete Vorschläge zu machen.

»Also, wie wollen wir mit dem Hinweis umgehen?«

Alle waren sich einig, zunächst Gerd Jessen zu dem angeblichen Vorfall zu befragen.

»Vielleicht ist da überhaupt nichts dran«, sagte Salvatore Falcone. Kepplinger deutete an, sich zusammen mit Lea im Anschluss an die Besprechung darum zu kümmern. Damit war dieses Thema beendet.

Als Nächstes diskutierten sie über die Auswertung der Bilder der Überwachungskameras. Kepplinger räumte ein, dass er es am Vorabend versäumt hatte, dem Smart-Besitzer einen Besuch abzustatten. Sie beschlossen trotz der knappen Zeit, alle ermittelten Fahrzeughalter telefonisch zu befragen. Erst wenn sich weitere Verdachtsmomente ergaben, sollte die betreffende Person genauer unter die Lupe genommen werden.

Christian Schwarz meldete sich zu Wort.

»Ich habe gestern Abend noch mit dem Labor telefoniert. Bei dem verbrannten Gegenstand handelte es sich offenbar um einen Schuh. Allerdings können die Kollegen keine detaillierten Angaben zur Größe und Materialbeschaffenheit machen. Vermutlich irgendein Kunstleder.«

Mit Ausnahme von Lea schien sich zunächst niemand mehr an die Begebenheit auf dem Bauernhof zu erinnern. Erst als sie sich danach erkundigte, ob es sich um einen Mädchenschuh handeln könnte, wurde den anderen der Zusammenhang klar.

»Ich habe natürlich sofort nachgehakt. Aber wie gesagt, das lässt sich nicht mehr feststellen«, antwortete Christian Schwarz. »Sollen wir diesbezüglich noch etwas unternehmen?«

Kepplinger dachte an die seltsame Begebenheit, lehnte aber ab. »Dafür haben wir keine Zeit. Es ist zwar ungewöhnlich, dass jemand mitten in der Nacht Schuhe verbrennt. Aber es ist nicht verboten.«

Die anderen stimmten ihm zu. Lea schien anderer Meinung zu sein, sagte aber nichts.

»Dann kümmern wir uns jetzt wie besprochen nochmals um das Umfeld von Manuela und die Telefonate mit den Fahrzeughaltern. Damit wären wir den Vormittag über beschäftigt«, beendete Kepplinger die Besprechung.

Er hatte alle Vorbereitungen getroffen. Zum letzten Mal ging er seinen Plan Schritt für Schritt durch. Es gab keinen Zweifel, er hatte an alles gedacht. Sogar an den Wetterbericht. Die angekündigten Gewitter waren ihm nur recht. Dann verschwinden die Leute in ihren Häusern, dachte er. Es würde so sein wie bei dem Mädchen. Selbst wenn ihn jemand beobachten würde, gäbe es keinen Anlass, Verdacht zu schöpfen.

Er überlegte, ob er die Injektionen bereits jetzt aufziehen sollte. Aber dann entschied er, sich an seinen Plan zu halten und es erst im Wagen vor dem Haus zu tun. Noch einmal ging er die Fragen durch, die er stellen wollte. Er hatte sich Mühe gegeben, sie in eine Reihenfolge zu bringen. Wie in richtigen Prozessen, die er in zahlreichen Gerichtsfilmen studiert hatte. Nur stand in diesem Fall das Urteil bereits fest, dachte er. Genauso der Ort, an dem er es vollstrecken würde. Der Angeklagte würde ohnehin nichts zu seiner Verteidigung vorbringen können. Die Vorstellung, wie alles ablaufen würde, versetzte ihn in einen rauschähnlichen Zustand. Das Klingeln des Telefons riss ihn aus seinen Gedanken.

In der Annahme, es sei seine Ex-Freundin, ging er ans Telefon.

Die Stimme am anderen Ende der Leitung kam ihm bekannt vor. Der Mann war offenbar stark betrunken, aber den Beschimpfungen nach wusste er mehr, als ihm lieb war. Nachdem er den Hörer wieder aufgelegt hatte, beschloss er, früher als beabsichtigt zur Tat zu schreiten.

Moritz Kepplinger war sicher, dass Gerd Jessen seinen Anruf absichtlich nicht entgegennahm. Das Freizeichen wechselte von einer Sekunde auf die andere in ein Besetztzeichen. Von da an war die Leitung ständig belegt.

»Gut, dann fahren wir jetzt nach Salach«, sagte er zu Lea.

»Ich besorg uns ein Fahrzeug«, erwiderte sie und verließ das Büro. Er trank seinen Kaffee aus, räumte die benötigten Unterlagen in seine Tasche und folgte ihr. Zehn Minuten später standen sie vor der Eingangstür des Mehrfamilienhauses. Lea betätigte den Klingelknopf. Nichts rührte sich. Kepplinger nahm sein Handy und wählte Jessens Festnetznummer. Wieder ertönte das Besetztzeichen.

»Er muss zu Hause sein und telefonieren«, sagte er.

Lea betätigte den Klingelknopf ein zweites und drittes Mal. Nichts.

»Lass uns einmal um das Gebäude gehen.«

In dem Moment, als sie gehen wollten, wurde der Türöffner betätigt, und die Haustür sprang auf. Sie betraten den Hausflur. Gerd Jessen lehnte an der Wohnungstür und lallte unverständliches Zeug.

»Der ist total besoffen«, sagte Lea Thomann. Kepplinger nickte und sah auf die Uhr. Es war kurz nach neun.

»Herr Jessen, wir müssen mit Ihnen sprechen.«

»Sssschbrechen«, stotterte Gerd Jessen. Beiden war klar, dass eine Befragung in diesem Zustand keinen Sinn machte.

»Komm, wir bringen ihn zurück in die Wohnung«, forderte Moritz seine Kollegin auf. »Der muss erst mal seinen Rausch ausschlafen.«

Gemeinsam griffen sie dem Betrunkenen unter die Arme und setzten ihn im Wohnzimmer auf die Couch.

»Ist mir ein Rätsel, wie er es überhaupt an die Tür geschafft hat.«

In der Wohnung roch es nach Erbrochenem und Hochprozentigem. Kepplinger öffnete die Verandatür, damit etwas frische Luft hereinströmen konnte. Lea deutete auf das herausgerissene Telefonkabel und die Überreste der Glasvitrine.

»Moritz, sieh dir das mal an!«

Er betrachtete den zerstörten Schaukasten und die zerrissenen Fotos.

Gerd Jessen wippte brabbelnd mit dem Kopf und beschäftigte sich immer noch mit dem Wort *sprechen*.

»Das macht keinen Sinn, lass uns in ein paar Stunden nochmals vorbeikommen«, sagte Kepplinger. »Wir schreiben ihm eine Nachricht, dass er sich mit uns in Verbindung setzen soll.«

Lea machte sich auf die Suche nach einem Blatt Papier.

»Schreib große Buchstaben«, sagte er, nachdem seine Kollegin zurück im Wohnzimmer war. »Und notier ihm meine Handynummer.«

Er musterte erneut das Ausmaß der Verwüstung und warf einen Blick auf die wenigen heil gebliebenen Bilder. Bei den meisten handelte es sich um Gruppenfotos. Gerd Jessen stand immer mittig in der hinteren Reihe.

Aus welchem Anlass hatte Jessen hier so gewütet?

Unterhalb der zerstörten Vitrine befand sich ein Schubfach. Kepplinger öffnete die Lade und entdeckte ein wildes Durcheinander von Postkarten, älteren Fotografien, Disketten, Fotokleber, alten Filmdosen und anderem Tand. Er stöberte darin, ohne genau zu wissen, wonach er suchen sollte. Schließlich bemerkte er eine kleinformatige Trauerkarte, auf der das Foto eines kleinen Mädchens abgebildet war. Sie musste etwa im selben Alter gewesen sein wie Manuela. Neugierig klappte er die Karte auf. Eine gewisse Lisa Sander war im Juli 1997 im Alter von zehn Jahren ums Leben gekommen. *Unsere kleine Prinzessin, unser leuchtender Stern, Du hast so viele Herzen berührt und bleibst unvergessen!*

Etwas erregte seine volle Aufmerksamkeit. Aber er wusste nicht sofort, was es war. Dann kam er darauf.

»Lea!«

Seine Kollegin drehte erschrocken den Kopf.

»Sieh dir das an.«

Sie betrachtete die Trauerkarte und schluckte.

»Das Datum.«

»Nicht nur das«, erwiderte er. »Der Name … und das Alter.«

Lea stockte der Atem, nachdem sie die Zusammenhänge erfasst hatte.

»Mein Gott!«

»Wir müssen so schnell wie möglich mit Susanne Jessen sprechen«, sagte er. »Und mit dem Typen, der die Scheune gemietet hat.«

»Willst du ihn tatsächlich so zurücklassen?« Lea deutete auf Gerd Jessen, der eingeschlafen war.

»Ich denke nicht, dass wir etwas für ihn tun können. Benachrichtigen wir seine Freundin. Soll sie sich um ihn kümmern.«

Jessen gab einen lauten Schnarchton von sich. Dann wurde es wieder still.

»Sobald er halbwegs ansprechbar ist, stehen wir wieder auf der Matte.«

Claudia Behrens ging prompt an den Apparat und war erleichtert, etwas von ihrem Lebensgefährten zu hören. Sie versprach, sofort nach Salach zu fahren und sich um ihn zu kümmern.

»Haben Sie einen Wohnungsschlüssel?«, erkundigte sich Lea.

»Ja.«

Moritz reichte ihr die Trauerkarte. Lea bedeutete ihm mit einem Nicken, dass sie seinen Hinweis verstanden hatte.

»Sagt Ihnen der Name Sander etwas?«

»Nein. Warum? Wer soll das sein?«

Lea ging auf ihre Fragen nicht ein. »Wir machen uns jetzt auf den Weg. Bitte rufen Sie mich an, sobald Herr Jessen wieder einigermaßen nüchtern ist.«

»Haben Sie ihm etwas von unserem Gespräch erzählt?«

»Nein.«

Sie legte auf.

In diesem Moment fing der Betrunkene lauthals zu schnarchen an.

»Zeit, dass wir gehen«, sagte Moritz und machte sich auf den Weg. An der Tür drehte er nochmal um, ging zurück ins Wohnzimmer, nahm die Trauerkarte und einige der heil gebliebenen Fotografien an sich.

»Man weiß ja nie«, sagte er, als er an Lea vorbei in den Flur ging.

Alexander Giebel stand wie benebelt in der Empfangshalle der Klinik und wartete auf das Eintreffen des Kriminalkommissars und seiner Kollegin.

Zu Beginn des Telefonats war er gegen den Überraschungsbesuch der Polizei gewesen. Aber nachdem Kepplinger ihm seine Beweggründe erklärt hatte, hatte er zugestimmt. Seine

Patientin war seit dem Morgen in einer außergewöhnlich guten Verfassung. Bei der Visite hatte sie ihn angelächelt und mit *Herr Doktor* begrüßt. Daraufhin hatte er entschieden, die Dosierung der Beruhigungsmittel weiter herabzusetzen und sie erst am Nachmittag mit der Todesnachricht zu konfrontieren. Aber jetzt war alles anders. Die Tatsache, dass die einzige Tochter seiner Patientin einem Verbrechen zum Opfer gefallen war, übertraf all seine Befürchtungen. Und er wusste nicht mehr, wie er sich angesichts dieser Entwicklung, richtig verhalten sollte. Natürlich war es wichtig, dass der Mörder gefasst wurde. Womöglich konnte die Mutter einen wesentlichen Beitrag leisten. Andererseits war er für ihren Gesundheitszustand verantwortlich. Das Gespräch würde anstrengend werden. Er nahm sich vor, die Unterhaltung bei der geringsten Verschlechterung ihres Wohlbefindens abzubrechen.

Der Knoten in seinem Bauch drohte jeden Moment zu platzen. Moritz gelang es nur mit Mühe, seine innere Anspannung zu verbergen. Zudem hatte das Zittern seiner rechten Hand wieder begonnen. So oft es ging, steckte er sie in seine Hosentasche oder hielt sie mit der anderen Hand fest. Er ertappte sich bei dem Gedanken, dass es ein Riesenfehler gewesen war, als er gegen Ende des Studiums die Entscheidung getroffen hatte, künftig im Bereich von Kapitalverbrechen ermitteln zu wollen. Aber jetzt war definitiv der falsche Zeitpunkt, sich darüber zu beschweren.

*Der nächste Schritt ist der richtige.*

Er zwang sich dazu, wieder an den Fall zu denken. Seit dem Hinweis von Claudia Behrens und seitdem er die Trauerkarte gefunden hatte, überschlugen sich die Ereignisse. Natürlich war es möglich, dass sie sich auf einem Irrweg befanden. Doch jetzt hatten sie eine interessante Querverbindung im Umfeld der Familie entdeckt, der sie unbedingt nachgehen mussten. Ein zehnjähriges Mädchen war vor sechzehn Jahren ums Leben gekommen, auf den Tag genau, an dem die gleichaltrige Manuela Jessen nicht nach Hause gekommen war.

Wer war Lisa Sander? War sie die Tochter des Mannes, der in Geislingen eine Scheune gepachtet hatte? Und woran war das Mädchen gestorben? Noch konnte er sich keinen Reim auf einen Zusammenhang machen, spürte aber, wie er plötzlich mit einer Flut von Fragen überschwemmt wurde, die alle von Bedeutung sein konnten. Wer war dieser Sander, von dem Nils Schubart erzählt hatte? In welcher Beziehung stand er zu Gerd Jessen? Was hatte es mit den Beobachtungen des Landwirts auf sich? Warum verbrannte jemand mitten in der Nacht einen Schuh? Er benötigte dringend die Antworten auf all diese Fragen. Die wenigen Fragmente, die sie hatten, ergaben kein Bild. Aber Moritz ahnte, dass er etwas Wichtiges entdeckt hatte.

Er kannte dieses Gefühl. In den meisten Fällen kam die Wende überraschend. Mit einem Mal häufte sich die Anzahl von Hinweisen und Zusammenhängen.

Seine Anspannung stieg erneut, als sie auf den Besucherparkplatz der Klinik fuhren. Lea Thomann öffnete die Beifahrertür.

»Warte, mir ist gerade noch etwas eingefallen.«

Kepplinger griff nach seinem Telefon. Am anderen Ende meldete sich Anja Kober.

Er berichtete knapp, in welcher Verfassung Gerd Jessen gewesen war und was sie vorhatten.

»Versucht herauszufinden, was mit diesem Mädchen passiert ist und in welcher Beziehung sie zu Jessen stand. Das könnte verdammt wichtig sein!«

Anja Kober notierte sich die nötigen Daten.

»Ackermann soll mit Schubart oder Schwarz zu dieser Scheune fahren und nochmal mit dem Bauern sprechen!«

»In Ordnung!«

»Wenn ihr etwas herausgefunden habt, gebt mir sofort Bescheid!«

Susanne Jessen saß erwartungsvoll am Tisch ihres Krankenzimmers, als die beiden Polizeibeamten in Begleitung des Arztes den Raum betraten. Alexander Giebel hatte sie auf den Besuch vorbereitet.

»Haben Sie meine Tochter gefunden?«, erkundigte sie sich, ohne den Gruß der Beamten zu erwidern.

Kepplinger suchte nach den passenden Worten. Er sah sich gezwungen, ihr die Wahrheit zu verschweigen.

»Nein, Frau Jessen. Es tut mir leid, dass ich Ihnen heute Morgen nichts anderes berichten kann.«

»Aber das ist doch nicht möglich! Warum unternimmt denn die Polizei nichts?«, rief sie aufgeregt. Der Arzt trat neben sie und sprach beruhigend auf sie ein.

»Frau Jessen, bitte. Ich bin mir sicher, dass die Polizei alles tut, was in ihrer Macht steht. Aber Herr Kepplinger und Frau Thomann möchten etwas anderes mit Ihnen besprechen.«

Sie schien sich tatsächlich zu beruhigen.

»Was denn?« Ihre Frage klang abwertend. Was konnte es für die Polizei anderes geben, als ihre Tochter zu finden. Stillschweigend musste Kepplinger ihr Recht geben. Aber letztlich ging es darum, den Mörder von Manuela zu finden. Auch das konnte er ihr zum jetzigen Zeitpunkt nicht sagen.

»Frau Jessen, es geht um Ihren Exmann«, lenkte er das Gespräch vorsichtig auf das sensible Thema.

»Was soll mit ihm sein?«

Er beschloss, den Hinweis von Claudia Behrens direkt anzusprechen.

»Wir haben herausgefunden, dass es in seinem Leben einen Vorfall gab, der ihm bis heute zu schaffen macht. Können Sie sich daran erinnern?«

Sie starrte ihn misstrauisch an.

»Warum wollen Sie das wissen? Was hat das mit Manu zu tun?«

Wieder schaltete sich Alexander Giebel in das Gespräch ein. »Bitte versuchen Sie, die Frage zu beantworten.«

Moritz warf dem Arzt einen dankbaren Blick zu. Eine betretene Stille machte sich im Raum breit.

»Also gut.« Susanne Jessen hielt krampfhaft die Augen geschlossen, als ob sie die Ereignisse erst in die Gegenwart holen müsste. »Das war furchtbar damals«, begann sie schließlich. Immer noch hielt sie die Augen geschlossen, während sie sprach. »Wir hatten mit Freunden einen Sonntagsausflug gemacht. Zu dieser Burgruine in der Nähe des Filsursprungs. Warten Sie, mir fällt der Name nicht ein.«

»Reußenstein«, sagte Lea Thomann, die sich an eine Mountainbike-Tour in der Gegend erinnerte.

»Ja, genau. Wir waren zum Picknick dort, und die Kinder haben in der Nähe Verstecken gespielt.«

Ihrem Gesicht konnte man ablesen, wie schmerzhaft die Erinnerung war.

»Eines der Mädchen, Lisa, die Tochter unserer Freunde, ist dann aus einem der Fenster der Burg gestiegen, um sich auf einem schmalen Felsvorsprung zu verstecken, und dann ist sie in die Tiefe gestürzt. Mein Mann hatte ihr das Versteck gezeigt …« Susanne Jessen begann zu schluchzen. »Oh, mein Gott, das war so schrecklich, als wir sie endlich gefunden haben.« Tränen liefen über ihre Wangen. Alexander Giebel hielt beruhigend ihre Hand. Endlich sprach sie weiter. »Gerd hat sich diesen Vorfall nie verziehen. Das Schlimmste für ihn war, dass der Vater des Kindes von dem Tag an kein Wort mehr mit ihm gesprochen hat. Gerd hat tausendmal versucht, sich bei ihm zu entschuldigen.«

»Erinnern Sie sich an den Namen des Mannes?«, erkundigte sich Kepplinger.

»Natürlich. Erich und seine Familie gehörten zu unserem engsten Freundeskreis.«

»Erich Sander?«

»Ja, genau.« Susanne Jessen überlegte wieder einige Augenblicke. »Erich war einige Zeit hier, in dieser Klinik und brach die Therapie dann aber nach ein paar Monaten auf eigene Verantwortung ab. Seine Ehe ist in die Brüche gegangen, und wir haben uns aus den Augen verloren. Erich ist von heute auf morgen weggezogen. Gerd hat ihn lange Zeit gesucht. Von dem Tag an ist Erich auch nicht mehr in den Kegelclub gekommen. Ich habe hin und wieder noch mit seiner ehemaligen Frau telefoniert. Aber dann ist auch dieser Kontakt abgebrochen.«

»Erinnern Sie sich daran, wann der Unfall passiert ist?«

»Ja, das weiß ich sogar noch sehr genau. Es war Sonntag, der 20. Juli 1997.«

Kepplinger gab dem Arzt zu verstehen, dass er keine weiteren Fragen hatte. Sie verabschiedeten sich von Susanne Jessen und verließen das Zimmer. Alexander Giebel kümmerte sich um seine Patientin.

Auf dem Flur holte Kepplinger sein Telefon hervor und wählte die Nummer der Dienststelle. Er bemerkte, wie seine Hand zu zittern begann. Wütend steckte er sie in die Hosentasche. Salvatore Falcone ging an den Apparat.

»Accidenti! Moritz, wo seid ihr?«

»In der Klinik. Hör mir bitte genau zu. Ihr müsst diesen Erich Sander überprüfen. Findet alles über ihn heraus. Wo er wohnt, was er macht, seine Telefonnummer.« Kepplinger überlegte kurz, was noch von Bedeutung sein konnte.

»Salvatore! Findet heraus, ob er am Tattag mit seinem Handy im Bereich unserer Funkzelle war. Einfach alles!«

»In Ordnung. Ist er der Täter?«

»Das weiß ich nicht. Vielleicht!«

Lea Thomann blickte aus einer der riesigen Glasfronten auf die gepflegte Gartenanlage der Klinik. Der Himmel hatte sich violett blau verfärbt. Dichte Wolkenbänder, deren Fallstreifen bis zum Boden reichten, bauten sich über der westlichen Stadtgrenze auf. In der Ferne vernahmen sie tiefes Donnergrollen. Bald würde sich ein heftiges Gewitter entladen.

»Was hältst du von der Geschichte?« erkundigte sie sich schließlich. Moritz saß auf einem der ledernen Besuchersessel und blickte geistesabwesend ins Freie.

»Mir ist nun klar, warum sich Gerd Jessen Vorwürfe macht. Aber ehrlich gesagt kann ich im Moment keinen Zusammenhang zu unserem Fall erkennen. Manuela war zum Zeitpunkt des Unfalls noch nicht mal auf der Welt.«

Alexander Giebel trat aus dem Krankenzimmer und setzte sich schweigend neben Kepplinger in einen Sessel. Moritz wiederholte, was er mit Lea besprochen hatte.

»Wir müssen auf jeden Fall die polizeilichen Akten anfordern«, sagte er abschließend. »Wie geht es ihr?«

»Ganz gut«, erwiderte der Arzt. »Sie hat sich nur darüber gewundert, warum Sie das alles wissen wollen.«

»Ist es möglich, an die Krankenakte von Erich Sander zu kommen?«

Alexander Giebel zog die Augenbrauen nach oben.

»Sie wissen doch, wie das ist mit der ärztlichen Schweigepflicht.«

»Aber wir ermitteln in einem Mordfall. Möglicherweise gibt es einen Zusammenhang.«

Alexander Giebel dachte nach.

»Gut, ich will sehen, was ich tun kann. Üblicherweise bräuchte ich dazu die Genehmigung des Oberarztes. Aber der ist heute nicht im Hause.« Er erhob sich und deutete den beiden Beamten an, ihm zu folgen.

»Gehen wir in mein Büro.«

»Jetzt sofort?« Kepplinger war überrascht.

»Was denken Sie? Wir sind ein modernes Krankenhaus. Sämtliche Daten der letzten hundert Jahre wurden digitalisiert.« Alexander Giebel lächelte. »Haben Sie keine Computer auf Ihrer Dienststelle?«

Das Büro, in das Alexander Giebel sie führte, war beeindruckend. Die futuristische Einrichtung bestand zur einen Hälfte aus dunklem Nussbaumholz, das elegant mit koloriertem Glas kombiniert war. Wandlampen aus Edelstahl beleuchteten drei hochwertige Drucke von Jack Vettriano. Alexander Giebel schien ein Faible für den schottischen Maler zu haben. Beeindruckt nahmen sie Platz, während der Arzt bereits an einem Designer-PC hantierte.

»Schick haben Sie es hier«, sagte Lea Thomann bewundernd.

»Oh, danke. Aber das ist leider nicht mein Büro. Ich nutze es nur, solange mein Kollege im Ausland ist.«

Während der Arzt verschiedene Suchbegriffe in eine Maske eingab, klingelte Kepplingers Mobiltelefon. Es war Anja Kober.

»Moritz, pass mal auf, da ist ein Fax gekommen von der Gerichtsmedizin. Die haben das Medikament nachgewiesen, das Manuela verabreicht wurde. Hast du was zum Schreiben?« Er griff nach einem Stift auf dem Schreibtisch und schlug seinen Notizblock auf.

»Jetzt.«

»Also, das Zeug heißt Perphenazin.« Kepplinger ließ sich das Wort buchstabieren. »Dabei handelt es sich um ein hochpotentes Neuroleptikum. Perphenazin wird bei akuten Psychosen, wie zum Beispiel Schizophrenie oder Wahnvorstellungen verabreicht. Das Medikament wird aber auch zur Langzeitbehandlung eingesetzt. Die Wissenschaftler gehen davon aus, dass Manuela dieses Medikament injiziert wurde.«

Moritz schrieb so gut es ging mit.

Alexander Giebel deutete an, dass er fündig geworden war. Kepplinger beendete das Gespräch.

»Ich habe die Daten. Einen Moment noch.« Rasch überflog der Mediziner die Einträge auf dem Bildschirm.

Moritz überlegte, was es mit dem Medikament auf sich haben könnte. Sie mussten mehr über Sander erfahren. Hoffentlich ergab sich aus der Krankenakte ein wichtiger Hinweis. Die Zeit drängte.

»Vielleicht können Sie uns nur die relevanten Details der Akte nennen? Sie wissen ja mittlerweile, wonach wir suchen«, sagte er schließlich.

Alexander Giebel starrte immer noch konzentriert auf den Monitor.

»Ich werde es versuchen.«

Sie warteten gespannt, während der Arzt sichtlich darum bemüht war, sich zu beeilen.

»Also, der Reihe nach, die Aufzeichnungen sind ziemlich ausführlich …«, begann er endlich. »… Erich Sander, geboren am 8. Februar 1960. Wurde am 24. Juli 1997 in die Klinik eingewiesen. Ein Göppinger Nervenarzt hat das veranlasst. Die Diagnose lautete posttraumatische Belastungsstörung im Zusammenhang mit dem tödlichen Unfall seiner zehnjährigen Tochter ein paar Tage zuvor.« Alexander Giebel überflog einen längeren Absatz. »Dann ist hier der gesamte Unfallhergang aufgeführt. Die sachbearbeitende Dienststelle und so weiter …« Der Arzt kratzte sich am Ohr. »Gut. Also, warten Sie. Sander war insgesamt drei Monate in stationärer Behandlung. Offenbar hat sich sein Zustand, den die Kollegen in der Folge als psychotische Schizophrenie diagnostiziert haben, mit der Zeit verschlechtert.« Aufgeregt studierte er den nachfolgenden Text. »Hier steht, dass Sander während der Therapie immer wieder jemanden erwähnt hat, der in seinen Augen für den Tod seiner Tochter verantwortlich war …«

»Und dabei handelt es sich um Gerd Jessen?« unterbrach ihn Kepplinger.

»Das geht aus der Akte nicht hervor. Hier wird lediglich von einer Person aus dem engeren Umfeld der Familie berichtet.«

»Ja, aber der Aussage von Susanne Jessen nach muss er es sein«, stellte Lea Thomann fest.

Kepplinger nickte und warf einen Blick zu Alexander Giebel, der dasselbe dachte.

»Aber seitdem sind sechzehn Jahre vergangen. Und selbst wenn er es nach dieser Zeit noch auf Gerd Jessen abgesehen hat, welche Rolle spielt dann der Tod von Manuela?« Leas Stimme überschlug sich beinahe. »Sie war damals doch noch nicht einmal geboren?«

»Vielleicht eine Art Racheakt?«, schlug Alexander Giebel vor.

»Aber das wäre doch Wahnsinn!«, sagte Kepplinger.

»Sicher, aber ein denkbares Motiv, finden Sie nicht?«, antwortete der Arzt, der sich wieder der Krankenakte widmete. »Sander hat sich in den Therapiegesprächen immer mehr zurückgezogen und die Behandlung nach exakt einhundert Tagen auf eigene Verantwortung abgebrochen.«

»Geht das denn so einfach?« erkundigte sich Lea Thomann.

»Das ist durchaus möglich, solange sich jemand in der offenen Abteilung befindet und nicht akut suizidgefährdet ist«, erklärte der Arzt.

Kepplinger blätterte in seinem Notizbuch.

»Können Sie herausfinden, mit welchem Medikament Erich Sander in dieser Zeit behandelt wurde?«

Alexander Giebel suchte nach einem entsprechenden Vermerk. Kepplinger ahnte die Antwort bereits.

»Perphenazin.«

Er rieb sich mit beiden Handflächen die Stirn, dann blickte er in die Augen des Arztes.

»Dasselbe Medikament wurde dem Kind kurz vor seinem Tod verabreicht.«

Lea und der Arzt sahen ihn verblüfft an.

Wieder klingelte das Mobiltelefon. Moritz drückte die Sprechtaste.

»Commissario, du hattest nach Erich Sander gefragt?«

»Richtig. Habt ihr was herausgefunden?«

»Eine ganze Menge. Sander wohnt in Geislingen. Er arbeitet als Außendienstmitarbeiter bei einer Firma, die Industriekaffeemaschinen vertreibt.«

»Das hat Christian doch schon alles erzählt«, unterbrach er Salvatore.

»Momento, jetzt wird's erst spannend. Sander beziehungsweise sein Handy war am vergangenen Freitag von elf bis halb zwei im Bereich der Süßener Funkzelle. Dann wieder am Samstag, zwischen fünfzehn und sechzehn Uhr dreißig. Am Sonntag von elf bis zwölf und nochmal am Montag, von sechzehn bis siebzehn Uhr dreißig.«

»Das klingt tatsächlich interessant«, erwiderte Kepplinger und blätterte in seinem Notizblock. Am Montag war er um diese Zeit mit den Kollegen der Hundestaffel auf dem Parkplatz vor der Schule gewesen.

»Noch was Commissario«, unterbrach ihn Falcone.

»Ja, schieß los!«

»Die Lebensgefährtin von Gerd Jessen hat sich gemeldet.«

»Und?«

»Sie war eine halbe Stunde, nachdem ihr sie angerufen habt, in der Wohnung von ihrem Freund.«

»Jetzt mach es doch nicht so spannend«, fiel ihm Kepplinger ins Wort.

»Gerd Jessen war nicht mehr da.«

»Was?«

Lea Thomann und Alexander Giebel sahen ihn überrascht an.

»Er war nicht mehr zu Hause. Sie sagt, er muss die Wohnung Hals über Kopf verlassen haben. Mobiltelefon, Schlüssel und Geldbörse liegen noch da, und sein Wagen steht in der Garage.«

»Das gibt es doch gar nicht.« Kepplinger sah auf seine Armbanduhr. »Jessen war vor einer Stunde noch stockbesoffen. Er kann unmöglich weit gekommen sein.«

»Nils und Anja sind schon dort und befragen die Nachbarn.«

»Gut«, sagte Kepplinger. »Wir kommen, sobald wir hier fertig sind. Und noch was, vergesst das mit der Scheune und dem Landwirt. Markus soll zu der Wohnung von Sander fahren. Sofort!«

»Da stimmt doch was nicht«, sagte Lea, nachdem Kepplinger aufgelegt hatte.

»Scheint mir auch so«, erwiderte der Arzt.

Kepplinger blickte nachdenklich aus dem Fenster. Er hatte eine Vorstellung von den Zusammenhängen. Nur medizinisch konnte er seine These noch nicht untermauern. Deshalb interessierte ihn die Meinung des Psychologen.

»Würden Sie uns aus ärztlicher Sicht sagen, was Sie über den Fall denken?«

Alexander Giebel erhob sich und blickte aus dem Fenster.

»Ich bin kein Kriminalist«, sagte er schließlich. »Das ist Ihr Part. Möchten Sie trotzdem meine Meinung hören?«

»Ich bitte Sie darum«, sagte Kepplinger.

Alexander Giebel setzte sich wieder in den Bürosessel und betrachtete seine Notizen.

»Nun, ich kenne Erich Sander nicht persönlich. Aber nach allem, was ich jetzt über ihn weiß, kann ich mir vorstellen, dass er der Mann sein könnte, den Sie suchen. Vor sechzehn Jahren ist seine Tochter bei einem tragischen Unfall ums Leben gekommen. Allem Anschein nach gibt er seinem Bekannten

Gerd Jessen die Schuld daran. In all den Jahren könnte sich dieser Gedanke bei ihm so manifestiert haben, dass es für ihn keine andere Wahrheit mehr gibt. Irgendwann, vielleicht nachdem er erfahren hat, dass Gerd Jessen in der Zwischenzeit selbst Vater geworden ist, hat er möglicherweise beschlossen, sich auf bestialische Weise an ihm zu rächen.«

»Um Jahre später Manuela, als sie genauso alt war wie seine Tochter damals, der Familie wegzunehmen«, sprach Lea Thomann ihre Folgerung aus.

»So kann es gewesen sein«, antwortete Alexander Giebel.

»Das ist doch verrückt«, sagte Kepplinger ungläubig. Obwohl er die Überlegungen des Arztes durchaus logisch fand, wehrte sich sein Verstand dagegen, diese als ausschließliches Motiv zu akzeptieren.

»Aber dem Bericht nach traue ich Erich Sander eine solche Wahnsinnstat durchaus zu«, setzte Alexander Giebel seine Ausführungen fort. »Wobei ich vermute, dass der Tod seiner Tochter lediglich der entscheidende Auslöser seiner Krankheit war. Bestimmt gibt es eine Vorgeschichte, über die wir leider nichts wissen. Auch eine genetische Disposition käme in Frage. Wie gesagt, das ist nur eine Hypothese. Es liegt an Ihnen herauszufinden, ob es sich so zugetragen hat.«

»Gut, dann werden wir ihm jetzt so schnell wie möglich einen Besuch abstatten.«

»Aber denken Sie daran, der Mann ist unberechenbar.«

Kepplinger nickte und blickte zu Lea Thomann. »Wir passen auf.«

In unmittelbarer Nähe gab es einen Blitzeinschlag, der das großräumige Büro in ein helles Licht tauchte. Eine Sekunde später erschütterte lautes Donnern den Raum. Die Fensterscheiben vibrierten. Die angestaute Hitze der vergangenen Tage schien sich endlich in einem reinigenden Gewitter zu entladen.

Erneut zuckten grelle Blitze vom Himmel, gefolgt von dröhnendem Donnergrollen. Schließlich wandten sich Moritz und Lea zum Gehen.

»Herr Kepplinger«, sagte Alexander Giebel mit nachdenklicher Stimme.

»Ja?« Er drehte sich zu dem Arzt um.

»Sollten wir mit unseren Überlegungen richtigliegen, glaube ich, dass Herr Jessen sich in großer Gefahr befindet.«

»Das denke ich auch.«

Das ständige Aufheulen der Polizeisirene und das Motorengeräusch machten es nahezu unmöglich zu telefonieren. Kepplinger fuhr auf der Bundesstraße zehn mit Höchstgeschwindigkeit in Richtung Geislingen, während Lea versuchte, Markus Ackermann zu erreichen. Endlich kam eine Verbindung zustande. Christian Schwarz nahm das Gespräch an. Die Kollegen parkten bereits in der Nähe der Wohnung. Er konnte kaum ein Wort verstehen. Immer wieder musste Lea einen Satz wiederholen, der im Lärm des Martinshorns unterging. Kepplinger erreichte den Zielort, bevor sie die beiden Kollegen auf den neuesten Stand bringen konnte. Sie stiegen zu Markus Ackermann in den Wagen und berichteten kurz von den Neuigkeiten, die sie in der Klinik erfahren hatten.

»Klingt sehr abenteuerlich«, sagte Markus Ackermann, nachdem Kepplinger zu Ende erzählt hatte.

»Das sehe ich genauso. Aber die Ereignisse der letzten beiden Tage passen zu dieser Theorie. Sander leidet unter Wahnvorstellungen.«

»Was genau bedeutet das?«, wollte Christian Schwarz wissen.

»Der Arzt meinte, dass jemand, der unter Wahn leidet, krankhafte, falsche Vorstellungen von der Realität entwickelt. Beziehungsweise interpretiert er seine Umwelt falsch. Die Wahnvorstellungen sind dabei für ihn so wirklich, dass er unbeirrbar daran festhält und sich von niemandem davon abbringen lässt.«

»Und ihr denkt, dass er Manuela getötet hat?«, erkundigte sich Markus Ackermann.

»Davon müssen wir ausgehen.«

»Dann würde ich vorschlagen, wir gehen jetzt schleunigst zu ihm.«

Sie besprachen ihre Vorgehensweise und streiften anschließend die Schutzwesten über. Kepplinger telefonierte mit Brandstätter und erklärte ihm ihr Vorhaben. Der Vorgesetzte bestand darauf, Streifenbeamte des Polizeireviers hinzuzuziehen. Kepplinger lehnte den Vorschlag ab.

»Das würde viel zu lange dauern. Außerdem könnte Sander gewarnt werden, wenn plötzlich mehrere Streifenwagen in der Nähe seiner Wohnung auftauchen.«

»Dann warten Sie gefälligst, bis Verstärkung aus Göppingen da ist!«, brüllte der Inspektionsleiter in den Apparat.

»Dafür haben wir keine Zeit«, erwiderte Kepplinger und schaltete das Telefon ab. Sie machten sich auf den Weg zum Eingang des Wohnhauses, einem grauen Betonblock aus den siebziger Jahren. Lea Thomann zählte zwölf Parteien, die sich auf vier Stockwerke verteilten. Der Anordnung der Klingelknöpfe nach war nicht auszumachen, in welcher Etage Sander lebte.

»Dann müssen wir Stockwerk für Stockwerk absuchen«, sagte Kepplinger und drückte auf den untersten Klingelknopf.

»Ja, bitte.« Die metallisch scheppernde Stimme aus der Sprechanlage klang verunsichert.

»Ein Paket für Herrn Sander. Er ist nicht da. Ich möchte es ihm vor die Wohnungstür legen.« Es knackte im Lautsprecher. Einige Sekunden geschah nichts, dann brummte der Türöffner. Eine alte Dame trat in den Flur und beobachtete neugierig die Eindringlinge.

»Sie sind gar nicht von der Post. Was wollen Sie hier?«

Lea hielt ihr den Dienstausweis hin. »Polizei. Sagen Sie uns, in welcher Etage Herr Sander wohnt?«

Die Frau betrachtete misstrauisch die blaue Plastikkarte.

»Ich kenne keinen Herrn Zanker.«

Lea blickte zu den anderen und zog fragend Schultern und Augenbrauen nach oben. Dann wandte sie sich wieder der Dame zu. »Gut. Gehen Sie bitte zurück in Ihre Wohnung.«

Leise gingen sie durch die verwinkelten Gänge. Im dritten Stock fanden sie endlich Sanders Namensschild neben einer Tür. Kepplinger betätigte die Türklingel. Im Inneren der Wohnung blieb es auch nach dem zweiten Versuch still.

»Herr Sander, hier spricht die Polizei. Öffnen Sie die Tür!« Seine Stimme klang hart und entschlossen. »Entweder er ist nicht da, oder er hofft darauf, dass wir wieder verschwinden«, flüsterte er seinen Kollegen zu. »Wir treten die Tür ein.«

Kepplinger deutete den beiden an, zur Seite zu gehen. Er nahm einen Schritt Anlauf und trat mit aller Kraft gegen das Schließblech unterhalb des Türknaufs. Die Tür federte schlagartig auf und knallte gegen eine dahinterliegende Garderobe. Sie betraten die Wohnung mit gezogenen Waffen. Kepplinger ließ seinen Blick durch die unaufgeräumten Zimmer schweifen. Überall lagen Staubknäuel auf dem Boden. In der Küche stapelte sich verschmutztes Geschirr. Ein säuerlicher Geruch verbreitete sich von dort aus in sämtliche Räume. Sander war nicht zu Hause. Christian Schwarz öffnete ein Fenster. In der Ferne grollte bedrohlich der Donner des herannahenden Gewitters.

Kepplinger wählte die Telefonnummer der Dienststelle und informierte den aufgebrachten Brandstätter über ihren Einsatz. Sie vereinbarten, dass zwei Kollegen des Geislinger Reviers mit Christian Schwarz in der Wohnung bleiben sollten, für den Fall, dass der Verdächtige nach Hause kommen würde. Alle anderen würden nach Göppingen zurückkehren, um von dort aus die Fahndungen nach Sander und Jessen zu koordinieren. Am Telefon hörte Kepplinger das scharfe Poltern eines Donnerschlags, der die orkanartigen Windgeräusche und das deutlich hörbare Trommeln des Platzregens gegen die Büroscheiben des Vorgesetzten für einen kurzen Moment unterbrach.

»Kepplinger, hier ist der Teufel los!«, erklärte der Inspektionsleiter, als er sich nach dem Ausmaß des Gewitters erkundigte. »Die Straßen haben sich bereits in reinste Sturzbäche verwandelt.«

Die Rückfahrt konnte heiter werden, dachte Kepplinger.

Erich Sander lehnte sich zufrieden auf dem Fahrersitz zurück. Die Tatsache, dass sein Gegenüber betrunken war, hatte ihm sein Vorhaben leichter gemacht als erwartet. Außerdem hatte er ihn bislang nicht einmal erkannt. Das Letzte, an das er sich vermutlich erinnerte, war der Griff nach dem Paket. Im selben Moment hatte er Jessen die Spritze in den Oberarm gerammt. Die Injektion wirkte sofort, und es war ein Leichtes gewesen, ihn zu überwältigen und in den Wagen zu schaffen. Jetzt schlief sein Widersacher auf dem Beifahrersitz, und er hatte alle Zeit der Welt. Vorsichtshalber setzte er seinem Opfer eine Wollmütze auf und zog sie ihm tief ins Gesicht. Ein süffisantes Lächeln huschte über sein Gesicht. Selbst wenn die beiden Polizeibeamten wieder aufkreuzen würden, um nach ihm zu suchen, würden sie ihn nicht finden. Die Notiz der Polizisten auf dem Wohnzimmertisch hatte er selbstzufrieden zur Kenntnis genommen. Gerd Jessen gehörte jetzt ihm. Die Macht, die er gegenüber seinem Erzfeind spürte, versetzte ihn in eine Art Rausch.

Entgegen seinem Plan wählte er den Weg, der an der Schule vorbeiführte, an der er das Mädchen in seinen Wagen gelockt hatte. Anschließend fuhr er zu dem Parkplatz, auf dem er sie getötet hatte.

Jessen schlief tief und fest. Sander stellte den Motor ab und wartete. Irgendwann wird er aufwachen und begreifen, weshalb wir hier sind, dachte er. Wenn ich danach mit ihm weiterfahre, wird er verstehen, dass er eine Reise macht, von der er nicht wieder zurückkehren wird.

Vorsichtshalber fesselte er die Hände seines Opfers mit einem Seil an dessen Oberschenkel. Er wollte kein Risiko eingehen für den Fall, dass die Wirkung des Medikaments nachließ.

Auf der Rückfahrt nach Göppingen versuchte Markus Ackermann einen der Kriminaltechniker zu erreichen. Währenddessen veranlasste Moritz Kepplinger über Funk, dass die Kollegen auf der Dienststelle über den Netzbetreiber die Aufenthaltsdaten von Sanders Mobiltelefon herausfinden sollten. Die Fahndung nach Sander war bereits angelaufen. Allerdings kämpften die Kollegen des Streifendienstes mit unzähligen Unfällen und Schadensmeldungen, die sich durch das Unwetter ereignet hatten, und konnten nur am Rande unterstützen. Es würde schwierig werden, den vermeintlichen Mörder aufzuspüren. Markus Ackermann steckte enttäuscht das Mobiltelefon in die Jackentasche.

»Ich erreiche keinen einzigen von den Jungs«, sagte er verärgert.

»Kannst du die Ortungssoftware notfalls alleine bedienen?«, erkundigte sich Moritz. Sein Kollege zuckte mit den Schultern.

»Keine Ahnung. Ich habe nur einmal mit dem Programm gearbeitet.«

»Du musst es auf jeden Fall versuchen.«

Kepplinger konzentrierte sich wieder darauf, den Wagen auf der Straße zu halten. In den Fahrrillen hatten sich bereits tiefe Wasserpfützen gebildet. Immer wieder blinkte die orangefarbene Kontrollleuchte neben dem Tachometer. Er nahm den Fuß vom Gaspedal. Doch plötzlich verloren die Räder den Kontakt zur Fahrbahn. Der Wagen driftete nach links. Kepplinger versuchte gegenzulenken, doch das Fahrzeug reagierte nicht.

»Was machst du?«, rief Lea Thomann erschrocken, während der Wagen unaufhaltsam auf die Leitplanke zuschlingerte. In dem Moment, als die Vorderräder den schmalen Grünstreifen erreichten, reagierte das Fahrzeug. Das Heck des Wagens knallte gegen die Leitplanke und schleuderte quer über beide Fahrbahnen auf die gegenüberliegende Standspur zu.

Langsam kam er zu sich. Sein erster Gedanke war, dass er wieder zu viel getrunken und deswegen diese Kopfschmerzen hatte. Dann spürte er den strammen Zug der Reepschnur um seine Handgelenke. Völlig verwirrt versuchte er, sich von den Fesseln zu befreien. Er zitterte vor Panik und hörte erst auf, als sich die Fasern des Seils blutrot färbten. Die Schmerzen vertrieben die letzten Nebelfetzen um seinen Verstand. Er sah sich verzweifelt um, bis ihm klar wurde, dass er sich in einem Fahrzeug befand. Er erschrak, als er plötzlich erkannte, dass jemand neben ihm saß. Wie regungslos dieser Mann mit stierem Blick durch die Scheibe starrte, eine Baseballmütze tief in die Stirn gezogen.

Er wagte nicht, ihn anzusprechen. Allmählich bekam er eine Ahnung von dem, was geschah und fürchtete sich, dass sich seine Vermutung bestätigen würde. Noch einmal zerrte er grob an den Fesseln. Aber der Schmerz war so stark, dass er bald wieder davon abließ. Auf seiner Hose hatte sich ein handgroßer Fleck gebildet. Er spürte die Wärme des Bluts auf der Haut. Endlich begann der Mann zu sprechen.

»Weißt du, warum wir hier sind?« Die tiefe Stimme klang furchteinflößend. Gerd Jessen kam sie bekannt vor, und im selben Augenblick wurde ihm bewusst, wer neben ihm saß. Er begann am ganzen Körper zu zittern.

»Ich habe dich gefragt, ob du weißt, warum wir hier sind?«

Der Mann klang nun schon deutlich wütender. Die Worte glichen Nadelstichen.

»Erich, ich …«

»Antworte!«

Er versuchte, alle Kraft in seine Stimme zu legen. »Verdammt noch mal, ich weiß es nicht!«

Ruckartig drehte sich der ehemalige Freund zu ihm um, presste seinen Kopf gegen die Nackenstütze und hielt ihm Mund und Nase zu. Erschrocken wandte er den Kopf hin und her, um sich aus dem Griff zu befreien, was seinen Widersacher dazu veranlasste, noch fester zuzupacken. Er rang vergeblich nach Luft. Ohne Hände konnte er dem Angriff nichts entgegensetzen. Panisch riss er an der Schnur. Die Schmerzen an den Handgelenken vermischten sich mit wachsender Todesangst. Für einen Moment dachte er, es sei vorbei. Abrupt löste sein Rivale jedoch den Griff und ließ sich erschöpft auf den Fahrersitz zurückfallen. Gierig saugte er Atemluft in seine Lungen. Dabei verschluckte er sich und bekam einen Hustenanfall. Nachdem er sich wieder gefasst hatte, vernahm er die gefühllose Stimme seines Peinigers.

»Hier habe ich sie getötet.«

Gerd Jessen durchlief ein Schaudern.

»Aber warum?«, stammelte er hilflos.

»Das weißt du nicht?«

»Nein, ich weiß es nicht.«

Erich Sander blickte ihm hasserfüllt in die Augen. »Damit du weißt, wie es sich anfühlt, wenn man sein Kind verliert – du verdammter Scheißkerl! Du dreckiger Mörder! Du hast mein Leben zerstört, dafür werde ich dich jetzt bestrafen. Meinst du, ich habe nicht mitbekommen, was für ein Arschloch du geworden bist? Wie du getan hast, als ob nichts gewesen wäre?« Sander brüllte sich in Rage. »Du und deine eingebildete Schlampe, die immer alles besser wusste. Nachdem eure Tochter auf die

Welt gekommen war, ist mir klar geworden, dass du nichts gelernt hast. Mit eurer Geburtsanzeige habt ihr mich regelrecht verspottet: Wir freuen uns über unsere kleine Prinzessin ...«

Sander schlug wütend auf das Lenkrad.

»Wäre es nicht angebracht gewesen, darauf zu verzichten? Aus Respekt!«

Jessen schnappte nach Luft. Die Tatsache, wehrlos neben dem Mörder seiner Tochter zu sitzen, machte ihn wahnsinnig vor Angst. Die Situation war so unwirklich. Erich war viele Jahre ein enger Freund gewesen.

»Wie konntest du so etwas tun?«

Der Schlag kam so unerwartet, dass er nicht darauf reagieren konnte. Der Handrücken traf mit voller Wucht seine Nase. Die feine Knorpelstruktur des Nasenbeins zerbrach mit einem hässlichen Geräusch. Gerd Jessen schrie wie von Sinnen. Der Schmerz raubte ihm beinahe das Bewusstsein. Augenblicklich schoss Blut aus beiden Nasenlöchern. Tränen rannen ihm aus den Augen. Innerhalb von Sekunden schwoll die Nasenschleimhaut an, sodass er nur noch durch den Mund atmen konnte. Immer wieder schluckte er dabei Blut, das unaufhörlich über sein Gesicht lief. Er blickte verängstigt neben sich. Erich Sander massierte die Stelle des Handrückens, mit der er den Schlag ausgeführt hatte. Schließlich griff er nach einer Packung mit Papiertaschentüchern, zog drei Tücher auf einmal heraus und presste sie grob gegen das schiefstehende Nasenbein. Wieder schrie Gerd Jessen vor Schmerzen auf. In der Ferne zuckten Blitze durch die dunklen Gewitterwolken.

»Hör auf zu zappeln! Du versaust mir den ganzen Wagen.«

Nach einer Weile hörten die Blutungen auf. Erich Sander öffnete die Seitenscheibe und warf die blutdurchtränkten Tücher nach draußen. Anschließend startete er den Wagen.

»Wohin fahren wir?«, erkundigte sich Jessen argwöhnisch.

»Das wirst du schon sehen.«

Verzweifelt trat Kepplinger immer wieder heftig auf die Bremse. Wenige Zentimeter vor einer Böschung kam der Wagen zum Stillstand. Alle atmeten erleichtert auf.

»Jemand verletzt?«, erkundigte sich Markus Ackermann.

Lea Thomann saß leichenblass auf dem Rücksitz und schüttelte den Kopf. Kepplinger nahm die Hände vom Lenkrad.

»Alles noch dran. Und bei dir?«

»Ich bin in Ordnung. Wie es aussieht, hatten wir mächtig Glück!«

Kepplinger schaltete die Warnblinkanlage an und versuchte vergeblich, die Fahrertür zu öffnen. Schließlich kletterten sie über die Beifahrerseite aus dem Renault und begutachteten den Schaden. Die gesamte linke Seite des Wagens war beschädigt. Das Metall der Leitplanke hatte tiefe Furchen in das Blech gerissen. Doch der Motor sprang an, und so konnten sie ihre Fahrt fortsetzen.

»Da wird sich der Chef aber freuen«, meinte Markus Ackermann schließlich.

»Vielleicht kriegen wir jetzt einen neuen«, sagte Moritz Kepplinger. »Der hier ist auf jeden Fall fertig.«

»Brandstätter sagen wir das erst, wenn wir Sander erwischt haben. Sonst dreht der vollends durch.«

In den folgenden Minuten sprach niemand ein Wort. Kepplinger ärgerte sich maßlos. Schließlich unterbrach Lea die Stille: »Ich könnte mir übrigens auch vorstellen, dass Kaufmann mit Sander gemeinsame Sache macht.«

Kepplinger widersprach. »Möglich ist das natürlich schon, aber das wären wirklich viele Zufälle auf einmal. Ich gehe mittlerweile davon aus, dass Kaufmann nichts mit dem Mord zu tun hat. Es war einfach Glück für uns, dass er sich sprichwörtlich zur falschen Zeit am falschen Ort herumgetrieben hat.«

»Aber Manuela gehörte zu den potenziellen Opfern, auf die

er es abgesehen hatte«, erwiderte Lea. »Viele der Mädchen in seinen Ordnern sahen ihr ähnlich.«

Sie erreichten die Göppinger Innenstadt. Einige Straßen zu den höher gelegenen Wohngebieten hatten sich bereits in reißende Flüsse verwandelt. Kepplinger wich einer Mülltonne aus, die von den Wassermassen mitgerissen wurde. Endlich lenkte er den Wagen auf den Hof der Polizeidirektion.

»Am besten, wir stellen ihn gleich in die Garage«, schlug Markus Ackermann vor. Kepplinger ließ seine Mitfahrer aussteigen, bevor er den Renault in eine der Einsatzgaragen fuhr und die wahrscheinlich letzte Fahrt des Fahrzeugs in die Begleitpapiere eintrug. Dann folgte er seinen Kollegen in das Bürogebäude.

Die Scheibenwischer des Mercedes liefen auf Hochtouren. Trotzdem war es beinahe unmöglich, die Umrisse der Straße zu erkennen. Von einer Sekunde auf die andere hatte sintflutartiger Regen eingesetzt, und auf den Straßen bildete sich ein dreckiger Schmierfilm. Ständig drohte der Wagen auszubrechen. Obwohl es erst drei Uhr mittags war, bedeckte eine tiefschwarze Dämmerung die Region. Auf den ausgetrockneten Böden der angrenzenden Felder und Wiesen bildeten sich binnen weniger Minuten riesige Wasserflächen.

Gerd Jessen atmete schwerfällig durch den Mund. Seine Nase fühlte sich an wie ein dicker, geschwollener Klumpen. Angestrengt versuchte er, die Fahrtroute mitzuverfolgen. Erich Sander hatte ihm, kurz bevor sie den Parkplatz verlassen hatten, die Augen verbunden.

Zuerst bogen sie nach links in Richtung einer kleinen Voralbgemeinde ab. Kurze Zeit später war der Wagen nach einem Stopp rechts abgebogen. Gerd Jessen vermutete, dass sie nach Göppingen fuhren. Doch nachdem sie mehrmals die Fahrtrichtung geändert hatten, verlor er die Orientierung. Einige Male klingelte hinter ihm ein Mobiltelefon, das wahrscheinlich auf dem Rücksitz lag. Sander setzte die Fahrt ohne Reaktion fort. Das laute Trommeln des Regens auf dem Wagendach lenkte Jessen zusätzlich ab. Schließlich gab er es auf, sich Gedanken über die Fahrstrecke zu machen. Er sorgte sich nun vielmehr um das Ende dieser Fahrt. Was hatte Erich Sander mit ihm vor? Er hatte keine Vorstellung davon, was ihn erwartete. Aber eins stand fest: Sein Leben war in Gefahr. Sander hatte kaltblütig seine Tochter ermordet. Zu Beginn der Fahrt hatte er mit stoischer Stimme von der Tat berichtet: wie er Manuela vor der Schule in seinen Wagen gelockt, ihr ein Beruhigungsmittel verabreicht und im Schlaf die Atemwege verschlossen hatte. »Glaub mir, sie hat weniger gelitten, als meine Tochter. Dafür solltest du mir dankbar sein.«

»Und jetzt willst du mich töten?«, hatte Jessen gefragt und keine Antwort erhalten. Das Schweigen und die Ungewissheit waren beinahe unerträglich. Erneut erklang hinter ihm der seltsame Klingelton des Mobiltelefons. Der Anfang irgendeines bescheuerten Volksliedes. Für ihn klang es wie die Titelmelodie eines Horrorfilms. Gerd Jessen hatte das Gefühl, geradewegs in die Hölle zu fahren.

Auf der Dienststelle herrschte ein heilloses Durcheinander. Die komplette Telefonanlage war ausgefallen. Aus dem Keller drang hektisches Stimmengewirr in die oberen Stockwerke. Salvatore berichtete von einer Überflutung. In einigen Räumen, in denen sich Akten und elektronische Geräte befanden, standen die Helfer bereits knietief in einer Schlammbrühe und versuchten zu retten, was möglich war. Feuerwehrleute hantierten mit Pumpen, um das eingedrungene Wasser nach draußen zu befördern. Kepplinger suchte vergeblich seinen Vorgesetzten. Niemand wusste, wo er war.

Die Zeit drängte, und es war unmöglich, jetzt die Suche nach Erich Sander für mehrere Stunden zu unterbrechen. Sollten sie mit ihren Vermutungen recht haben, war Jessen in großer Gefahr. Die Tatsache, dass Sander und Jessen wie vom Erdboden verschluckt schienen, bereitete ihm große Sorgen. Schließlich entschied er, alle anwesenden Ermittler zu einer kurzen Lagebesprechung im großen Konferenzraum zu rufen.

Kepplinger fasste die Erkenntnisse des Gesprächs mit Susanne Jessen und dem Assistenzarzt in kurzen Worten zusammen. Falcone berichtete von dem Telefonat mit der Lebensgefährtin von Gerd Jessen, Nils Schubart von den Maßnahmen vor Ort.

»Wir haben alles durchsucht und die Nachbarn befragt, doch niemand hat etwas gesehen oder gehört. Jessen hat sich förmlich in Luft aufgelöst.«

»Erich Sander war ebenfalls nicht zu Hause und nimmt keine Anrufe auf seinem Handy entgegen«, fasste Kepplinger den Ernst der Lage zusammen. »Wir können davon ausgehen, dass er es auf Jessen abgesehen hat und müssen alles daransetzen, die beiden so schnell wie möglich ausfindig zu machen.«

»Die Funkfahndung läuft seit einer Stunde«, berichtete Wolfgang Herder. »Was sollen wir sonst tun?«

Kepplinger dachte einen Augenblick lang nach. Schließlich blickte er zu Markus Ackermann.

»Meinst du, dass du dieses Ortungsgerät in Gang bekommst?«

Markus Ackermann nickte. »Ich kann es auf jeden Fall probieren. Nils war am Montag auch dabei. Vielleicht schaffen wir es gemeinsam.«

»Gut. Das ist im Moment unsere einzige Chance!«

»Dafür brauchen wir aber das Okay des Polizeichefs«, gab Nils Schubart zu bedenken.

»Versucht es trotzdem«, sagte Kepplinger, ohne sich über die Konsequenzen Gedanken zu machen. »Ich übernehme die Verantwortung.«

Das Sturmtief wütete orkanartig über der gesamten Region. Überall kämpften Feuerwehr und Hilfskräfte gegen die Wassermassen. Nahezu alle Städte und Gemeinden meldeten Wasserschäden und vollgelaufene Keller- und Wohnräume. Tausende Sandsäcke wurden an den bedrohlichsten Stellen aufgeschichtet, um die Häuser vor den übergetretenen Flüssen und Bächen zu schützen. Überall sah man Fahrzeuge mit Blaulicht und Martinshorn. Im unteren Filstal forderte das Unwetter sein erstes Todesopfer. Eine ältere Frau blieb mit ihrem Wagen in einer mit Wasser und Schlamm vollgelaufenen Bahnunterführung stecken und ertrank in ihrem Fahrzeug.

Im Landratsamt hatte sich ein Katastrophenstab eingefunden, der kurz vor der Entscheidung stand, für das Gebiet den Notstand auszurufen. Rettungskräfte aus den benachbarten Regionen wurden angefordert. Obwohl es für solche Situationen in allen zuständigen Behörden Maßnahmenkataloge gab, herrschte in diesen ersten Stunden das reinste Chaos.

Dabei stand der Höhepunkt des Unwetters erst noch bevor.

Erich Sander ließ sich von den gewaltigen Wassermassen nicht abhalten. Ungerührt setzte er seine Fahrt fort. Auch als er in der Dämmerung beinahe gegen einen umgestürzten, quer über der Fahrbahn liegenden Baum fuhr, ließ er sich nicht aus der Ruhe bringen und schaltete nur die Scheinwerfer des Wagens ein. Mehrmals begegneten ihm Einsatzfahrzeuge der Feuerwehr und der Polizei. Als ihm der erste Streifenwagen entgegenkam, rechnete er damit, überführt zu sein. Aber der Wagen bog an der nächsten Kreuzung ab. Von da an war er sicher, seinen Plan zu Ende bringen zu können. Die Polizei ahnte nichts von seinem Vorhaben. Er war stolz darauf, es so weit geschafft zu haben und seine Unruhe kontrollieren zu können. Über eine längere Steigung fuhr er bis zur Albhochfläche. Von hier aus waren es nur noch wenige Kilometer bis zum Ziel. An der nächsten

Abzweigung bremste er scharf ab. Eine Reihe von rot-weißen Gittern stand quer über der Fahrbahn. Davor lehnte ein Warnschild mit der Aufschrift *Sturmschäden.* Wütend schlug er mit den Fäusten gegen das Lenkrad und fluchte. Soweit er wusste, gab es keine Alternativstrecke. Er ärgerte sich maßlos, dass das Unwetter seine Pläne nun doch zu durchkreuzen schien. Sander stieg aus dem Wagen und sah sich um. Vorsichtshalber ging er zurück und schaltete das Licht aus. Dann räumte er zwei der Absperrgitter zur Seite und fuhr im Schritttempo durch die entstandene Lücke. Anschließend stellte er die Gitter wieder zurück und setzte die Fahrt fort. Nach einem guten Kilometer sah er das Hinweisschild des Wanderparkplatzes. Erleichtert stellte er den Wagen auf dem leeren Platz ab. Dann begann er, die letzten Vorbereitungen zu treffen.

Moritz Kepplinger hatte sich in sein Büro zurückgezogen, während Ackermann die Ortung von Sanders Mobiltelefon anleierte. Er versuchte, die zahlreichen Ereignisse der vergangenen vierundzwanzig Stunden zu sortieren. Sie brauchten einen konkreten Anhaltspunkt für die Suche nach dem Tatverdächtigen und seinem möglichen Opfer. Noch war nicht klar, ob Sander etwas mit dem Verschwinden von Gerd Jessen zu tun hatte. Wieder dachte er an den Satz seines Dozenten an der Fachhochschule.

*Man sieht nur, was man weiß.*

Kepplinger war sicher, dass er jedes Detail der bisherigen Akten kannte. Neu war die Vorstellung, der Tod Manuelas könnte eine Art Racheakt für einen Unfall sein, der sich vor sechzehn Jahren ereignet hatte. Ebenso neu war die Verbindung zwischen Gerd Jessen und seinem alten Kegelfreund Erich Sander, der seit dem Unglück an Wahnvorstellungen litt. Er hatte keine Vorstellung davon, wie es sich anfühlte, ein Kind zu verlieren, sosehr er versuchte, sich in diese Situation hineinzuversetzen. Susanne Jessen hatte erzählt, dass das Kind bei einem Versteckspiel von der Burgmauer gestürzt war. Wie groß war die Schuld von Gerd Jessen tatsächlich? Strafrechtlich hatte der Vorfall sicherlich keine Relevanz. Aber welche moralische Schuld blieb in so einem Fall zurück? Gerd Jessen hatte offenbar all die Jahre unter dieser Last gelitten. Seine Bemühungen um Wiedergutmachung waren missglückt. Aber was hätte er besser machen können?

Und Erich Sander? Er hatte oft gehört, dass Ehen in die Brüche gingen, wenn ein gemeinsames Kind zu Tode kam. Machte er Gerd Jessen auch dafür verantwortlich? Es gelang ihm nicht, sich in die Gedankenwelt Erich Sanders einzufühlen. Bei allem Schicksal, das Sander und seiner Familie widerfahren war, endete seine Vorstellung bei den Gedanken an Trauer, Wut und Schmerz. Aber sechzehn Jahre nach dem Unglück die Tochter seines ehemaligen Freundes umzubringen, dafür fehlte ihm jedes Verständnis. Das konnte nicht das einzige Motiv sein. Alexander Giebel sprach davon, der Unfall der Tochter sei möglicherweise nur ein Auslöser gewesen. Es musste noch etwas anderes in Sanders Vergangenheit vorgefallen sein. Etwas, das ihn zu diesem wahnsinnigen Hass gebracht hatte. Kepplinger wurde klar, dass er so nicht weiterkam, und er dachte daran, in welchem Zustand sich Jessen am Vormittag befunden hatte. Ohne fremde Hilfe hätte er nirgends hingehen können. Der Aussage seiner Freundin nach waren alle persönlichen Gegenstände in der Wohnung zurückgeblieben. Sander musste etwas mit dem Verschwinden von Jessen zu tun haben. Da war er sich nun sicher. Aber was hatte er mit ihm vor?

Er erschrak, als das Motorengeräusch mit einem Mal verstummte. Immer noch trommelte der Regen unvermindert auf das Autodach. Das gebrochene Nasenbein bereitete ihm Höllenschmerzen. Mühsam atmete er durch den Mund. Mehrere

Minuten passierte nichts, während sich die Ungewissheit ins Bodenlose steigerte. Was hatte Erich Sander mit ihm vor? Er wagte noch immer nicht zu fragen. Er war sicher, es früh genug zu erfahren. Neben ihm raschelte es.

»Wo sind wir?«

Keine Antwort.

Plötzlich spürte er einen Stich im Oberschenkel.

»Damit du die Schmerzen nicht mehr so spürst«, hörte er Erich Sander sagen.

»Was … hast du mir da gegeben?«

Sein Widersacher lachte höhnisch.

»Ich habe es dir doch gesagt«, antwortete er gefühlskalt. »Nur ein kleines Beruhigungsmittel.«

Tatsächlich ließen die Beschwerden von einer Sekunde auf die andere nach. Doch dieser Umstand beruhigte ihn nicht im Geringsten.

Kurze Zeit später hörte er, wie Sander den Wagen verließ.

»Was tust du?«, brüllte er.

Es blieb still.

Er spürte, wie ihn die Müdigkeit übermannte. Jetzt wurde ihm klar, wie Sander ihn zu Hause hatte überwältigen können und warum er sich die ganze Zeit in einer Art Trancezustand befand. Er durfte nicht einschlafen. Vielleicht würde er dann wie Manuela nie wieder aufwachen.

Wohin war Sander gegangen?

Er überlegte, welche Möglichkeiten sich ihm für eine Flucht boten. Trotz der Augenbinde und der gefesselten Hände. Wenn ich fest genug ziehe, wird das Seil reißen, dachte er.

Jessen biss auf die Zähne und zerrte wie von Sinnen an der Fesselung.

Im nächsten Moment wurde die Beifahrertür aufgerissen.

Lea Thomann stieß die Tür zu seinem Büro auf. Er zuckte vor Schreck zusammen.

»Moritz, komm!« Ihr Gesichtsausdruck sprach Bände. Sie mussten etwas entdeckt haben.

Er folgte ihr eilig in das Büro von Markus Ackermann. Gebannt starrten die Kollegen auf den Computerbildschirm. Kepplinger bahnte sich einen Weg an den Kollegen vorbei.

»Habt ihr etwas herausgefunden?«

Markus Ackermann deutete auf den Monitor.

»Zwar können wir sein Telefon nicht so exakt orten wie bei dem Mädchen, aber immerhin das.«

Kepplinger erkannte etwa zwei Dutzend roter Punkte und eine grün gezackte Linie, die sich halbkreisförmig über den gesamten Bildschirm schlängelte.

»Kann mir das jemand erklären?«

»Das ist ganz einfach«, erklärte Markus Ackermann. »Die roten Punkte sind Sendemasten, die das Mobiltelefon von Erich Sander in den letzten sechs Stunden erfasst haben.« Ackermann führte den Mauszeiger auf einen der Standorte. Neben dem Punkt erschienen zwei Uhrzeiten.

»Die Software liefert die Zeitpunkte, in denen sich das Mobiltelefon in die Funkzelle eingeloggt hat und wann sie wieder verlassen wurde. Die grüne Linie ist die chronologische Verbindung der Funkzellen, die das Mobiltelefon passiert hat. Daraus können wir schließen, dass Erich Sander, vorausgesetzt, er hat das Telefon bei sich, diese Route genommen hat. Die Angaben sind nicht besonders genau, da sich die Funkzellen teilweise stark überschneiden. Dennoch kann man nachvollziehen, in welche Richtung Sander gefahren ist.«

»Und wo befindet er sich jetzt?«

»Das ist das Problem. Wir bekommen keine neuen Signale mehr und gehen davon aus, dass er sein Mobiltelefon abgeschaltet hat oder der Akku leer ist.«

»Die dritte Möglichkeit wäre, dass er sich in einem Bereich aufhält, in dem es keinen Funkkontakt zu einer Verstärkeranlage gibt«, fügte Nils Schubart hinzu. Kepplinger nickte.

»Gut. Wo war sein letzter Standort?« Markus Ackermann deutete mit der Spitze eines Kugelschreibers auf die Stelle.

»Hier. Das ist Wiesensteig, eine Gemeinde direkt unterhalb des Albaufstieges.«

»Wann war das? Ich meine, wann hat er die Funkzelle verlassen?«

»Vor zehn Minuten.«

Er blickte auf seine Armbanduhr. Es war halb vier.

»Haben wir eine Karte von dem Gebiet?«

Nils Schubart reichte ihm eine Wanderkarte. Hastig breitete Moritz sie auf dem Tisch aus. Markus Ackermann machte einen Kringel um die mittelalterliche Stadt am Fuß der Schwäbischen Alb.

»Hier ist der Filsursprung«, erklärte Nils Schubart.

»Bei diesem Unwetter wohl kaum ein geeignetes Ausflugsziel«, brummte Wolfgang Herder.

»Das glaube ich auch nicht. Aber was könnte Sander in dieser Gegend wollen?«

Lea Thomann war die ganze Zeit über nachdenklich im Türrahmen stehen geblieben und hatte den Kollegen schweigend zugehört. Jetzt steuerte sie zielbewusst den Tisch an, beugte sich über die Karte und fuhr mit ihrem Zeigefinger darüber. Kepplinger beobachtete sie aufmerksam. Schließlich klopfte sie mit ihrem Finger auf eine Stelle.

»Da ist er hin«, sagte sie ernst. Die Kollegen horchten gespannt auf. Als Kepplinger den Eintrag auf der Karte las, auf den sie gedeutet hatte, durchlief ihn ein Schaudern.

Sander zerrte ihn grob aus dem Fahrzeug. Dann spürte Jessen eine eiskalte Klinge an seiner Wange.

»Ich schneide jetzt die Fesseln durch. Wenn du auf dumme Ideen kommst, stech ich dich ab wie ein Schwein – verstanden?«

»Was hast du vor, Erich?«

»Beweg dich. Wir machen einen Spaziergang!«

»Wohin?«

Als Antwort packte Sander ihn am Arm und schubste ihn vor sich her. Der Weg führte vom Parkplatz zunächst einige Meter abwärts, von da an ging es steil bergauf. Sein Herz raste vor Anstrengung. Was war das nur für ein Zeug gewesen in dieser Spritze? Er fühlte sich völlig kraftlos und torkelte wie ein Betrunkener. Immer wieder geriet er ins Straucheln. Zweimal fiel er der Länge nach hin und zog sich schmerzhafte Schürfwunden an beiden Handgelenken zu.

Endlich schienen sie ihr Ziel erreicht zu haben. Sander befahl ihm, sich auf den Boden zu setzen. Er spürte die Kälte und zitterte am ganzen Körper. Die durchnässten Kleider hingen zentnerschwer an ihm. Dann riss ihm Sander die Augenbinde vom Kopf.

»Du bleibst hier. Ich bin gleich wieder da!«

Er sah sich um und versuchte herauszufinden, wo er sich befand. Inzwischen herrschte fast völlige Dunkelheit, obwohl es erst später Nachmittag war. Gespenstisch zeichneten sich die Umrisse einer alten Burg vor seinen Augen ab. Er saß im Innenhof auf dem feuchten Boden, an einen Brunnen gelehnt. Er betrachtete seine Hände. An den Gelenken hatte sich eine dicke Kruste aus Blut und Gewebeflüssigkeit gebildet. Der Anblick erinnerte ihn an die Verletzung seiner Nase. Augenblicklich stellten sich die pochenden Schmerzen wieder ein. Von Sander war weit und breit nichts zu sehen. Er zog die Beine an den Körper, winkelte die Knie an und versuchte sich aufzurichten. Als er plötzlich die kühle Stimme seines Peinigers hinter sich hörte, erschrak er.

»Bleib sitzen!«

Erich Sander trat hinter dem Brunnen hervor und stellte sich vor ihn. Resigniert ließ er sich auf den nasskalten Boden zurückfallen.

»Und? Hast du herausgefunden, wohin dich unsere Spritztour geführt hat?« Wie auf Befehl sah er sich nochmal um und nickte. Während der gesamten Fahrt hatte er es geahnt. Jetzt waren seine Befürchtungen wahr geworden. Was Erich nun mit ihm vorhatte, wollte er sich nicht ausmalen.

»Gut.« Sander kniete sich vor ihn hin. »Dann lass uns jetzt mit unserem kleinen Spiel beginnen.«

»Ich verstehe nicht.«

»Was soll das heißen, du verstehst nicht?«

Sander packte ihn am Revers und schüttelte ihn.

»Du verdammter Dreckskerl! Kennst dich doch so gut aus auf dem Reußenstein!« Sander sah ihn hasserfüllt an.

»Was, was …«, stammelte Gerd Jessen.

Noch einmal schlug Sander ohne Vorwarnung zu. Der Fausthieb traf ihn erneut im Gesicht. Er bäumte sich vor Schmerzen auf. Die Schreie hallten von den Wänden der Burgmauer in den Innenhof zurück. Blut schoss aus der aufgebrochenen Verletzung. Sander fasste ihn an beiden Schultern und zerrte ihn auf die Beine.

»Du zeigst mir jetzt das Versteck!«, brüllte er.

Jessen starrte seinen Peiniger verständnislos an.

»Zeig mir das verdammte Versteck!«

Er spürte eine Schwellung am linken Auge. Mit dem anderen konnte er die Umgebung nur noch schemenhaft wahrnehmen. Er hatte das Gefühl, sein Kopf würde im nächsten Moment platzen. Sander stieß ihn grob in Richtung des alten Wehrturms. Ein eiskalter Wind fegte orkanartig über die alte Burganlage. Als sie in den windgeschützten Innenraum des Turms traten, spürte er die Kälte nicht mehr. Stattdessen überfiel ihn Todesangst. Sein Körper zuckte unkontrolliert. Immer wieder wurde der Raum für Sekundenbruchteile in das gleißende Licht eines Blitzes getaucht, während der man den schmalen Lichtschlitz erkennen konnte, der in die dicke Mauer eingearbeitet war.

»Und?« Erich Sanders Stimme wurde hysterisch.

»Hast du ihr damals gesagt, sie soll da durchklettern?«

Beklommen sah Jessen zu der schmalen Öffnung in der Wand.

»Ich …«

»Hast du oder hast du nicht?«

Die Stimme ließ keinen Widerspruch zu.

»Ja.«

Wieder durchzuckte ein Blitzlicht den Raum. Für einen Moment blickte Gerd Jessen in die feindseligen Augen seines Gegenüber.

»Du Dreckschwein!« Sander gab ihm eine Ohrfeige und drängte ihn zu der Fensteröffnung.

»Dafür wirst du jetzt büßen!«

Wieder erhielt er einen kräftigen Stoß gegen die Schulter und stürzte nach vorne. Im letzten Moment konnte er sich auf die Seite drehen. Sander stand sofort wieder neben ihm und forderte ihn auf, ins Freie zu klettern. Er zögerte. Sollte das sein Ende sein?

Sander schlug nun wie ein Besessener auf ihn ein und drängte ihn gegen den schmalen Steinsims. Mit letzter Kraft widersetzte er sich. Doch Sander schlug ihm erneut mit der Faust ins Gesicht. Gerd Jessen kämpfte gegen die Ohnmacht. Er musste bei Bewusstsein bleiben, sonst war er verloren. Aber wie lange würde er sich noch wehren können? Er versuchte, mit den Füßen zu treten. Sander reagierte mit einer ganzen Serie von Fußtritten. Ein Tritt in die Magengrube raubte ihm für einen Moment den Atem. Er drehte sich auf die Seite und versuchte sich aufzurichten. Plötzlich traf eine Fußspitze mit voller Wucht seinen Brustkorb. Gerd Jessen kippte vornüber und stürzte auf den harten Lehmboden.

In dem Moment, als Kepplinger den Namen der Burgruine auf der Karte las, war ihm Sanders Vorhaben klar.

»Verdammt!«, rief er entsetzt. Alle starrten ihn an.

»Er ist mit Jessen auf den Reußenstein gefahren!«, erklärte er bestürzt. »An den Ort, an dem seine Tochter vor sechzehn Jahren in den Tod gestürzt ist. Ist euch klar, was er mit ihm vorhat?«

Die Kollegen reagierten fassungslos.

»Du meinst, er will Jessen auf dieselbe Weise umbringen?« Markus Ackermann stand die Bestürzung ins Gesicht geschrieben.

»Genau, davon gehe ich aus. Wir müssen so schnell wie möglich dorthin. Anja, du bleibst auf der Dienststelle. Alle anderen kommen mit!«, ordnete er an. »Nehmt eure Schutzwesten und Taschenlampen mit.«

Moritz setzte sich mit Lea zusammen in das Führungsfahrzeug von Markus Ackermann. Der Tross der Einsatzfahrzeuge setzte sich mit quietschenden Reifen in Bewegung.

»Wie lange werden wir ungefähr brauchen?«, erkundigte er sich, nachdem sie die Stadtgrenze in Richtung Autobahn passiert hatten.

»Keine Ahnung. Es sind über zwanzig Kilometer«, schätzte Ackermann die Entfernung.

»Bei dem Wetter brauchen wir bestimmt eine halbe Stunde.« Kepplinger starrte auf die Uhr des Armaturenbretts. Es war genau sieben Minuten vor vier.

»Dann gnade ihm Gott«, sagte er mit einem Anflug von Resignation. »Wir können von Glück reden, wenn wir Gerd Jessen noch lebend zu Gesicht bekommen.«

Im Wagen fiel kein Wort mehr. Immer wieder mussten sie feststellen, welche verheerenden Ausmaße das Unwetter angenommen hatte: Überflutete Äcker und umgerissene Bäume. Winzige Bachläufe, die sich in reißende Flüsse verwandelt hatten. Lea beobachtete eine dichtgedrängte Gruppe von Pferden auf einer Koppel, die bis zu den Knien im Wasser standen. Die Tiere taten ihr leid, und sie war sich nicht sicher, ob alle Pferde schwimmen konnten. Nach fünfundzwanzig Minuten erreichten sie die Albhochfläche oberhalb von Wiesensteig. In letzter Sekunde erkannte Markus Ackermann die unbeleuchtete Absperrung auf der Straße, die in Richtung Burgruine führte.

»Verdammt!« Der Wagen kam wenige Zentimeter vor einem der Metallgitter zum Stehen. »Was jetzt?«

Kepplinger sprang aus dem Wagen und räumte die Hindernisse zur Seite.

»Fahr los!«, forderte er seinen Kollegen auf. »Sander muss hier durchgefahren sein.«

Kurze Zeit später erreichten sie den Wanderparkplatz. Darauf stand nur ein Wagen. Ein silberner Mercedes.

»Das ist er!«

Die Truppe streifte eilig ihre Schutzwesten über, entsicherte die Waffen und setzte sich im Schein der Taschenlampen in Bewegung. Eisiger Wind peitschte ihnen den Regen ins Gesicht. Kepplinger war innerhalb weniger Minuten völlig durchnässt. Er drehte sich zu Lea um, die hinter ihm lief. Ihr ging es offensichtlich nicht besser. Er wollte etwas sagen, aber eine Unterhaltung war unmöglich. Schweigend folgten sie Markus Ackermann einen schmalen Fußpfad hinab zum Wallgraben der Vorburg. Immer wieder tauchten Blitze die Umrisse der Ruine in helles Blau. Die Szenerie erinnerte an einen billigen Gruselfilm. Kepplinger schauderte bei der Vorstellung, was sich innerhalb der Burgmauern abspielte. Als sie das Haupttor erreicht hatten, teilten sie sich in Zweiergruppen auf. Markus Ackermann ritzte mit einem

Stein den Grundriss der Burg in die Erde. Im Licht der Taschenlampen teilte er den Teams Abschnitte zu.

»Wenn irgendetwas sein sollte, gebt ihr einen Warnschuss in die Luft ab«, schrie er gegen den Wind an. »Wir haben keine andere Möglichkeit, uns zu verständigen.«

Kepplinger machte sich mit Lea auf den Weg über den Burghof zur äußeren Ringmauer. In einer kleinen, zerfallenen Kapelle leuchteten sie mit den Taschenlampen in die verwinkelten Ecken des Raumes.

»Hier ist nichts.«

Kepplinger blickte kurz aus dem Fenster. Der Anblick war furchteinflößend. Die Kapelle befand sich direkt auf der Außenmauer. Soweit der Strahl der Taschenlampe reichte, fiel die Mauer senkrecht in die Tiefe und versank in einem schwarzen Nebelmeer.

Sie liefen einen abfallenden Weg an der Burgmauer entlang. Von oben bemerkten sie in der Mitte eines Innenhofs einen alten Ziehbrunnen. Ein schmaler Treppenabgang führte dorthin. Vorsichtig tasteten sie sich die glitschigen Steinstufen hinab. Lea war um einiges eher am Fuß der Treppe angelangt. Als er unten ankam, hörte er die Stimme seiner Kollegin.

»Moritz, schau mal. Hier ist Blut.«

Er ging um den Brunnen und starrte auf den dunklen Fleck am Boden. Dann tastete er mit dem Finger nach der Flüssigkeit. »Scheint frisch zu sein.«

Lea schlug vor, die Taschenlampen auszuschalten.

Plötzlich durchschnitt ein gellender Aufschrei das Prasseln des Regens und die Windgeräusche.

»Da drüben!«, rief Kepplinger laut und zeigte auf den alten Wehrturm. Er zog seine Waffe und richtete sie auf den gewölbten Torbogen. Während sie sich dem Eingang näherten, vernahmen sie immer deutlicher die Geräusche des ungleichen Kampfes, der im Inneren vonstattenging. Die Intensität der

Schreie ließ keinen Zweifel an Sanders Absichten aufkommen. Im Schutz der Dunkelheit arbeiteten sie sich bis an den Eingang heran. Lea stand auf der gegenüberliegenden Seite des Zugangs. Kepplinger zögerte, da er nicht sah, ob sie ihre Waffe in der Hand hielt. In dieser Situation konnte er sie unmöglich danach fragen. Aus dem Raum drang ein lautes Röcheln. Kepplinger beschloss, nicht länger zu warten. Er schaltete die Taschenlampe an und stürmte hinein.

»Sofort aufhören – Polizei.«

Gerd Jessen lag zusammengekrümmt am gegenüberliegenden Ende des Raumes am Boden. Von Erich Sander war nichts zu sehen. Aber er musste da sein. Kepplinger ging rasch auf Jessen zu, kniete schützend vor ihm in die Hocke und schwenkte den Lichtkegel seiner Lampe wieder in die Raummitte. Wo war Lea?

»Herr Sander, geben Sie auf!«

Nichts rührte sich. Gab es womöglich eine Fluchtmöglichkeit?

Plötzlich nahm er den Schatten hinter einem Mauervorsprung war. Sander sprang wie ein aufgescheuchtes Raubtier dahinter hervor. Im selben Moment trat Lea in den Raum.

»Pass auf!«, schrie Kepplinger.

Aber es war bereits zu spät. Sander schlug Lea ins Gesicht, stürmte ins Freie und verschwand in der Dunkelheit. Lea rappelte sich auf und stöhnte vor Schmerzen.

»Ich bin okay.«

»Er hat ein Messer«, röchelte Jessen.

»Komm, wir holen uns den Mistkerl«, fluchte Lea und machte sich auf den Weg.

»Warte!«, rief Kepplinger. Er beugte sich über Jessen.

»Meine Kollegen kommen sofort. Wir verständigen einen Krankenwagen.«

Jessen nickte dankbar.

Dann folgte er Lea ins Freie und gab einen Signalschuss ab.

Wenig später tauchten Markus Ackermann und Nils Schubert am Eingang des Wehrturms auf.

»Was ist passiert?«, erkundigten sie sich aufgeregt.

»Da drin liegt Jessen«, sagte Kepplinger. »Er ist schwer verletzt. Ruft einen Krankenwagen und bleibt bei ihm. Wir suchen Sander. Er ist abgehauen!«

»Wartet, bis Verstärkung da ist!«, mahnte Ackermann.

»Dann ist er weg«, erwiderte Kepplinger und verschwand in der Dunkelheit.

Lea befand sich bereits auf Höhe des Ziehbrunnens. Das Unwetter tobte mit unveränderter Härte über den Burghof. Moritz begann sofort wieder zu frieren.

»Wo sollen wir anfangen?«, brüllte Lea.

»Er kann die Ebene hier nicht verlassen haben«, schrie er gegen den Wind an. »Sonst wäre er Ackermann in die Arme gerannt!«

»Dann beginnen wir bei der Treppe, in Ordnung?«

»Ja. Aber wir bleiben zusammen und schalten die Lampen aus. Er hat ein Messer!«

Lea verstand und steckte ihre Taschenlampe ein. Kepplinger trat nahe an seine Kollegin heran.

»Warte einen Moment, bis sich unsere Augen an die Dunkelheit gewöhnt haben.«

Lea nickte.

»Was denkst du?«, wollte sie nach ein paar Sekunden wissen.

»Ich versuche mir vorzustellen, was er als Nächstes tut.«

Tatsächlich dachte er in diesen Momenten an den Unterricht seines ehemaligen Kriminologiedozenten. Welches Wissen über Sander hatte er in den letzten Stunden dazugewonnen? Er hatte auf dieser Burganlage seine Tochter verloren und

Jessen, der seiner Meinung nach für ihren Tod verantwortlich war, hierher gebracht und aufs Übelste zugerichtet. Vermutlich hatten sie Sander in letzter Sekunde daran gehindert, Jessen in die Tiefe zu stoßen. Jetzt befand er sich im Schutz der Polizei. Sander hatte seinen teuflischen Plan nicht zu Ende bringen können. Was blieb ihm nun? Sander musste sich klar darüber sein, dass er früher oder später von der Polizei gefasst werden würde. Für einen Moment glaubte Kepplinger, in die Seele des Mörders blicken zu können.

»Lea«, flüsterte Moritz. »Ich glaube, er will sich selbst in die Tiefe stürzen.«

»Wie kommst du darauf?«

»Das erkär ich dir später. Los, komm!«

»Wohin denn?«

»In die Kapelle.«

Kurze Zeit später erreichten sie den Eingang. Dieses Mal stimmten sie sich vor dem Betreten ab.

»Wir gehen gleichzeitig rein«, sagte Kepplinger.

»Ich halte mich rechts zum Fenster hin. Du achtest auf den übrigen Teil des Raums.«

»In Ordnung«, erwiderte Lea.

Die Windgeräusche verstummten mit einem Schlag, als sie in den Innenraum der Kapelle traten. Die Lichtkegel der Taschenlampen durchstreiften den Raum. Sander war nirgends zu sehen.

Hatte er sich getäuscht? Kepplinger zweifelte an seiner Eingebung. Trotzdem hatte er das Gefühl, der Täter befände sich ganz in seiner Nähe. Zum Greifen nahe.

Vorsichtig trat er einen Schritt zurück. Lea tat es ihm gleich.

»Herr Sander, hier ist die Polizei. Wir wissen, dass Sie hier sind!«

Keine Reaktion.

»Es ist vorbei. Geben Sie auf!«

Plötzlich tauchte Sander im Lichtschein der Taschenlampe auf und sah ihn mit dämonischem Blick an. In der Hand hielt er ein großes Fahrtenmesser. Die Klinge schimmerte dunkelblau im Widerschein des künstlichen Lichts.

»Nichts ist vorbei!«, brüllte Sander und setzte sich in Bewegung.

Kepplinger wich zurück und zielte mit der Waffe auf den Oberkörper seines Gegners.

»Legen Sie das Messer weg, oder ich schieße!«

Seine Aufforderung hallte von den Wänden zurück.

»Nur zu. Drücken Sie doch endlich ab!« Sander lächelte diabolisch und kam immer weiter auf ihn zu. Seine Schritte wirkten geisterhaft. Unwirklich.

»Noch einen Schritt, und …!«

»Nicht schießen, Moritz!«, rief Lea und preschte im selben Moment nach vorne. Von dem Augenblick an ging alles furchtbar schnell. Blitzartig kickte Lea mit einem Fußtritt gegen die Hand, in der Sander das Messer hielt. Der blaue Stahl flog in hohem Bogen durch den Raum. Es folgte eine Serie von rasanten Fauststößen gegen Sanders Kopf. Schließlich riss sie ihn mit einem Tritt in die Kniekehle zu Boden. Kepplinger steckte seine Waffe weg und legte ihm Handfesseln an. Dann ging er nach draußen und gab erneut einen Schuss ab.

Salvatore Falcone und Christian Schwarz stürmten wenig später in die Kapelle. »L'inferno! Was ist hier los?«

Nach einer kurzen Erklärung führten die beiden den Täter aus dem Raum.

Kepplinger setzte sich erschöpft auf den Boden und lehnte sich gegen eine Wand.

»Alles in Ordnung, Herr Kommissar?«, erkundigte sich Lea.

»Bestens. Und bei dir?«

»Meine Nase tut weh«, sagte sie müde lächelnd und setzte sich neben ihn.

Er sah sie nachdenklich an.

»Sehe ich so schlimm aus? Du siehst mich an wie ein begossener Pudel.«

»Das war nicht ungefährlich vorhin!«

»Aber besser, als ihn zu erschießen, oder?«

»Das stimmt. Aber du musst dir ziemlich sicher gewesen sein.«

»Ich kenne mich aus mit dieser Art von Männern«, antwortete sie gereizt. »Was genau, willst du mir damit eigentlich sagen?«

»Nichts. Ich meine, ich fand die Aktion einfach riskant.«

»Das hast du ja bereits gesagt, und ich habe es verstanden.«

»Jetzt sei doch nicht gleich eingeschnappt.«

Lea schlug sich auf die Oberschenkel. »Verdammt ja, es war gewagt. Ich habe auch nicht lange darüber nachgedacht. Aber ich wusste, dass ich das kann – verstehst du?«

Moritz nickte.

Sie schüttelte den Kopf. »Ich glaube nicht, dass du mich verstehst.«

Sie beugte sich nach vorne und nestelte an ihren Schnürsenkeln. Anschließend rückte sie grob ihr Haargummi zurecht. Dabei sah er die Narben an ihrem Nacken, die von einer Verbrennung herrühren mussten. Rasch wandte er den Blick zur Seite. Lea war seine Reaktion nicht entgangen.

»Findest du das unästhetisch?« Sie blickte ihm herausfordernd in die Augen. »Möchtest du die dazugehörige Geschichte hören? Ich erzähle sie dir gerne!«

Moritz hob abwehrend die Hände, aber Lea redete sich bereits in Fahrt.

»Als ich zwölf war, hat mir mein bescheuerter Erzeuger einen halben Liter Teewasser über den Oberkörper geleert, weil ich die falschen Zigaretten aus dem Automat gezogen hatte. Der Ausschnitt, den du gesehen hast, ist der harmloseste, meine linke Brust sieht aus wie eine vertrocknete Orange. Jetzt weißt du's!«

Die Offenheit und die Art und Weise, wie Lea über den Vorfall und ihre Verletzungen sprach, versetzten ihm einen Stich. Seine Hand begann zu zittern.

»Du brauchst sie nicht zu verstecken, Moritz«, sagte sie verächtlich. »Mir ist klar, dass du eine ähnliche Scheiße erlebt hast.«

Er fühlte sich provoziert. Was ging sie das an?

Aus dem Innenhof der Burg drangen die Stimmen der Kollegen in das Innere der Kapelle. Der Sturm hatte an Intensität verloren.

Kepplinger spürte, wie gefährlich nahe ihn das Streitgespräch und sein Ärger über Lea an das Inferno herangeführt hatten. Seit Langem hatte er wieder den Geruch des Benzins in der Nase. Hörte die Schreie der Kollegen und das bedrohliche Geräusch der Flammen. Die Erinnerung drängte mit aller Gewalt an die Oberfläche. Nach draußen. Er versenkte seinen Kopf in den Händen und drückte fest auf die Augenlider.

»Komm – lass uns gehen.« Leas Stimme klang gleichgültig. »Los!«

Er zögerte. Dann erhob er sich schwerfällig, trat an die Maueröffnung der Kapelle und starrte in den pechschwarzen Nachthimmel. Gierig saugte er die klare Luft durch die Nase in seine Lungen. Das tat gut, aber die übermächtigen Bilder in seinem Kopf hatten nichts an Schärfe verloren. So vergingen zwei, drei Minuten.

»Möchtest du alleine sein?«

Leas Frage riss ihn aus seinen Gedanken. Er hatte nicht bemerkt, wie sie hinter ihn getreten war. »Nein«, flüsterte er kopfschüttelnd und dann noch einmal: »Nein!«

Abermals verstrichen endlos scheinende Sekunden. Moritz lauschte den gleichmäßigen Atemgeräuschen seiner schweigenden Kollegin. Schließlich begann er zu erzählen: »Der Mann war an dem Morgen in die Verkaufsräume einer Tankstelle eingedrungen.« Das Zittern seiner Hand wurde stärker. »Er hat behauptet, mit seinem unleserlichen Lotterielos den Hauptgewinn erzielt zu haben. Er hatte zwei große Benzinkanister dabei und gedroht, die ganze Anlage in die Luft zu sprengen.« Kepplinger schnappte nach Luft. Er spürte das Trommeln seines Herzens. »In dem Moment, als wir an der Tankstelle eintrafen, begann er damit, sich das Benzin über den Kopf zu gießen. In beiden Händen hielt er ein Feuerzeug. Ein Kollege der Verhandlungsgruppe hat die ganze Zeit auf ihn eingesprochen, und schließlich ist es ihm auch gelungen, den Täter in einen Nebenraum zu locken. Wir standen zu viert hinter der Tür, haben ihn an den Armen gepackt und ihn mit den Kanistern zu Boden gerissen. Aber es ist uns nicht gelungen, ihn auf Anhieb zu fixieren. Während dieser Rangelei ist das Benzin immer weiter aus den Kanistern geströmt. Es hat fürchterlich gerochen, und meine Kleider haben sich mit dem Zeug vollgesogen. Aus dem Augenwinkel habe ich dann gesehen, wie Dirks Waffe den Betonboden gestreift hat. Ein winziger Funke hatte genügt. Und plötzlich stand alles lichterloh in Flammen. Meine Kollegen … ich … der Täter: Wir brannten!« Kepplinger hatte die Augen geschlossen. Es war ihm, als ob er dieses höllische Szenario ein zweites Mal durchstehen musste. »Ich habe mich aufgerappelt und bin durch den Hinterausgang ins Freie gerannt. Einfach weg. Direkt neben dem Gebäude befand sich eine Waschanlage, die auch gerade lief. Ich habe mich in die Wasserstrahlen gestürzt. Das Benzin in meinen Kleidern hat trotzdem weitergebrannt, aber das kühle Wasser hat mir letztlich das Leben gerettet. Aus dem Gebäude habe ich die Schreie meiner Kollegen gehört. Einen Moment lang habe ich noch überlegt, ob ich ihnen zu Hilfe eilen soll. Aber irgendetwas hat mich zurückgehalten. Wenige Sekunden später ist das Gebäude in die Luft geflogen. Die Geräusche der anderen sind von einem auf den anderen Moment verstummt.«

Moritz wirkte erschöpft. Dann sagte er noch einen Satz, den seine Kollegin nie mehr vergessen würde. »Das Schlimmste war, dass ich mich jahrelang schuldig gefühlt habe, als Einziger überlebt zu haben.«

Er wandte sich zu Lea um, die wie versteinert vor ihm stand. Tränen der Bestürzung standen ihr in den Augen. Es war offensichtlich, dass sie nicht im Entferntesten mit so einer Geschichte gerechnet hatte. Er verspürte das plötzliche Bedürfnis, etwas Versöhnliches hinzuzufügen. Aber er hatte keine Kraft mehr. Sein ganzer Körper zitterte wie Espenlaub.

Lea trat vor ihn, nahm ihn in den Arm und berührte sein nasses Haar mit ihrem Gesicht.

»Ich bin froh, dass du lebst, Moritz!«

Ihre Stimme klang aufrichtig.

»Hörst du: Ich bin froh, dass es dich gibt!«

Es dauerte, bis er sich beruhigte. Die Umarmung tat ihm gut. Lea war ihm in diesem Moment so nahe, wie niemand anderes es seit dem Inferno gewesen war. Er hatte bislang mit keinem Menschen darüber gesprochen. Nicht einmal mit seiner Psychologin, obwohl er manchmal kurz davor gestanden hatte. Mit einem Mal fühlte er sich matt und ausgelaugt. Doch mit jeder Minute, die verging, wich die Leere einem Gefühl der Erleichterung. Er hatte sich getäuscht. Es war dumm gewesen, diese Last in seinem Inneren wegzusperren. Plötzlich drängte sich ihm ein anderer Gedanke auf. Er wollte weg von diesem Ort. Er löste sich behutsam aus ihrer Umarmung, nahm Lea bei der Hand und zog sie zum Ausgang.

# SAMSTAG
## 24. August 2013

Zum ersten Mal nach einer unerwartet langen Regenperiode durchbrach die Sonne die dichte Wolkendecke über der Region. Es hatte vier Wochen beinahe ununterbrochen geschüttet. Die Menschen strömten überrascht aus ihren Häusern, als ob sie vergessen hätten, wie sich ein warmer Sonnentag anfühlte. Die heißen Tage im Juni und Juli waren bei den meisten längst in Vergessenheit geraten.

Am Morgen, nachdem er den überquellenden Postkasten geleert hatte, entdeckte er den Brief zwischen einigen Werbeprospekten.

Er erkannte die Schrift auf der Luftpost. Den Stempeln nach befand sie sich zurzeit im Sudan. Hastig riss er das dünne Papier auf.

Gleich auf den ersten Zeilen bedankte sie sich für seinen Brief. Sie habe sich schon Sorgen gemacht, da er so lange nichts von sich hatte hören lassen. »Als ich die Neuigkeiten las, war ich zu Tränen gerührt«, schrieb sie. »Ich hatte es immer gehofft und gewusst, dass Sie das eines Tages schaffen würden, Moritz. Grüßen Sie Lea unbekannterweise von mir. Sie muss eine wundervolle Frau sein.«

Ihr selbst ginge es gut, berichtete sie im folgenden Absatz, aber die Arbeitsbedingungen seien furchtbar. Sie hätte noch nie so viel Leid gesehen. Gleichzeitig müsse sie täglich um ihr Leben fürchten. »Mir kommt es so vor, als ob ich einem ganzen Kontinent unter dem mitleidigen Blick der westlichen Welt Sterbehilfe leisten würde. Ganz Afrika blutet vor Hunger, Krankheiten und Gewalt. Trotzdem gibt es Augenblicke der Hoffnung. Gestern konnte ich einem kleinen Mädchen das Leben retten. Stellen sie sich vor, der Medizinmann des Dorfes hatte ihr ein Ekzem am Po mit Batteriesäure ›behandelt‹.«

Er fragte sich, wie sie mit all diesen Belastungen zurechtkam. Ende November würde sie zurückkommen. Sie würde sich sehr freuen, ihn einmal wiederzusehen.

Am Ende des Briefes stand:

»PS: Besorgen Sie uns einen guten Tee!«

Er musste lächeln.

Es war kurz vor neun, als Lea zu Moritz Kepplinger in den Wagen stieg und sich danach erkundigte, wohin die Fahrt gehen sollte.

»Lass dich doch überraschen«, wiederholte Moritz seine Absichten.

»Also gut.«

Er lenkte den Wagen auf die Autobahn. Kurz vor dem Ziel bat er sie darum, ihr die Augen verbinden zu dürfen. Lea lachte.

»Möchtest du mich auf einem einsamen Waldparkplatz verführen?«

»So ähnlich«, sagte er scherzhaft.

»Na, da bin ich aber gespannt.«

Nach zehn Minuten stellte er erneut den Motor ab. Sie waren da.

Er nahm Lea das Tuch vom Kopf, und sie sah sich neugierig um.

»Wo sind wir? Was ist das für ein Gebäude?«

»Die Hochschule der Polizei«, antwortete er. »Ich würde sie dir gerne zeigen, wenn du möchtest.«

Gespannt wartete er auf ihre Reaktion. Lea war sprachlos. Aber dann lächelte sie.

»Sehr gerne! Das ist eine coole Idee!«

An der Pforte trafen sie den Hausmeister, mit dem Moritz am Abend zuvor telefoniert hatte, und erhielten einen Zentralschlüssel.

»Wir bringen ihn bald zurück.«

»Nur keine Eile. Ist ja nix los am Wochenende.«

Er führte Lea über den Campus. Zeigte ihr Lehrsaalgebäude, Cafeteria, Sporthalle und die 400-Meter-Rundbahn, auf der er immer gelaufen war. Lea blieb einige Zeit vor der Bibliothek stehen und betrachtete die vielen Regale.

»Hier könnte ich mich stundenlang aufhalten«, sagte sie leise.

Schließlich führte er sie in sein ehemaliges Zimmer. Es stand immer noch leer.

Lea setzte sich an den Schreibtisch und starrte aus dem Fenster. Auf einmal war sie sehr schweigsam.

Auf der Rückfahrt brach sie ihr Schweigen.

»Danke, das war ein sehr schöner Einfall, Moritz.« Sie legte ihm ihre Hand auf den Oberschenkel. »Ich werde am Montag meine Bewerbung schreiben.«

# EPILOG
## 10. November 2013

Die eisige Kälte, die ihm am frühen Morgen nach dem Bustransfer von der griechischen Hauptstadt in das rund vierzig Kilometer entfernte Marathon entgegengeschlagen war, hatte er längst vergessen. Eineinhalb Stunden nach dem kollektiven Frieren mit rund zweitausendsechshundert Athleten aus der ganzen Welt fiel die Anspannung mit dem Startschuss von ihm ab. Zuvor hatte er zusammen mit seinen Mitstreitern feierlich den marathonischen Eid geschworen – eine Tradition, die ihm zu Beginn befremdlich erschien, sich im Nachhinein jedoch als eindrucksvolles Erlebnis offenbart hatte. Jetzt war er seit über einer Stunde auf jener sagenumwobenen Strecke unterwegs, die der Botenläufer Pheidippides vor ungefähr 2500 Jahren nach der Schlacht von Marathon zurückgelegt hatte, um auf dem Areopag – einem Steinmonument in der Mitte Athens, auf dem der oberste Rat der Stadt tagte – die Siegesnachricht über das Heer des persischen Großkönigs Dareios zu verkünden.

Die aufgehende Sonne hatte die Temperaturen, die am Morgen noch um den Gefrierpunkt gelegen hatten, rasch in angenehme zwanzig Grad verwandelt. Ein wolkenloser Himmel kündigte einen perfekten Tag auf der Halbinsel Peloponnes an. Immer wieder blickte er auf die endlose tiefblaue Oberfläche des Saronischen Meeres, das still und unscheinbar bis an die Stadt heranreichte und ohne erkennbares Ufer mit ihr zu verschmelzen schien. Die ersten dreizehn Kilometer des Rennens waren überwiegend flach verlaufen. Nachdem er eine weitere Kilometermarke passiert hatte, führte die Strecke in einem ständigen Auf und Ab in Richtung der griechischen Hauptstadt. Kepplinger hatte sich den Verlauf genau eingeprägt und wusste, dass sich das bis Kilometer zweiunddreißig hinziehen würde. Erst dann war der sogenannte Kulminationspunkt des schwierigen Rennens erreicht, der zweihundertvierzig Meter über dem Meeresspiegel lag. Von da an ging es kontinuierlich bergab in Richtung Ziel. Ein leichter Wind kam auf und sorgte für eine angenehme Kühle auf der Haut.

Kepplinger mühte sich einen Hügel hinauf. Der Schweiß rann ihm über das Gesicht und brannte in den Augen. Am Straßenrand kündigten Schilder eine Verpflegungsstation an. Mittlerweile war es ihm beinahe zu heiß. Nach einer Stunde und vierzig Minuten passierte er die Halbmarathonmarke. Um die Wette zu gewinnen, lag er gut im Zeitplan. Die vereinbarten vier Stunden hatten ohnehin nur Symbolcharakter. Aber er wollte die Vorgabe trotzdem unterbieten und wusste, dass ein Marathonlauf erst ab Kilometer dreißig richtig begann. Dann, wenn die Kohlenhydratspeicher erschöpft waren und der Organismus auf eine reine Fettverbrennung umstellen musste. Diesen Punkt galt es, so weit wie möglich hinauszuschieben. An der Verpflegungsstelle griff er nach einem Becher Wasser und einer Banane. Die Helfer ermunterten ihn in ihrer Sprache, von der er kein Wort verstand. Trotzdem begriff er die Geste und bedankte sich auf Englisch. Einige Hundert Meter später wurden feuchte Schwämme gereicht. Dankbar nahm er einen entgegen und wischte sich den Schweiß von der Stirn. Anschließend drückte er das kühle Wasser über seinem Kopf aus. Als er mit dem erfrischenden Schwamm über seine Arme strich, spürte er die Narbe an seinem Oberarm. Er warf den Schaumstoff in einen Behälter am Straßenrand und dachte an die Schüsse im Schlafzimmer von Lars Kaufmann. Wie oft hatte er in den vergangenen Monaten davon geträumt und war schweißgebadet aus dem Schlaf hochgeschreckt. Er hoffte darauf, dass die Bilder irgendwann einmal verblassen würden. Die Festnahme war ein Glücksfall gewesen. Die Kollegen des Landeskriminalamtes hatten einen regelrechten Kinderporno-Ring mit über fünfhundert Beteiligten zerschlagen können. Darunter auch Manager, Bürgermeister, eine Ärztin (eine Tatsache, die ihn lange beschäftigte) und zwei Landtagsabgeordnete. Kaufmann hatte sich einen Tag vor der Hauptverhandlung in seiner Zelle erhängt. Wenn er an die Festnahme dachte, beschäftigten ihn nur noch die Schüsse, die Kaufmann auf ihn abgefeuert hatte. Hin und wieder stellte er sich vor, wie es gewesen wäre, wenn er ihn tödlich getroffen hätte. Immer wieder spulte er wie einen Film vor seinem geistigen Auge ab, wie die Kollegen in das Schlafzimmer gerannt kamen und seinen Leichnam fanden. Manchmal dachte er, dass er noch ein paar letzte Worte gestammelt hätte. Was hätte er im Bewusstsein, sterben zu müssen, noch gesagt?

Er wehrte sich gegen diese Momente, in denen seine Fantasie derart entgleiste, und dennoch kamen sie immer wieder in ihm hoch.

Es gelang ihm, die Gedanken während des Laufs zu verdrängen. Heute war nicht der Tag, um über das Sterben zu grübeln. Am Straßenrand tauchte eine Gruppe von Kindern auf, die Fähnchen schwenkten und jeden Teilnehmer begeistert anfeuerten. Er winkte ihnen zu und erntete prompt einen Sonderbeifall. Im Chor riefen die Kinder seinen Vornamen, der unterhalb der Startnummer aufgedruckt war. »Moritz – Moritz.« Plötzlich musste er an Manuela Jessen denken. Ihren sinnlosen Tod mit zehn Jahren, einem Alter, in dem ihr Leben gerade erst begonnen hatte.

Erich Sander hatte in den Vernehmungen und selbst vor Gericht keine Reue gezeigt. Er hatte sich so in seinen Hass verrannt, dass er vollkommen davon überzeugt war, richtig gehandelt zu haben. Ein Gutachter attestierte ihm trotz seiner

Erkrankung die volle Schuldfähigkeit, sodass dem Gericht nichts anderes übrigblieb, als die Höchststrafe zu verhängen. Erich Sander würde voraussichtlich bis an sein Lebensende in einer geschlossenen Anstalt eingesperrt bleiben.

Kepplinger war davon überzeugt, dass auch Sander irgendwann in seinem Leben an einen Punkt gekommen war, an dem er die Möglichkeit gehabt hatte, sich zu entscheiden. So wie jeder andere auch, dem das Schicksal übel mitspielte. So musste es auch Susanne Jessen ergehen, der es sicher schwerfiel, wieder in ein normales Leben zurückzufinden.

Endlich hatte er den Kulminationspunkt bei Kilometer zweiunddreißig erreicht. In stetigem Bergab führte die Wettkampfstrecke nun durch einige einsame Dörfer, in denen nur vereinzelt Menschen zu sehen waren. Seine Beine fühlten sich immer noch locker an.

Fünfmal hatte er in den vergangenen Wochen Trainingsläufe über dreißig Kilometer absolviert. Meistens hatte er sich am frühen Sonntagmorgen aufgerafft und war drei Stunden am Stück gelaufen. Immer wieder hatte er dabei auch das Trinken und die Nahrungsaufnahme während der Belastung geübt. Von diesen Erfahrungen profitierte er jetzt. Die Gewissheit, dass er den Wettkampf beenden würde, wuchs mit jedem Kilometer. Außerdem lag er noch immer gut in der Zeit. Zwar hatten die vielen Hügel seinen Kilometerschnitt verschlechtert, trotzdem blieb ihm für die letzten zehn Kilometer noch über eine Stunde.

In einer der namenlosen Ortschaften parkte am Straßenrand der gleiche Wagen, den auch Gerd Jessen gefahren hatte. Kepplinger dachte an den Vater der kleinen Manuela, der lange Zeit im Krankenhaus verbringen musste, um sich von den Folgen der Misshandlungen zu erholen. Einige Narben würde er sein Leben lang mit sich herumtragen. Auch bei ihm würde nichts mehr so sein wie zuvor. Der Verlust der Tochter warf ihn auf eine andere Weise aus der Bahn als seine Exfrau.

Alle Beteiligten, ging es ihm durch den Kopf, haben mehr oder weniger Schaden genommen. Letzten Endes auch er selbst. Der Polizeiberuf war nach wie vor sein Traumjob. Seit jener Juliwoche hatte er ein Dutzend Fälle bearbeitet und die Täter teilweise rasch überführt. Ende September gab es erneut einen Mordfall in Göppingen, bei dem er zum Ermittlungsführer benannt worden war. Eine Handvoll Obdachloser war während eines Zechgelages in Streit geraten und hatte einen der Saufkumpane im Affekt erschlagen. Der Tathergang war rasch geklärt und die Täter am darauffolgenden Tag festgenommen. Andere Straftaten stapelten sich ungeklärt auf seinem Schreibtisch, und die Ermittlungen dauerten an. Dennoch beschäftigte ihn kein Fall so sehr wie den der kleinen Manuela, den er an seinem ersten Arbeitstag als Kommissar, sozusagen jungfräulich, in die Hände bekommen hatte. Eine Bewährungsprobe im doppelten Sinn. Er hatte sich gegenüber den neuen Kollegen und auch gegenüber sich selbst beweisen müssen.

Fälle wie diesen wollte er nicht viele in seinem Leben bearbeiten. Er wusste, wie viel er aushalten konnte und wie nahe und wie oft er sich solchen Abgründen nähern durfte, an die ihn sein Beruf zwangsläufig immer wieder führen würde. Die Gespräche mit der Psychologin nach dem Inferno hatten ihm bewusst gemacht, dass er auch an seine eigenen Grenzen denken musste. Das alles lag jetzt über fünf Jahre zurück. Trotzdem war es so gegenwärtig wie die Erinnerungen an die Hubschrauber, die in seiner Kindheit über den Garten geflogen waren. Doch seit er mit Lea darüber gesprochen hatte, war es auch anders. Er fürchtete sich nicht mehr vor einem Déjà-vu. Die vergangenen Erlebnisse wirkten nun, als ob sich ein unsichtbarer Schutzmantel darum gelegt hätte.

In der Ferne erahnte er nun die Umrisse des antiken, panathenäischen Stadions, das Ziel seines Rennens. Mittlerweile brannten die Oberschenkel, und manchmal hatte er das Gefühl, in der nächsten Sekunde einen Krampf zu bekommen. Aber das ersehnte Ende rückte immer näher. Schon konnte er die hufeisenförmige Zuschauertribüne aus weißem Marmor erkennen, die im Sonnenlicht leuchteten. Stilgerecht und rechtzeitig vor den Olympischen Spielen 2004 war das jahrhundertealte Stadion liebevoll restauriert worden. Dort würden Alexandros und seine Familie auf ihn warten.

Jetzt sah er bereits die schwarze Aschenbahn, die er von zahlreichen Bildern aus dem Internet kannte. Noch ein paar letzte Kurven in einem kleinen Pinienwald vor dem Stadion und dann noch einige Meter vorbei an den Zuschauern über den heiligen Boden, auf dem vor über hundert Jahren die ersten Olympischen Spiele der Neuzeit begonnen hatten. Wie von selbst rannten seine Beine die letzten zweihundert Meter bis zum Ziel. Zweiundvierzig Kilometer lagen hinter ihm, als er den ersten Schritt auf den dunklen Tartan setzte. Zwar waren die Tribünen an diesem Sonntagmorgen mit weitaus weniger als fünfzigtausend Zuschauern besetzt, für die das Stadion ausgelegt war, dennoch wurden die Läufer von tosendem Applaus empfangen. Für einen Moment glaubte er, die Silhouette von Lea am anderen Ende des Stadions auszumachen. Ihre langen dunklen Haare. Aber das musste eine Täuschung sein. Kepplinger hörte, wie sein Name über Lautsprecher bekanntgegeben wurde. Ihm war es, als ob in diesen letzten Sekunden ihm allein die Zustimmung der Menge galt. Nach drei Stunden und fünfundvierzig Minuten Laufzeit, nahm er den Beifall für sich in Anspruch. Einen Moment lang glaubte er, von jenem vielbeschworenen Geist der Antike erfasst, ja getragen zu werden. Und endlich trat er mit einem letzten Schritt über die weiße Ziellinie.

Lächelnd, die Arme nach oben gestreckt und den Augenblick in vollen Zügen genießend.

# DANKSAGUNG

Ich danke allen, die mich während der Entstehung dieses Romans unterstützt und mit der gebotenen Nachsicht und Kritik begleitet haben. Besonders meiner Lektorin Lisa Wolf für ihr feines Gespür in der Textarbeit und meiner Agentin Hanne Reinhardt für ihr außergewöhnliches Engagement.

Mein tiefer Dank gilt dem langjährigen Cheflektor des Heyne-Taschenbuchs, Bernhard Matt, der im Oktober 2012 viel zu früh gestorben ist. Durch seine väterlichen Ermutigungen und klugen Ratschläge gab er mir in den richtigen Momenten die entscheidenden Impulse für meine erste Buchveröffentlichung mit auf den Weg.

Und natürlich gelten meine Wertschätzung und mein Dank allen meinen Leserinnen und Lesern …